GC NOVELS
転生したら剣でした 11
“I became the sword by transmigrating” Story by Yu Tanaka, Illustration by Llo
棚架ユウ
イラスト／るろお

転生したら剣でした 11

"I became the sword by transmigrating" Story by Yu Tanaka, Illustration by Llo

棚架ユウ
イラスト／るろお

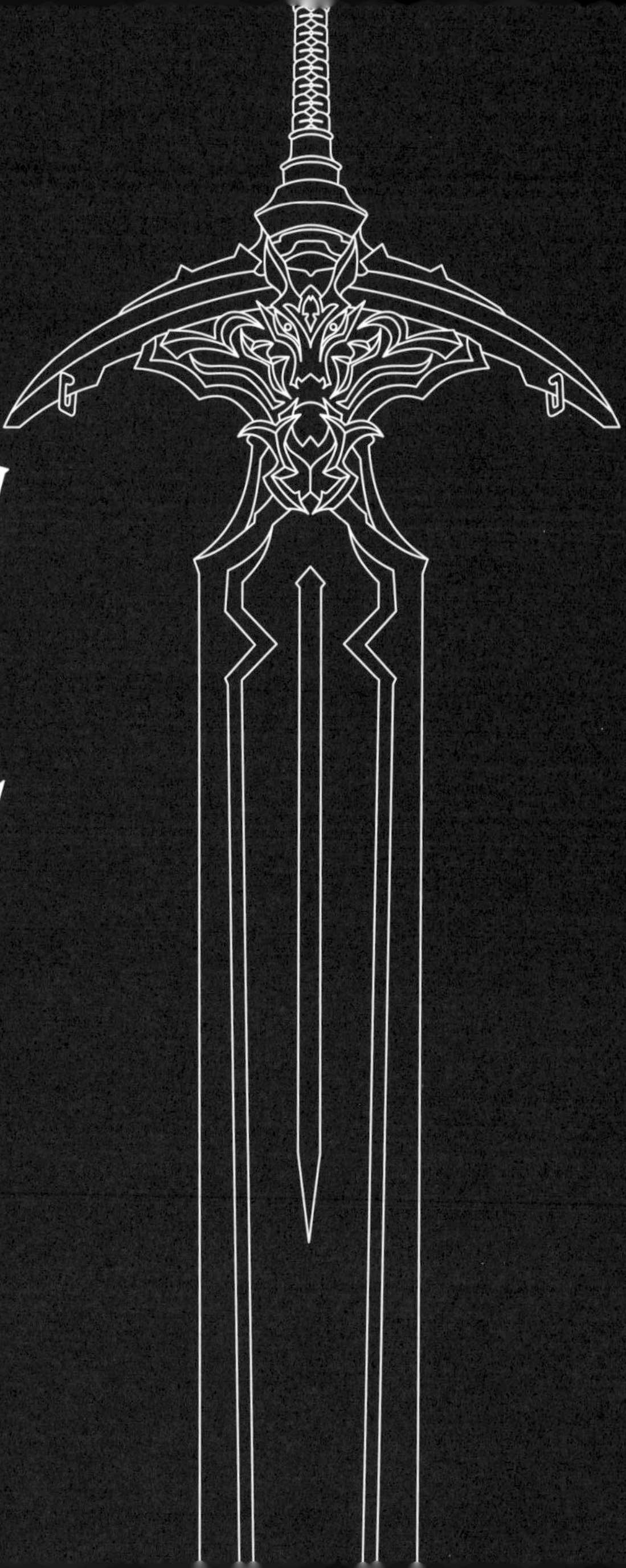

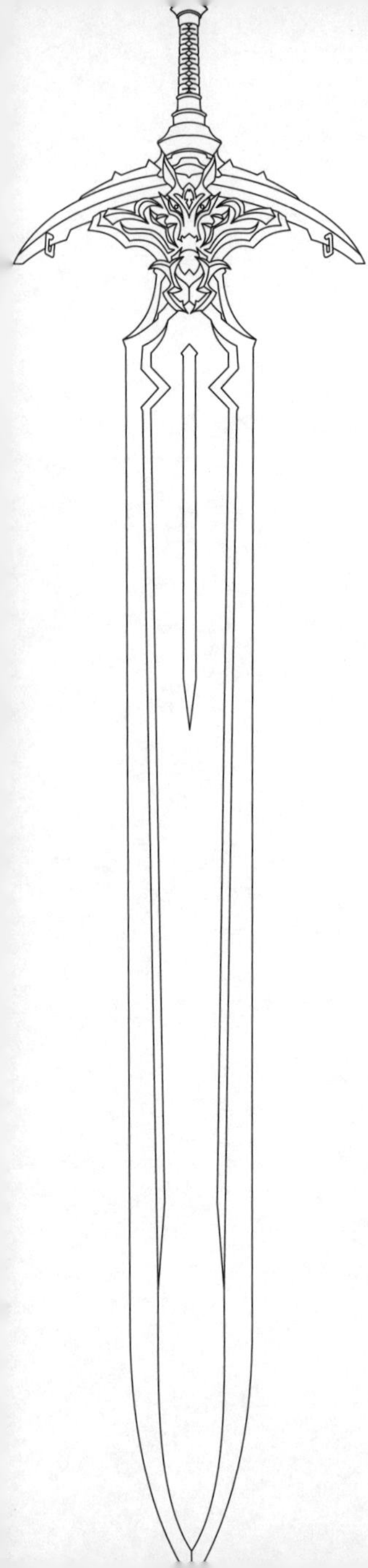

CONTENTS

"I became the sword by transmigrating"
Volume 11
Story by Yuu Tanaka, Illustration by Llo

第一章　久しぶりのクランゼル王国

三五八七年一〇月某日

「これが遺跡から発掘されたという謎の魔剣か……。壊れているが、確かに――」

（ククク……）

「うん？　誰だ？」

（クハハハハ！　俺たちだよ！）

「ぐあぁぁ！　あ、頭が……！　何者だ！　どこにいる……！」

（鈍いなお前ぇぇ。自分の手の中を見てみろよ。それが俺だ！　俺たちだ！）

「け、剣、が？　ぐあぁぁぁ！　やめろ！　お前は、何なんだ！」

（俺？　俺たち？　分からねぇ……。お前は、俺たちが何か知らないか？）

「し、知らん！　ぐぅぅ……やめろぉぉぉぉ！」

（チッ。まだ意識があるのか？　力が弱まってやがる……。まあ、一度ぶっ壊れかけたんだし、仕方ねぇがなぁ。これじゃあ、神剣の名が泣くぜ）

「神剣、だと……？」

（その通りだ！　俺たちの名は、神剣――うん？　神剣――なんだ？　俺たちは何だ？　ホーリー・オーダーの野郎とやり合って……）

「くそっ！　手から、離れない！」

（ハハハハ！　逃がさねぇよ！　とりあえず、お前の体をいただく！　とっとと喰われやがれ！）

「があああああああああああああ！」

「ヒヒヒヒヒ！　こいつ、貴族かぁぁ！　侯爵だとよ！　いい端末が手に入った！」

「――」

「まずは、このぶっ壊れた俺たちを直す」

「直す」

「そうだ！　そのためには、他の神剣が必要だ！　神剣を喰らい、取り込めばいい！」

「他の、神剣」

「ヒャハハハ！　これじゃあ人に見えんな！　こりゃあ、この素体の調整を急がねぇとまずそうだ！　さすがに、この状態じゃすぐに異変に気付かれちまう！　俺たちが完璧に憑依《ひょうい》できる程度には改造しねぇとよぉ！」

「改造」

「とりあえず黙れよ」

「――」

「安心して、俺たちと一緒になっておけ！　多にして個。一にして全。お前も俺たちになったんだ！　なに、侯爵家の力は、有難く俺たちが使ってやるからよぉ！　ヒャハハハハハ！」

*

クローム大陸を出航した快速艇での船旅は、快適の一言であった。

客人扱いだから仕事をする義務もないし、船足が速いので魔獣にも襲われない。数日グータラしているだけで、あっという間にジルバード大陸である。

これだけ速い船がなぜもっと一般化していないのかと思ったら、コストが凄まじいらしい。最新鋭の魔導推進機を搭載しているが、動かすのにはある程度のランクの魔石を日に一〇個以上消費するという。

しかも推進機が大きすぎて船体の半分以上を占めており、積載量も同型の船に比べて五分の一ほどしかないそうだ。要人や重要物品を輸送するのには適しているが、普通の輸送船としてはとてもではないが使えないということらしい。

結局、船に乗っている間に大きな事件が起こったりすることもなく、俺たちは再びバルボラの地を踏むことができていた。

フランが船に乗ると、必ず何らかの騒ぎが起きていたからね。海賊とか、ミドガルズオルムとか、リヴァイアサンとか。

今回もちょっと警戒していたんだが、杞憂だったらしい。まあ、そう毎度事件は起きんよな。

「ご入用の際はよろしくお願い致します」

「ん。ありがと」

「もし冒険者を辞めることがあれば、ぜひ当商会にご連絡を。幹部の椅子をお約束いたしますので」

快速艇の船長からは大分気に入られた。船旅の最中に魚型の魔獣を釣り上げて、皆に振る舞ったからだろう。最後の勧誘もお世辞ではなく、本気に思えた。

俺たちの持つ次元収納は、彼らからすれば垂涎《すいぜん》の能力らしいからね。アイテム袋も、ある程度の広さになるといきなり値段が跳ね上がるらしい。コストをかけず大量収納できる次元収納は商人にとっては憧れの能力であるという。

航海の最中に、何度も羨望の目で見られていたのだ。いざという時の再就職先確保かな？　商人をやっているフランなんて、全く想像できんけど。商談相手を殴り倒して、ご破算にする姿しか思い浮かばなかった。

バルボラに上陸した俺たちは、すでに見知った道をぶらぶらと歩く。

『さて、まずはどこに行くかね？　冒険者ギルドに顔を出しておくか？』

「ん。ガルスの事が何かわかるかもしれない」

『そうだな。じゃあ、鍛冶師ギルドにも顔を出しておこう』

「その次に、孤児院」

あとバルボラで知り合いとなると、元ランクA冒険者の糸使いにして竜膳屋のオーナーシェフ、フェルムスかな。

コルベルトや、屋台の売り子を手伝ってもらった三人娘たちは、冒険者ギルドにいたら挨拶すればいいだろう。

そもそも、依頼中で町にいない可能性の方が高いと思うしね。

『ルシール商会にも行っておきたいな。香辛料を仕入れたい』

「ん。香辛料は大事」

「オン！」

力強い返事である。自分たちの大好物であるカレーの原料だと分かっているからだろう。この二人にとっては、香辛料が最重要戦略物資なのだ。いや、まじで。カレーが底を突いたら、フランたちのモチベーションが地の底まで落ちるだろう。

戦闘力半減といっても過言ではなかった。うん、忘れずに仕入れておこう。

『フェルムスの竜膳屋はどうする？』

「ギルドのあとでもちろんいく」

『だよな』

フランが美味しいご飯をスルーするわけがないのだ。

フランは、とりあえず冒険者ギルドに向かって歩き出す。バルボラには愛着が湧くほど長く居たわけでもないし、懐かしいと言えるほど昔の事でもない。それでも帰ってきたと思えるのは、色々と思い出があるからだろうか？

未だに修復中の建物がチラホラと見られる住宅街を、トコトコと歩く。

特に目立つ風体でもないと思うんだが……。意外と注目されていた。

冒険者ならフランのことを知っていてもおかしくないんだが、普通の人々からも視線が向けられている。

フランが美少女過ぎるからか？　それとも、顔に傷が残って迫力を増したウルシが目立っているのだろうか？　もしかして俺の持つ隠しきれない廃棄神剣感が溢れ出ちゃってる？

だが、そうではなかった。

「あら、あなた黒しっぽ亭の女の子よね？」

「ん？」

「やっぱり！　あの時食べたカレーパン、美味しかったわ！　今でも夢に見るくらい！」

以前からバルボラではカレーが大流行していると聞いていたが、今は少々行きすぎなくらい、ブームが盛り上がっているらしい。

料理コンテストで話題になったカレーパンに始まり、俺たちからレシピを買ったルシール商会がカレー料理を売りに出すことで、一気に話題が広まったようだ。

その後、レシピを買ったり、舌で味を盗んで真似をする者たちが現れた。さすが、優秀な料理人の揃うバルボラだ。後追いの者たちも、オリジナルに引けを取らない味を再現してみせたらしい。

それによってカレーはさらに人気を博し、今やそこら中で食べられていた。

そして、そのカレーを開発したカレー師匠という人物が、話題になっているという。

『カレー師匠って……俺じゃねぇか！』

コルベルトたちが盛大に広めてくれたらしいな。そんなカレー師匠の弟子とも言われている、黒しっぽ亭の美少女売り子――フランのことも、人々の噂に上ることがあるそうだ。

それに、料理コンテストのせいでフランの顔を知っている人間は意外と多い。あのカレー料理を最初に出した黒しっぽ亭の娘ということで、人々の注目を浴びていた。

カレーが原因だとは、思ってもみなかったぜ。

視線に嫌なものは感じないし、むしろ尊敬や感謝の色さえ混じっている。良くも悪くも鷹揚なフランは、害がないと分かれば気にしないことにしたらしい。注目を浴びる中を、普通に歩いていく。

たまに話しかけてくるカレー信者に対しては「師匠のカレーは最高」と、俺の布教をしているな。

(師匠、人気者)

『俺がっていうか、カレーがな。もうすっかり定着してるみたいだ』

何せ、目の前にある屋台には、早速カレー味の幟《のぼり》が立てられていた。

というか、この通りの屋台は軒並みカレー味であるようだ。どこもかしこも、カレーの文字が躍っている。

看板に幟に呼び込みと、地球にある屋台村と同じような雰囲気だ。

だが、これで大丈夫なのか？　いくらなんでも、カレー料理の店が集中し過ぎじゃない？

『競合し過ぎて飽きられるんじゃ……』

(ここすごい！　夢の通り！)

(オン！)

『フランたちにとってはそうかもね』

これは冒険者ギルドにたどり着くのが遅くなりそうだ。

『そこはカレー味の串焼きか』

(いい匂い！)

(オンオン！)

フランが早速五本買っている。

黄色いカレーパウダーがふりかけられた、タンドリーチキンを串に刺したような見た目の食べ物だ。

「もぐもぐ」

「モグモグ」

『味はどうだ？』

「……まあまあ」

「……オゥン」

すごい美味しいって感じじゃないいな。どうやら普通の魚醤《ぎょしょう》味の肉串焼きに、適当な香辛料のパウダーをぶっかけただけのようだ。研究などをあまりせずに、流行りに乗っかっただけなのだろう。

優秀な料理人が多いと言っても、金儲けのためだけにブームにあやかったエセ料理人はもっと多いようだ。

あと、カレーが流行り過ぎて香辛料の値段が全体的に上がっているらしく、そっちもケチったのだと思われた。ブームの行き過ぎの弊害だろう。地球でもよくあった現象だ。人気過剰でプレミアがついて値段が上がり、そのせいでブームが下火になって忘れ去られる。

カレーは大丈夫かな？　できればこの世界に根付いて、新しいカレー料理が開発されてほしいんだが……。

「三杯頂戴」

「はいよ！」

『次のスープはどうだ？』

「……うん」

「……オン」

これも微妙であるらしかった。段々とフランとウルシのテンションが下がっていくのが分かる。匂いは大好きなカレーなのに、味が期待外れなせいだろう。

それでも匂いに釣られてしまうのか、意地になっているのか、フランたちは屋台の料理を買うことを止《や》めはしなかった。買う量は、一本とか一杯に減ってきたけど。

「一つ」

「らっしゃい！」

「……」

「……オフ」

もう感想さえ言わない！　こんな死んだ魚のような目をしたフラン、初めて見た。

闇奴隷にされても眼の光を失わなかったフランが！　ウルシも食べる前から期待してないのが丸わかりだし。

「一個」

「はい、どうぞ」

「……！」

通りにある最後の露店は、肉まんの露店だった。どうやら中の具がカレー味であるらしい。フランがとりあえず割ってみると、いわゆるカレーまんではなかった。

地球で売っているカレーまんは、中の具がキーマカレーっぽいものが主流だが、これは普通の肉まんに見える。どうやら、カレーパウダーで炒めた肉を具材にしているみたいだ。カレーまんではなく、カレー風味肉まんって感じなのだろう。

全く期待していない表情でかぶりついたフランだったのだが、一口食べてその表情が一変する。美味いのか不味いのかは、フランたちの食いっぷりを見れば一目瞭然だろう。

三口でカレー風味肉まんを平らげたフランは、ここまでのフラストレーションを発散するかのように、肉まんを大量注文した。

「三〇個ちょうだい！」

「え？　三〇個ですか？」

「ん！」

屋台のお姉さんは目を白黒させているが、代金を先に渡すとすぐに用意してくれた。

フランが渡した大皿に、次々とカレー肉まんを載せていく。あっという間に、カレー肉まんの山が完成した。いやー、壮観だぜ。

「じゅるり」

フランも満足げだ。

しかも、それに飽き足らず、俺にお願いしてきた。

（師匠、これ今度作って！）

（オンオンオン！）

大分お気に召したらしい。今度研究してみよう。

フランが屋台を離れると、周囲にいた人が一斉に並んだ。

カレーの伝道師が認めた屋台であると認知されてしまったらしい。まあ、間違いじゃないけどね。

こうやって、美味しい屋台だけが残っていけば、カレーの人気が下火になることもないだろう。

まともな料理人の皆さん、頑張ってください。

『とっとと冒険者ギルドいくぞー』

「もぐもぐもぐ！」

「モグモグモグ！」

まあ、冒険者ギルドにたどり着く前に、フランの機嫌が直ってよかった。

もし不機嫌なまま絡まれたりしたら、血の雨が降るかもしれんしね。今だったらワンパンくらいで済むだろう。

最近は名前が売れてきたので因縁をつけてくる馬鹿は減ったが、やはり冒険者ギルドというとどうしてもそのイメージが強かった。初期の頃、散々絡まれたからだろう。

ただ、食べ歩きをしながらようやくたどり着いた冒険者ギルドでは、危惧していたような騒動は一切起こらなかった。

思った以上にフランの存在が知れ渡っていたのである。

ランクA冒険者に軽々と勝利した、黒雷姫の異名を持つ凄腕。有名冒険者であるコルベルトを舎弟にしていて、あのカレー師匠の弟子で逆らうとカレー料理の店を出禁になるという、なんとも言えない情報が冒険者の間に流れていた。

全く外れてはいないけど、間違ってはいるという、微妙な尾ひれの付き方だ。そのおかげで絡まれない訳だから、あえて訂正はしないけどさ。

冒険者ギルドで面会するのは、ギルドマスターのガムドである。リンフォードとの戦いでは共闘したこともある相手だ。

「久しぶりだな」

「ん」

「向こうはどうだった？」

「友達できた」

「ほう？　どんな奴だよ？」

「メアっていう――」

ガムドと軽く雑談をした後、俺たちは本題に入った。

ガルスの行方に関しての話である。しかし、ガムドも有力な情報を掴んではいなかった。

「フラン嬢ちゃんに行方に関しての話を尋ねられた後、こっちでも色々と情報を集めてみたんだが、芳しくはなかった」

「そう……」

ドワーフのネットワークでも、行方が分からないらしい。

その後、俺たちは情報屋のレグスとも情報を交換した。以前ガルスの行方を調べてもらった、情報屋兼冒険者だ。だが、彼もガルスの情報は持っていなかった。

「少なくとも、バルボラには戻っていないな」

都市内依頼を専門にこなすレグスの情報網は、かなりのものだ。その情報屋レグスが、ガルスが戻ってきていないというのであれば間違いないだろう。

それでも一応鍛冶師ギルドには行ってみたが、こちらでもガルスの情報は一切ない。

やはり無駄足だったかと思ったのだが……。興味深い情報を一つだけ聞くことはできた。

「ガルスを連れて行ったと思われるアシュトナー侯爵家だが、王都で少々動きを見せている。鍛冶に利用可能な素材を方々から集めているらしい」

有能な鍛冶師であるガルスを連れて行った後、鍛冶に必要な金属を集めてる？

それは、かなり怪しいな。

「表立って集めているわけではないが……。いくら名義を偽ろうと、間に仲買人を挟もうと、俺たち鍛冶師の目は欺《あざむ》けんよ」

やはり、王都で開催されるというオークションに行く必要がありそうだった。そこで出会えればいいし、出会えなければアシュトナー侯爵家に監禁されている可能性があるってことだ。

『ガルスの行方が分からなかったのは仕方ないが、切り替えて孤児院に行こう』

「ん」

やや暗かったフランの表情が柔らかくなる。孤児院の子供たちとは顔見知りだし、フランとウルシを慕ってくれているからね。フランも彼らを気に入っているのだ。

孤児院の入り口には、以前にはいなかった門番がいる。アマンダが責任者になって、防犯面でもしっかりしたらしい。

門番は元冒険者の獣人の男性で、フランのことを知っていた。そのおかげですんなり中に入れたんだが、すぐにフランの姿を発見した子供たちが寄ってくる。

「あ、フランだ！」

「フランお姉ちゃん！」

「ウルシもいるぞ！」

あっと言う間に囲まれてしまった。大歓迎だね！

ウルシの怖い顔も気にならないらしく、子供たちがそのフカフカの毛に抱き付いてキャッキャと喜んでいた。

ウルシが巨大化して寝そべり、尻尾をファッサファッサ動かす。すると、その尻尾に撫でられた子供たちがさらに歓声を上げていた。怖がられることが多いウルシも、ここではデカイモフモフの扱いである。皆に喜ばれて、ウルシもご満悦だ。

巨大化したらさすがに怖がる子がいるかと思ったが、全然平気らしい。孤児院の子供たちは想像以上に逞しい。というか、こちらの世界の子供が逞しいのかもしれんが。

子供たちの騒ぎを聞きつけたのだろう。建物の中から大人たちが飛び出てきた。

子供が襲われているとでも思ったのか、武器を持って厳しい顔をしている。

一人は、野菜クズから超絶品スープを作り出す凄腕料理人のイオさん。

もう一人が、舞を使った特殊な戦闘術を使う冒険者のシャルロッテである。リンフォード戦では、世話になったのだ。

「フランちゃん？　お久しぶりです。ウルシちゃんも！」

「オン！」

シャルロッテはウルムットの武闘大会で負けた後は、孤児院に戻って冒険者を続けていたらしい。

アマンダに連絡を取って、孤児院の窮状を訴えたフランに非常に感謝してくれていた。イオさんと一緒に、何度もお礼を言ってくれる。

再会を喜び合っていると、ホッとした表情でシャルロッテが呟いた。

「でもフランちゃんでよかった……」

「どういうこと？」

「実は――」

シャルロッテたちがこれだけ速く飛び出してきたのには、理由があった。

なんと、二日ほど前に、指名手配されている賞金首がここを訪ねてきたというのだ。

「一応、変装はしていたのですが、間違いないと思います。背の高い、全身傷だらけの姿は、忘れられません。あの巨大な邪人と戦った時に、近くで見ましたから」

リンフォード戦に参加していた、全身傷だらけの巨漢。しかも賞金首？

そんな奴、一人しかいないだろう。

「ゼロスリード……？」

「はい。そうです」

「なんでここに？」

なんと、ゼロスリードが孤児院にやってきたというのだ。そして、三歳ほどに見える少年を、ここで預かってほしいと頼んできたらしい。その姿はとても凶暴な賞金首には見えず、真摯な表情であったという。

「亡くなった知人に託された子供だが、自分は子供など育てられない。自分と一緒では子供が耐えられないだろう。金も払うから預かってほしいと……」

「かなり過酷な旅をしてきたらしく、その子はとっても疲れた様子でした」

「その子供の名前は？」

「ロミオというそうです」

やはりロミオか！　つまり、ゼロスリードは、裏切った相手であるミューレリアの最期の願いを叶えようとしていたってことなのか？　なんでだ？

「その子はどこ？」

「いえ、結局預かりませんでした」

「なんで？」

最初、シャルロッテはその場におらず、対応したのは今ここにいない院長先生だったそうだ。そして、院長先生がロミオを受け取ろうとすると、泣き叫び暴れて、どうにもならなかったという。

イオさんなどでも同じで、ゼロスリードが抱き上げるとピタリと泣き止み、笑顔さえ見せるのだ。ゼロスリードが距離を取っても同じで、ある程度離れるとやはり泣き叫んだらしい。

そして、これだけ懐いている子供を男性から引き離すのは忍びないと考えた院長は、ゼロスリードにもう少し面倒を見たらどうだと提案したのだという。本当に面倒を見られないのであれば、改めて預けにくればいいと。

結局、泣き叫ぶロミオを無理やり押し付ける事もできず、ゼロスリードは少年を抱き上げて去っていったのであった。その去り際に、シャルロッテが出くわしたという訳である。

「正直、最初は別人かと思いました。以前出会った時とは比べ物にならない程、雰囲気が落ち着いていたので」

「あのゼロスリードが？」

「はい」

色々と信じられん。

ロミオを救出してバルボラの孤児院に連れてきたということも、暴力的な気配を剥き出しにしていた男が子供に懐かれたということも、信じられない程落ち着いていたということも、全てが信じられなかった。

「ただ、放置はできなかったので……」

兵士に報告はしたものの、捕まえることはできなかった。そもそも、普通の兵士や騎士では被害が増えるだけで、触れる事さえできないだろう。

「ゼロスリード……何考えてる?」

『ミューレリアを裏切ったけど、手向けに最期の願いくらいは聞いてやってるってことか?』

(でも、結局子供を連れてった。何かするつもりかも。生贄《いけにえ》とか)

うーん。単に連れて歩いてる間に情が湧いただけなんじゃないか? 子供が自分に懐いてるってなればなおさらだ。

俺はフランを見る。そして、フランと出会い、旅を始めた頃のことを思い出していた。

もしゼロスリードがロミオに対して、あの頃の俺みたいな感情を得ていたとしたら? 子供を無理やり孤児院に押し付けて行かなかった気持ちも、分からなくもない。

とは言え、これは俺の想像でしかない。やはり最悪を想定して、ゼロスリードの行方も気にするべきだろうか?

フランの安全が第一なんだが、子供の安否はやはり気になるからな。

『ゼロスリード……一体どこへいったんだ……』

なんて感じでシリアスをやってみたけど、長くは続かなかった。

話の途中からフランとウルシの注意が完全に逸れていたのである。ここまでカレーの匂いがしていたらしい。二人の視線は、厨房の方へと固定されてしまっていた。

その視線と口元の涎は、これ以上ない催促である。イオさんがホッコリとした表情で、フランたちを食事に誘ってくれた。

「ご飯を食べて行ってください――」

「ん！」

「オン！」

イオさんの言葉に被り気味に頷くフランとウルシ。

今日の食事は、フランたちの期待通りにカレーであった。孤児院の子供に交じって列に並び、カレーをよそってもらう姿は、年相応の子供に見えるな。子供たちと一緒にテーブルに着き、他の子の配膳が終わるのをソワソワと待つ。

さすがのフランも、全員が座るまでは食べてはいけないと分かっているのだ。

子供たちと談笑しながら待つこと五分。

「では、どうぞ」

イオさんの言葉が終わるか終わらないかの瞬間、フランがカレーをかき込んでいた。

「もぐもぐおいしい」

「オン！」

口に入れて、秒で笑顔だ。

「少し甘くて、香りが芳醇。お米とルーが口の中で一体化して、美味」
フ、フランがまるで食リポのような発言を！　これがイオさんのカレーの威力！　スパイスを二種類しか使っていないのに、どうしてフランたちが夢中になるほど美味しくなるのだろうか？　イオさんが本格的にカレーを作ったら、負けてしまうかもしれん。もっと精進せねば！
「フランさんたちのお陰でたくさん食べれるようになりましたから、おかわりもありますよ」

「おかわり！」

「オン！」

「あ！　ずりー！」

「私もおかわりー！」

フランに続き、子供たちも笑顔で「おかわり！」と叫ぶ。

おかわりする姿には遠慮がない。それだけ、普段からおかわりができているってことだろう。いいことである。

その後、次元収納の中にストックしてあった食材などを色々と寄付して、俺たちは孤児院を後にした。

『みんな明るい顔で良かったな』

「ん！」

フランも笑顔で、足取りも軽い。時おりスキップになっている。孤児院の現状が嬉しいのだ。フランにとっても彼らの身の上は他人事に思えないのだろう。

因《ちな》みに、イオさんには一〇種類ほどのスパイスを渡しておいた。これで、次に来た時にイオさんの本気カレーが食べられるという寸法である。俺としてはちょっと複雑だけど、これもフランが美味しいカレーを食べるためなのだ。

『次の目的地は竜膳屋だ』

「楽しみ」

軽やかな足取りのフランは、あっと言う間に竜膳屋に辿り着いていた。外観は以前と変わらない。そんなお店の入り口を潜ると、お馴染みのイケメン老紳士が出迎えてくれた。まあ、外見は老人というほど老けていないけど。相変わらず、年齢通りの外見をしていないな。

「おや、フランさん。お久しぶりです」

「ん。フェルムスも」

厨房から出てきたフェルムスを見て、お茶をしていたおばさま方が黄色い悲鳴を上げている。さすがイケオジ。人気の秘訣は料理の味だけではないらしい。

「本日はお食事ですか？」

「ん！」

「ふふふ。前回は私がいない時にご来店されたようで、本日は精一杯、腕を振るわせていただきますよ。あと、あの狼の従魔は一緒ではないのですか？」

「影に入ってる」

「宜《よろ》しければご一緒にどうぞ。邪人と一緒に戦った仲ですので」

「オンオン！」

「お久しぶりですね」

あ、出ていいって言う前に出やがったな。まあ、前回は竜膳屋の食事を食べ損ねたし、今回は絶対に食べたかったんだろう。

「では、何をお持ち致しましょうか？」

「全部」

「ふふ。了解いたしました」

フェルムスはフランが大食いなのを知っていたらしく、驚くこともなく厨房へと下がっていった。

以前は弟子の料理を食べたんだが、今日はフェルムスのお手製だ。

以前もいた女性店員さんが最初に持ってきたのは、看板メニューの竜骨スープだ。だが、少し色が黄色い。

「くんくん。いいにおいする」

「新作の、カレー竜骨スープです」

「おー」

どうやらカレー風味のアレンジをしたらしかった。

やるな、フェルムス！　新作料理を早速取り込むとは！

竜骨スープは高い完成度を誇る料理だった。それが、どこまでアレンジされたのだろうか。

『どうだ？』

「ごくごくごくごく」

メッチャ美味しいらしい。

「どうですか？」

「最高。ちょっと酸っぱいのもいい」

「オンオン！」

「そうですか。あなたにそう言っていただけると嬉しいですね！」

どうやらインドカレーよりは、タイカレーに近い風味であるらしい。俺のカレーからヒントを得てここまでの料理を作り上げるとは、さすがフェルムス！　恐ろしい奴！

次々に出てくる美味しい料理に、フランたちのテンションは上がりっぱなしだ。

一〇品目に出てきたのは、以前も食べた肉料理だった。フランは一口食べると大きくうなずき、次に首を傾げる。

『どうした？』

（美味しいけど、フェルムスのよりも美味しくない）

どうやら、何らかの違和感があったらしい。首を傾げたまま、モグモグと咀嚼《そしゃく》している。

『ウルシはどうだ？』

「オフ－……？」

ウルシも同様だ。口を動かしながらも、どこかおかしさを感じているらしい。

「あ、あの、いかがでしょうか？」

悩んでいるフランに声をかけてきたのは、フェルムスの弟子の男だった。

なるほど、これは彼が作った物だったらしい。食べただけでその違いを感じ取るんだから、フランたちの舌は凄いな。

「ぜひ、忌憚《きたん》のないご意見を聞かせてください」

「わかった」

あー、そんなこと言ったら……。俺の心配した通り、フランは弟子の料理を以前よりも美味しいと褒めつつ、フェルムスとの違いを指摘しまくって凹ませていた。

フランは素直系女子なんだから、言っていいとなったら一切の遠慮なく感想を言うにきまっている。

それでも、男にとっては貴重な意見であるらしい。涙目になりつつも、しっかりとメモを取っていた。

まあ、これからも精進してくれ。

その後も様々な料理に舌鼓をうち、フランたちは食事を堪能したのだった。

「おいしかった」

『お腹ポンポコリンだな。動けるか？』

「だいじょぶ」

「オン」

ウルシは影の中に退避である。やはり、腹が重くて動きづらいのだろう。

フランも歩くことに問題はなさそうだが、走れるかな？　まあ、ゆっくりと向かえばいいさ。次が最後の目的地だからな。

向かう先は、ルシール商会の本部だ。

さすが大商会なだけあり、フランが建物に入った瞬間にその正体を察したらしい。それとも何度か来たこともあるから、覚えていたのだろうか？

受付にいた女性が立ち上がって、丁寧に頭を下げて出迎えてくれた。

「お久しぶりですフラン様。本日はどのようなご用件でしょうか？」

「レンギルはいる？」

「ただいま確認してまいりますので、少々お待ちください」

受付のお姉さんがそう言った瞬間、後ろに控えていた丁稚の少年が駆け出していった。レンギルにフランの来訪を伝えに行ったのだろう。

「こちらへどうぞ」

受付のお姉さんが、ロビーの中央に置かれたソファへと案内してくれる。すると、ほぼ同時に、メイドさんの格好をした従業員がお茶とケーキを持ってきてくれた。フランがこの建物に入ってから数分だぞ？　メチャクチャ早いな！

しかも、ただのお茶とお菓子ではない。ティーカップとソーサーには美しい絵が付けられ、ケーキはこちらの世界では珍しいデコレーションケーキだ。

他のソファに座っている商人の前には、質素なカップでお茶だけである。それを考えると、異常なほどの好待遇だ。

あと、お茶請けにお菓子が出てきたことにちょっとした物足りなさと、安堵感を覚えてしまった。やっぱ獣人国のステーキがおかしいんだよな？

『フラン、さっきは腹いっぱいだったみたいだけど、食べれるか？』

（ん？　もちろん）

食べられないなら次元収納に入れておこうかと思ったのだが、フランは嬉しそうにケーキを口に運んでいる。あれー？

『無理しなくてもいいんだぞ？』

（甘い物は別腹）

まあ、美味しく食べられるならいいけどさ……。最近、食いしん坊に磨きがかかってきている気がする。とは言え、フランは普段から激しく動くので太る気配は一切ないんだよね。ちょっとでもおデブの気配がしたら、俺がなんとかしなくては。

フランがケーキを美味しくいただいていると、すぐに案内の女性がやってくる。そして、食べ終わって一息ついた後に、レンギル船長の部屋へと通してくれた。

「やあ、バルボラに戻っていたのですね」

「ん。すぐに出発するから、挨拶しにきた。あと、香辛料がほしい」

現在は香辛料が多少高騰しているようだったが、今の俺たちはお金持ちだ。獣人国で稼いだからな。問題なく欲しい分を購入することができた。

「では、お帰りの際にお渡ししますね」

「ん」

レンギル船長はフランが次元収納持ちであることを知っているので、運搬を心配する話にはならない。

その後、俺たちはガルスのことだけではなく、ゼロスリードの話についてもレンギル船長に聞いてみたんだが、どちらも知らないということだった。

ただ、アシュトナー侯爵家については幾つか興味深い話を聞くことができた。

「彼《か》の侯爵家は、現在かなりの苦境にありますね」

「苦境？」

「セルディオ・レセップスを知っていますか？」

「ちょっとだけなら」

「ならば話が早い。セルディオはアシュトナー侯爵の妾腹《しょうふく》だったのですが、彼が冒険者ギルドから告発されたのですよ。ランクA冒険者ながら、黒い噂の絶えない疑惑の人物でした。既に命を落としていますが、死後に様々な悪事を働いていたことが分かったのです」

セルディオとは、ウルムットで俺たちが倒した、アシュトナー侯爵の息子だ。侯爵家から神剣の探索を命じられていたが、暴走した挙句にダンジョン内でフランたちを襲い、返り討ちにされている。

セルディオはアシュトナー侯爵の配下に魔薬を投与されており、それが暴走のきっかけであったらしい。だが、異様だったのは狂乱する様子だけではなかった。その姿もまた、尋常ではなかったのである。

セルディオや、一緒に暴走していたソラスたちの背には、一本の剣が刺さっていた。苦悶する男の顔がハンドカバーに彫り込まれた、エストックだ。背骨に沿うように差し込まれていたあの魔剣が、セルディオの暴走に何らかの影響を与えていたのは確かだと思うのだが……。

結局、あの時には魔剣にどんな力があるのか分からなかった。マジであれは何だったんだろうな？

しかも、セルディオの仲間にも同じ魔剣が刺さっていたことを考えると、同じものが他にないとも限らない。できれば、もう出会いたくはないんだけどな……。

それにしても、ディアスたちはセルディオを告発したのか。セルディオの暴走を切っ掛けに、本当に動いたらしい。

セルディオの不正に協力していた各支部のギルドマスターが失脚に追い込まれ、アシュトナー侯爵が裏で行っていたことが暴露されたという。

しかし、相手は侯爵家だろ？　大丈夫なのか？

「ギルドと侯爵家の仲が悪くならない？」

「なりましたね。ですが、国がギルドの肩を持ちましたので、侯爵家は賠償などに応じたようです」

冒険者の中でも特に信用度の高いランクA冒険者の証言や、魔薬という証拠もある。また、国は冒険者ギルドとの仲が壊れるのを嫌い、全ての罪をセルディオに被せる方を選んだらしかった。

セルディオの従者が、アシュトナー侯爵家から神剣の探索を命じられていたという証言をしたこともあり、侯爵家は単にスキャンダルによる信用の低下だけではなく、国から疑惑の目を向けられることになったという。

「最近は財力的な面でも陰りが見られます。我が商会も侯爵家と商売上の関係がありましたが、いくつかの支払いが滞っております」

「なるほど」

詳しく話を聞いても、セルディオの死にフランが関わっているという事実をレンギル船長は知らなかった。ディアスが厳しく情報統制をしてくれたようだ。

だが、人の口に戸は立てられないというし、フランの関わりを完璧に隠すことは難しいだろう。アシュトナー侯爵家にも知られているかもしれない。

となると、単にガルスの行方不明に関係している相手というだけではなく、フランを恨んでいると考えた方がいいかもしれなかった。アシュトナー侯爵家と関わる時には慎重に行動した方がいいだろう。

バルボラの次はウルムットに行く予定だし、セルディオについて話を聞いた方がいいかもしれない。

というか、そもそも獣人国に行ったのはウルムットの冒険者ギルドのマスター、ディアスの依頼を受けてということになっている。

その内容は、行方不明となった黒猫族の冒険者の捜索。まあ、キアラ婆さんのことだな。

半分は有名になり始めていたフランを守るための建前みたいなものであったのだが、実際に本人と出会い、その死を看取ったからには、報告しない訳には行かない。

『ディアスのとこで、情報収集だ』

(ん)

そうと決まれば善は急げだ。ルシール商会で用意してもらった香辛料を受け取り、俺たちはすぐに出発することにしたのであった。

『メッチャ見られてるな』

「ん」

ウルシの頑張りのおかげで、予定よりも早くウルムットに辿り着いた俺たちは、冒険者ギルドへと向かっていたんだが……。

周囲から非常に注目されていた。

武闘大会のインパクトが未だに残っているらしい。

街を歩けば人々が振り返り、立ち止まれば人垣ができるのだ。しかもそのほとんどが冒険者という状況である。

だが、中には武闘大会以降にこの町へやってきた冒険者もいるらしい。

「なんであの小娘に注目してるんすか？」

「おめー、知らねーのか？」

「は、はい」

「あれが黒雷姫《こくらいき》だよ」

「ええ？　あ、あれが？　ただの獣人の娘っ子じゃないですか！」

「これだからルーキーは……」

なんていう言葉がそこかしこでかわされている。新人たちには見ただけで実力を測るなんて真似、できないから仕方ないよな。そして、冒険者ギルドの外で、久々のイベントである。

「おい、小娘。新人が随分といい剣を持ってるじゃねーか？」

「ちょっと顔貸せよ」

ギルドに入ろうとしている新人や駆け出しをカモにしている、不良冒険者たちであるらしい。

外見は冒険者と言うよりも、完全に山賊だった。

毛皮のベストとか、防御力あるのか？　防寒用なのか？　スキンヘッドが一人にモヒカンが二人という、絶対にお友達にはなりたくない外見である。

能力的には雑魚《ざこ》だ。にしても、四〇近い年齢でこの能力って……。多分、危険を冒さずに、採取や雑魚魔獣狩りをして日銭を稼ぐような生活を長年続けてきた、なんの気概も展望もないタイプの冒険者なのだろう。

別にそれが悪いとは言わない。生活のために冒険者をやっている人間は多いだろうし。だが、他人に迷惑をかけるのなら話は別だ。

「おら、こっちこい」

「さっさとしろや」

男たちは手慣れた様子でフランを取り囲みつつ、ギルドのすぐ脇にある路地へと誘導しようとしている。普通の新人冒険者であれば、ガタイの良い男たちにこれだけ威圧されてしまえば従わずにはいられないだろう。

「げへへ、ウルムットはガキが多くてやりやすいな」

「まったくだ。おい、なに突っ立ってやがる」

「とっととそっち行け！」

フランを進化させるためにダンジョンマスターのルミナが無理をしたせいで、ウルムットのダンジョンは大きく力を減じている。そのせいで出現モンスターのランクが下がってしまい、産出素材の質も低下してしまった。

結果として、冒険者やギルドの実入りが減ってしまったが、その損失を補填するために新人の修行場としてルーキーを呼び込んでいるらしい。

新人にとってはいい修行場なんだが、こういう馬鹿どもにとっても獲物がそこら中にいる状態なのだろう。

「おい小娘！　突っ立ってねーで――ゲボ！」

「てめぇ！　いきなり――ガハッ！」

「お――ブゲラッ！」

よかったね、フランの機嫌が良くて。ワンパンで済んだからね。ちょうど町に入る前に食事を終えたばかりだったのだ。不機嫌だったら俺を抜いていたぞ？

まあ、男たちは血を吐いてもがき苦しんでいるけどな。

『ちょいとスキルの力加減を間違えたな』

（ん。ちょっとだけ力が入っちゃった）

フランは骨の一、二本程度で済ますつもりだったんだが、どう見ても肋骨が四、五本は粉々に砕け、内臓まで損傷を受けている。わずかな苛立ちのせいで、力がやや入り過ぎたのだろう。

ただ、一人目よりも三人目の方が少しダメージが少ないかな？　多分、三回目の方がちょっとだけスキルの制御が上手くいったんだろう。一人目が八割殺しのところ、三人目は七割殺しくらいで済んでいる。

失敗は失敗だ。悶絶させるだけのつもりが、大怪我させてしまったのだから。

だが、俺は褒めて伸ばす男。

『三人目はちょっとだけ上手くいってるじゃないか』

（ん。コツがつかめてきたかもしれない）

ここは失敗を指摘するよりも、上手くいった部分を褒めるべきだろう。このまま馬鹿どもが大量に絡んできたりしないかな？　あと一〇〇回くらい繰り返したら、フランのスキル制御の訓練になるんだが。

まあ、無理だと思うけど。周囲で大勢の冒険者がこっちを見ている。噂はあっと言う間に広がるだろう。

彼らのざわめきを聞きつけたのか、ギルドの中から誰かが出てきた。

「ちょっと、何の騒ぎ？」

「エルザ？」

「あらん？　フランちゃんじゃなーい！　お久しぶり！」

現れたのは、ガタイの良いマッチョメンだ。相変わらずの赤毛のアフロに、濃いメーク。そしてピッチピチの服装だった。

ランクB冒険者のバルディッシュ――ではなく、エルザである。

クネクネナヨナヨとした女性っぽい動きをしたガチムチの男ではあるが、その実力は確かである。ランクA以上が英雄クラスの超人であることを考えれば、普通の冒険者の中ではトップクラスと言っていいだろう。

また、外見に似合わず面倒見が良く、フランも色々と世話になった。オカマでバイでマゾでストライクゾーン広めという真性の変態なので、気は許さないけどな！　でも、善い奴ではあるのだ。

「また会えて嬉しいわん！」

「ん。久しぶり。今、ディアスいる？」

「ええ、中にいるわよ。それにしても、この倒れてる子たちって、もしかしてフランちゃんに何かしようとした？」

「ん」

「まったく、実力差もわからないのかしら……。自業自得ね！　エリック、ケイン！」

エルザが冒険者ギルドの中に声をかけると、すぐに若い冒険者たちが外に出てきた。

「はい！」

「なんすか？」

「こいつら、他の子たちと手分けして医務室に放り込んでおいてくれる？　私はフランちゃんとお話があるから」

「わかりました！」

「了解っす！」

相変わらずこの町の冒険者たちはエルザに従順だ。いや、逆らえない気持ちは分かるけど。

冒険者たちはキビキビと馬鹿どもを縛り上げ、エルザの指示通りに担いで運んでいった。

「それで、ギルマスに用事ってことよね？」

「ん」

「いるにはいるんだけど、今はオーレルお爺ちゃんとお話し中なのよね。少し待っててくれる？　まだ終わらないか聞いてくるから」

「オーレルにも話があるから、ちょうどいい」

「あらん？　そうなの？　じゃあ、フランちゃんを通していいか聞いてくるわ」

「お願い」

「うふん。フランちゃんのためだもの！」

去り際、エルザがバチンとウィンクをする。おおう、久々の悪寒！　ちょっとだけビクッと震えてしまったぜ。

（どうしたの師匠？）

『フ、フランは今のを見ても何ともないんだろ？』

（今の？）

『いや、何でもない。何でもないんだ』

（？）

やっぱりエルザは苦手だ。

悪寒と闘いながら待つこと五分。

俺たちはギルドマスターの執務室に通されていた。中では、二人の老人がお茶を飲んでいる。

一人は貴族風の風体をした男だ。白いオールバックと丁寧に整えられた顎鬚《あごひげ》。仕立ての良い服を着込み、この齢でお洒落を忘れていないことをうかがわせた。

もう一人はやはり白髪の、ガタイのいい老人だ。未だに体を鍛えているのか、羽織の上からでも分厚い筋肉を纏っていることが分かる。目は鋭く、まるでマフィアのドンのような迫力があった。

「やあ、久しぶりだねフランくん」

「フラン嬢ちゃん、ウルムットに戻って来てたのか」

ニコニコと笑う優男がディアス、ニヤリと迫力満点に笑ったのが白犬族のオーレルだ。

ともに黒猫族のキアラ婆さんがウルムットにいた頃の知り合いで、その行方を捜していた。フランが獣人国へと向かう理由となった、依頼人でもある。

だが、この部屋にいるのは彼らだけではなかった。

「フランか！　良く戻ったな！」

「人形が喋った？」

二人が挟んでいるテーブルの上に、人の姿を模した人形のようなものが置いてある。大きさは二〇センチ程度。かなり精巧な作りで、まるでフィギュアのようにも見えた。

なんと、その人形が声を発したのだ。しかもその声には聞き覚えがある。

「その声、ルミナ？」

「うむ。今はこの人形に憑依しておるのだ」

ウルムットのダンジョンを支配するダンジョンマスター、ルミナの声であった。

ダンジョンマスターはダンジョンの外に出られないのかと思っていたが、裏技があったらしい。言われてみると、その人形はルミナの姿によく似ている。

「どうしているの？」

「何、これからのダンジョンの運営について話し合っておったのよ」

ディアスにオーレルにルミナと、町の三大巨頭が揃っているわけか。だが、俺たちにとっては非常に都合がいい。何せ、キアラの話を伝えなくてはいけない相手が一ヶ所に揃ってくれているのだ。

ルミナの人形がフランの前に歩み寄って、こちらを見上げて疑問を口にする。

「お主こそどうしたのだ？」

「ん。ディアスに指名依頼の報告にきた」

その言葉を聞いた瞬間、ディアスの表情が真剣なものとなった。フランの表情から、何らかの進展があったのだと理解したのだろう。

「情報を手に入れたんだね？」

「ん。キアラに会った」

「おお！」

「ほ、本当か！」

「ど、どうしていたのだ？」

全員が腰を一瞬浮かせ、すぐに居住まいを正した。フランに詰め寄ろうとして、自制したのだろう。

その顔は、狂おしいほどに真剣だ。

ディアスがオーレルたちを退出させないところを見ると、このまま一緒に報告してしまっていいみたいだな。

「キアラは獣人国にいた」

「やはりそうだったんだね」

「キアラに会ったのは、獣人国の王都――」

そして、キアラとの出会いから、その後の戦いについて三人に語る。ディアスもオーレルもルミナも、非常に良い聞き手だった。

キアラと出会ったシーンでは喜びの声を上げ、魔獣の軍勢との戦いでは手に汗握り、キアラが救援に来た場面では興奮したように歓声を上げる。

勿論、全てを語ることはできない。アリステアの存在や、俺の存在、他にも秘密にしなくてはいけない情報は多い。経験豊かなディアスたちは、フランが隠し事をしていることは気付いているはずだ。

それでも、フランが語れる範囲で真実を話しているということも理解しているんだろう。

大きなリアクションを見せながらも、しっかりと話に聞き入っている。

だが、ダンジョンでの話が終盤にさしかかると、その表情が真剣なものに変わった。フランの口調の微妙な変化から、何か不吉なものを感じ取ったのだろう。

そして、フランがキアラの死について語り終えると、ここまではほとんど一緒だった三人の反応は大きく違っていた。

「……キアラ……」

ディアスは居ても立っても居られない様子で立ち上がったのだが、すぐ力を失ったようにソファに座り込むと、何もない虚空を見つめながら大きく息を吐き出した。

そのまま、動かない。だが、体の前で組み合わされた両の手は、指先まで真っ赤になるほど強く握り合わされているようだった。

「そうか……変わらねぇな……最期まで……」

脱力したのはオーレルも同じだ。項垂《うなだ》れて、鼻をすすりながら涙を拭っている。だが、その顔には納得した色もあった。多分、同じ獣人で戦闘狂同士、通じる物があるんだろう。

ルミナはその場で歯を食いしばっている。だが、どこか嬉しげにも見えた。

「そうか、進化にたどり着いたか。しかも黒天虎とはな……」

キアラの気持ちが一番分かるのは、実はルミナなのかもしれない。死んだことに対する悲しみよりも、キアラが晩年を幸せに過ごし、進化を遂げて果てたということに、喜びを感じているようだった。

しばらく沈黙が部屋を支配していたのだが、オーレルがおもむろに顔を上げると、その口を開く。

「嬢ちゃん……キアラは、最期は笑っていたって言ってたな？」

「ん」

「それは、嬢ちゃんから見て、心の底からの笑いだったかい？」

その言葉に、フランが大きく頷いた。

「もちろん」

「そうか……なら、いい」

長年探していた相手が、つい先日死んだばかりだと聞かされて納得できるはずもない。だがオーレルは自分に言い聞かせるように、何度も頷いていた。

「ゼロスリード……」

それに対し、ディアスが押し殺した声でポツリと呟く。押し殺しているが、凄まじい激情が秘められているのが分かる。無表情なのが逆に恐ろしかった。

「ディアス。キアラは復讐なんて馬鹿な真似はするなって言ってた」

「そうだね。復讐は馬鹿のすることだ。それに、長年冒険者の死を見続けてきたんだよ？　君たちみたいなタイプがどんな死に方をすれば満足なのか、分かっているつもりだ……」

ギルドマスターをやってるんだ。穏やかな死を望む者ばかりではないと理解しているんだろう。特に、キアラやオーレルのような戦闘狂たちは、戦闘の中で死にたいとすら思っている。

「でもね、僕は……僕は君たちのような、割り切れるタイプの人間じゃないんだ。もっと汚くて、浅ましい、憎い相手がいれば復讐してやりたいと感じてしまう人間なんだよ……」

力なくつぶやくディアス。しかし、その眼には暗い光が宿っているのを俺は見逃さなかった。

何をするつもりなのかは分からないが、ディアスの胸にゼロスリードの名前が確実に刻まれただろう。

だが、彼もこれ以上何かを言ってはフランを困らせると分かっているのか、すぐに硬い笑顔で言葉を発する。

「それにね、キアラは獣人国で酷い目にあわされているのだと思っていたんだよ？　それが、幸せに暮らしていたと分かったんだ。それだけでも僕は十分に満足だよ」

スキルを使わずとも完全な本心ではないと分かるが、指摘するような真似はしない。フランが何を言っても、ディアスの心が晴れることはないだろうから。

「生きて会えれば最高だったのかもしれないけど……。この齢だ。友人がいつの間にか、どこかで死んでいたなんて話、よくあることなのさ」

「がははは！　ディアスの言う通りだ！　むしろ、俺らの分までキアラを看取ってくれたんだ。感謝しかねぇよ」

「その通りだ。それに、黒猫族に進化の条件を伝えてもくれたそうではないか。感謝する」

結局この後、三人に対してキアラの話を延々とさせられるはめになるのだが、フランはむしろ楽しそうだった。

フランもキアラの事が大好きだし、尊敬しているからな。そのキアラの話を真剣に聞いてくれる相手がいる状況が嬉しいのだろう。フランにしては珍しく、身振り手振りを交えてかなり長い間喋っていたのだった。

そうしてキアラについて語った後、今度はフランがディアスに質問をぶつける番である。

オーレルとルミナはすでに退出済みだ。

「セルディオって男について聞きたい」

「その言い方、まるで覚えてないみたいだね」

すまんディアス、フランは本当に覚えてないんだ。ダンジョンで戦った気持ち悪い相手という覚え方はしていたが、名前や顔などは完全に忘れていた。

まあ、フランにとってその程度の存在だったってことなのだろう。

「もしかして、アシュトナー侯爵から接触でもあったかい？」

「ない」

『だが、ウルムットを発ったら、次は王都に行くことになっている』

「なるほど。オークションか」

「ん」

鍛冶師のガルスが、アシュトナー侯爵家の極秘依頼を受けた直後から行方が分からないという話を、ディアスに聞かせる。

「そうか、彼がバルボラに行ったとは聞いていたが、まさか行方が分からないとはね」

『鍛冶用の素材をアシュトナー侯爵家が集めてるらしい』

「ほほう？　ガルス君を連れて行ったアシュトナー侯爵家が？　それはきな臭い」

神剣を探し求めていたアシュトナー侯爵家が、優秀な鍛冶師であるガルスを連れ去った。そして、希少な金属素材を集めているとなれば、どう考えても無関係ではない。

セルディオたちに刺さっていた魔剣の謎もまだ解明されていないし、ガルスはどんな扱いを受けているのだろうか……。

『一応、王都でガルスと会う約束をしてるんだ。会えるかどうか分からないが、場合によっちゃ侯爵家がからんでくるだろう。だから、セルディオの件をどう処理したのか、フランに関する情報がどう相手に伝わっているのか、知りたい』

「そういうことか」

ディアスたちはセルディオの従者をちょっと強めに尋問して、情報を引き出していたはずだ。何か有益な情報があるかもしれない。

「いやー、奴からは、こちらのほぼ希望通りの情報を聞き出せたからね」

この、希望通りの情報を聞き出すっていうのがなかなか恐ろしい言葉だよな。フランは気付いていないけど、誘導尋問で都合のいい情報だけを言わせたのだろう。

ディアスならお手の物に違いない。

そんな、ディアスたちに一方的に有利で偏った証言を使い、セルディオたちを告発したのだろう。

「前だと、こう上手くはいかなかっただろうね」

「どういうこと？」

「アシュトナー侯爵家の傘下にオルメス伯爵という貴族がいるんだが、その息子が本当に邪魔でね。嘘を見抜くスキルを持っていて、非常に重用されていたんだ」

あれ？　どっかで聞いたことがある話だな。嘘を見抜くスキル？

「アルサンド子爵という男だったんだけど、知ってるかい？　確かアレッサにいたはずだから、面識があってもおかしくはないと思うけど」

やっぱり！　俺が虚言の理を奪った、あの馬鹿子爵だ！

オーギュスト・アルサンド。親は確かオルメス伯爵と言っていた。間違いない。

「この子爵のスキルが本当に厄介でね。相手の嘘を完全に見抜けるスキルを持っていたんだ。もしそいつが、そのスキルを偏った使い方をしたらどうなると思う？」

『偽証し放題だろうな』

「そうなんだ。例えば、セルディオの従者がした証言を、その子爵が嘘だと言えば、どんな情報を引き出したとしても嘘の証言だったことにされてしまうんだ」

実際、オーギュストは似た使い方をして、フランを嵌《は》めようとしやがったからな。

「ただ、そのアルサンド子爵がある日突然嘘を見抜くスキルを失ってね。スキルが無ければ無能な問題児でしかなかった子爵は蟄居《ちっきょ》。オルメス伯爵家は凋落《ちょうらく》した。そのおかげで、アシュトナー侯爵家に証言の真偽で横槍を入れられることも無くなったってわけさ」

アルサンド子爵から虚言の理を奪ったのは、フランを嵌めようとしたことへの意趣返し程度のつもりだったんだけどな。まさかここでその話が関わってくることになるとは……。

「セルディオが服用していた魔薬の物証もあったし、言い逃れはできない。セルディオは子爵としての地位を持っているから、その罪は彼のレセップス子爵家が負うことになるだろう」

レセップス子爵家は、アシュトナー侯爵家に連なる分家だ。当然、子爵家がお取り潰しになれば、侯爵家の力も大きく減じられることとなるはずだ。

「セルディオのことで侯爵家そのものを罪には問えないが、嫌がらせにはなるだろう。それに、ギルドの関係者は別だ。セルディオに与《くみ》していた忌々しいギルドマスターたちは、全員これさ」

ディアスが自分の首をトントンと叩く仕草をする。単にクビにしたという意味ではないだろう。物理的に首を落とされたに違いない。

こうやって話していると好々爺《こうこうや》というか、にこやかなスマートダンディ爺さんなんだが、長年ギルドをまとめてきたやり手でもある。権力を奪い合う政敵相手に容赦はしないだろう。

「セルディオの死に関しては、フラン君のことはできるだけ伏せるようにしている。あの場に居合わせた者たちにも、エルザ君から強く言っておいた。まあ、全く隠すことは難しいだろうけどね」

「それは仕方ない」

「だから、代わりに色々な噂を流しておいたんだ」

『色々な噂？』

「セルディオを倒したのは人間の男だとか、実は僕が暗躍したとか、本当はフォールンド君だったとか、色々だよ。中には黒雷姫のせいで死んだっていう本当の噂もあるけど、君はこの都市では有名人だ。むしろその名前が噂されることは当たり前だし、それが真実だと思う者は少ないだろうね」

木を隠すなら森の中。そういうことか。

「それに、セルディオの死そのものよりも、その後の尋問や追及の方が重要だからね。そちらで活躍したフォールンド君や僕の方が注目度は高いと思うよ？」

『それって、ディアスやフォールンドは大丈夫なのか？』

「あはははは、平気平気。これでもランクAだよ？　冒険者とはいえ国への影響力も強いし、戦いになればギルド全体を敵に回す。侯爵家だって、馬鹿な真似はしないさ」

『だったらいいんだが……』

「まあ、それでも完全にフラン君の関与を隠せたとは言い難い。アシュトナー侯爵家と関わる時には気を付ける事だね」

「ん。わかった」

ディアスに話を聞いた後は、ウルムットで最後の情報収集だ。まあ、ダンジョンへと戻ったルミナのところへ行くだけだが。転移を使えばすぐである。

ギルドで別れた時に後で訪問することは伝えてあったので、準備万端で出迎えてくれた。

最初に話すのは、ミューレリアの顛末についてである。キアラについては散々語ったが、もう一人の黒猫族について、ルミナには語っておくべきだろう。

だが、ルミナの反応は俺たちが思うような激しいものではなかった。懐かしさと悔悟の念が混ざった、苦々しい表情を浮かべて俯いている。

ルミナにとってミューレリアは、すでにいなくなった人物という認識だったのだろう。

五〇〇年前の人物なのだから、当然である。しかもかつての主筋であり、邪神によって人生を狂わされた被害者としての面も知っているのだ。

「そうか……ミューレリア、様が……」

その心中にどんな想いが渦巻いているのかは分からないが、ルミナはしばらくの間、静かに涙していた。

その後、フランとウルシがお茶とステーキを食べている間に、俺は落ち着きを取り戻したルミナと別室に移動した。椅子にはさすがに座れんので、テーブルの上に失礼する。

『すまないな。ちょっと聞きたいことがあったんだ』

「フランたちには聞かせられない事なのか？」

『うーん、そういう訳じゃないんだが……』

俺は、ミューレリアと交わしたダンジョンについての会話をルミナに聞かせた。そして、俺自身が混沌の女神の眷属《けんぞく》であり、ダンジョンマスターに課せられた縛りの影響がないということも語って聞かせる。

『前にルミナが、進化の情報をフランに伝えられなかったことがあるだろ？　もしかしたら俺だけだったら普通に話せていた可能性がある』

「なるほど」

『だから、フランがいない方がルミナが情報を喋りやすいかもしれない。とりあえず俺とルミナだけで話を聞かせてもらえないか？』

「よかろう。それで、何が聞きたいのだ？」

『混沌の女神の眷属って、何なんだ？』

女神自身にも、ミューレリアにも言われたが、いまいち意味が分かっていない。混沌の女神の関係者ってことは分かるんだが……。

「眷属とは何かと言われてもな……。神の眷属とは、その神が手ずから作り出した存在や、その神から力を受けとったものを指す言葉だ」

『俺の場合はどうなんだろうな？』

「ふむ……。それはさすがに分からんが、混沌の女神の眷属ということは、ダンジョンに何らかの関係がある可能性が高いと思うぞ」

『そうなのか？』

「他の神々と違い、混沌の女神様はダンジョンを通してしか現世との関わりがない。混沌属性の魔術はダンジョンマスターがダンジョンを操作するための術であるし、混沌の女神様は過去に生物を生み出したという話も聞かないからな。私が知る限り、混沌の女神様の眷属は、ダンジョンマスターか、その配下のモンスターや生物だけだ」

つまり、俺もそのどちらかってことになるのだろうか？

ダンジョンマスターではないだろう。ということは、俺を生み出すにあたってダンジョンの力が使われた？　それとも俺の中に封じられている謎の魂さんとかが、混沌の女神の眷属？

『うーむ結局、よく分からんな』

ダンジョンに来れば何か感じるものがあるかと思ったのだが、それもない。

ダンジョンマスターであるルミナにも分からないのであれば、もうどうしようもないだろう。

『他に、混沌の女神様について聞けそうな相手はいないもんかね……？』

ご本人でもいいんだが、神様にほいほいと会える訳もない。

第二章　王都の表と裏

ウルムットを出発してから二日目の早朝。

「あれが王都？」

『そのはずだ。さすがにあの規模の都市がいくつもあるとは思えん』

「おっきい」

「オン！」

快調に空を駆けるウルシの背の上から、巨大な都市の姿が見えていた。バルボラも相当大きかったが、こちらの方がさらに巨大だろう。

一見しただけで分かった。あの港湾都市を、遥かに超えた威容を誇っている。

獣人国の王都、ベスティアよりもさらに大きいだろう。

城壁からして、規格外である。何せ、周辺を囲む森の木々に倍する高さを持っているのだ。高さ五〇メートル以上はあるだろう。

魔獣の存在するこの世界では、安全を追い求めたらこのくらいは必要になるのかもしれない。

しかもその城壁は、堅く武骨なだけではない。各所に備え付けられた尖塔の屋根や壁には美しい装飾が施され、華麗さも感じることができた。なるほど、絢爛さと堅牢さを兼ね備えた、王都の名に相応しい外観である。

位置的には、国土の中心からはやや東にずれた場所だ。北部にあるアレッサから見て南東、南部にあるウルムットからは北東に存在している。

クランゼル王国建国時は、ここが国の中央部であったらしい。だが、長い年月で国土の形が大きく変わり、やや東寄りに位置することとなったそうだ。

二〇〇年ほど前には、もっと海に近い場所に遷都をしてはどうかという話も出たらしい。だが、新たに都を築く費用と労力を考えて、取りやめになったんだとか。

まあ、これだけの規模の都市を新たに作ろうと思ったら、その対価は凄まじいことになるだろうしな。

『じゃあ、この辺で降りよう』

「オン」

「ん」

いつも通り、都市の手前で降りて、歩いて門へと向かう。

上から見て分かっていたが、王都の手前には長蛇の列ができていた。ウルムットに入る時にもかなり長い列に並んだが、あれ以上だ。

ウルムットを発つ前にディアスに忠告されていたが、目にすると想像以上だった。

オークション目当ての観光客などが並んでいるのだ。

これを一直線に並ばせてしまうと、最後尾は王都から大分離れてしまい、魔獣などによる被害も懸念される。それ故、入場待ちの人々は城壁に沿うように列を作っていた。

その周囲を騎士や兵士が巡回し、行列整理兼護衛をしている。

『面倒だが仕方ない。大人しく並ぼう』

「ん」

列の最後尾を目指して歩く。地上に下りてしまうと、普通に先が見えんな。

ウルムットでも行列に並んだ人々を相手に商売をしている人々が多く見られたが、こちらは規模が違う。それこそ、小さな村の市くらいは余裕で超えているだろう。

露店どころか、普通に店が立っているのだ。

多分、簡易的に組み立てられる店なのだろうが、この時期の為に作ったのだろうか？　行列はゆっくりと流れているため、それぞれの露店の商品をじっくりと見る暇はあった。呼べば店の人間がきてくれるので、列から離れずとも売買が可能だろう。

一番多いのは、日本の古き良き駅弁販売スタイルかな？　これならば、移動しながら商売をすることができるのだ。商品の内容や規模で、販売スタイルがそれぞれ違うらしかった。

待っている間、飽きずに済みそうだ。

「見えた、あそこが一番後ろ」

『長かったな』

多分、三〇〇〇人くらいは並んでいるんじゃなかろうか？　これでも、王都の住人や貴族、登録済みの人間用の門が他にあるというのだから恐ろしい。

この列の人間はほぼ全員が、王都にやってくるのが初めてか、一年以上ぶりの来訪ということになるそうだ。つまり、オークションの参加者たちということである。

この凄まじいごった返し方を見ていたら、ガルスに出会えるか心配になってきた。たった一人の人間を探すことなんて、できるだろうか？　まあ、ここで悩んでいても仕方がないし、細かいことは王都に入ってから考えることにしよう。

『だいぶ時間がかかるはずだから、ゆっくり待とう』

「ん」

「オン」

今回はウルシも一緒である。影で留守番させようかとも思ったが、魔獣を連れている者たちも結構多かったのだ。

ウルシに似た狼型の魔獣や、大規模隊商の大型馬車を引く三メートル近い巨大な馬など、結構迫力のある魔獣たちが人間に交じって列に並んでいる。

これなら、大型犬サイズのウルシは目立たないだろう。さすがに巨大化状態だとパニックになるだろうけどね。一応、従魔証をしっかり周囲から見える位置につけておく。

ウルシの仕事は、フランのソファ兼露払いである。さすがに厳《いか》つい狼を連れていれば、絡んでくる奴はいないだろう。

(じゃあ、ココントウザイする)

『お、久しぶりにやるか?』

(ん!)

どうやら、ウルムットの行列待ちの時にもやった古今東西が意外に気に入っていたらしい。時間はたっぷりあるし、フランが飽きるまで付き合ってやろう。

(ココントウザイ、料理の名前)

『ほほう？　俺に料理の知識で挑むとは！　返り討ちにしてやろう！』

(負けない)

『じゃあ、いくぞ――』

(ん――)


そんなこんなで二時間が経過した。二時間だよ？　それでも、列はまだまだ長い。

俺たちの順番はまだかなり先である。

フランはすでに古今東西には飽きて、今はウルシとリバーシをやっている最中だ。ウルシの石はフランが置いてやっている。

これは、行列待ちの人間にボードゲームを売っていた商人から購入した物だった。人間の真理を巧妙についた、上手い商売だな。

因みに、リバーシの前はフランとウルシが〇×ゲームをやっていたんだが、お互いに慣れてしまい、一〇〇戦くらい引き分けた時点で飽きたようだった。

待っている間、ただゲームで遊んでいただけではない。お茶やおやつを食べたり、前後の商人さんたちと世間話をして仲良くなったりもした。

俺たちの前に並んでいたのは、干した果物を行商しているレブさん（三二）である。オヤツ代わりに、干しブドウや乾燥林檎チップを買ったことで仲良くなった。

後ろに並んでいたのが香木を商っているメナンさん（四一）。徒歩のレブさんと違って馬車持ちだ。幌無しの小さい馬車だし、引いているのはロバであるが。

肉などの燻製を作る用に、いくつか香木を購入したことでこちらも話をするようになった。

今ではフランとウルシのリバーシを後ろから覗き込みつつ、口出しをする程度には仲良くなったのだ。

「いやいや、待てお嬢ちゃん。そこじゃない。こっちだろ」

「でも、それだとここを取られる」

「あえてだよ。そこを取らせて、次にこっちだ」

「なるほど」

そんな感じでレブさんとフランが相談している横では、メナンさんがウルシに語りかけている。

「ウルシよ。ここだ」

「オン？」

「確かに角を取られる。しかし、ここまで盤面が進めば、角を取られても逃げ切れる」

「オオン……」

リバーシの石をどこに置くか、真剣に狼と相談するおじ様。カオスな図だ。ただ、魔獣の中には人間並みの知能を持つ種族は珍しくないので、メナンさん的には違和感がないらしい。真面目にウルシと話している。

「……おお」

「やはり……」

そんなフランたちの横を、妙にゆっくりと通り過ぎていくやつらがいた。特に何をするでもなく、ただ不自然なほどフランのことをチラ見しながら行ったり来たりしているのだ。あれで気付かれていないと思っているのかね？

その不自然な通行人のほぼ全てが、獣人たちであった。どうやら列に並んでいる獣人の間に、黒雷姫が並んでいるという情報が知れ渡ったらしい。

現在は進化隠蔽スキルを使用しているので、獣人でもフランが進化しているとは分からないはずなんだが……。

ウルムットの武闘大会で盛大に進化姿を見せたことで、進化していることを隠すスキルを所持しているという話が獣人たちに広まっているらしい。

それ以外にも詳しい外見についての情報や、黒い狼を連れているという話も獣人の間では有名であるっぽかった。

そこから、フランの正体に気付いた者たちがいるのだろう。

もしかしたら、ウルムットで直接フランを見た人間でもいたのかもしれない。チラ見しに来た獣人たちは、フランが黒雷姫であると確信しているようだった。

悪意は感じない、というか敬意しか感じない。拝む奴までいるし。

『気にならないか？』

（なにが？）

獣人国で散々注目されたせいで、この手の視線には慣れてしまったのだろう。フランは全く気にしていないようだ。なら、とりあえず放置だな。直接話しかけられる訳でもないから、放置するしか手がないんだけどね。

王都の前にできた行列に並ぶことついに四時間。

俺たちはようやく王都に入ることができていた。いやー、長かったぜ。

ウルムットやベスティアと違って、冒険者に絡まれたりすることもなく、平和に過ごせたのが唯一の救いだろう。

商人さんたちとも別れて、とりあえず冒険者ギルドを目指す。

バルボラのギルドマスターであるガムドに、まずは王都のギルドで自分の紹介状を見せるようにと言われているからだ。

『なかなか古そうな建物が多いな』

「ん」

千年以上も昔からこの地に存在しているというだけあって、王都の内部の建物は古めかしい造りの物が多い。表通りの商店などはそこまでではないが、一歩路地を入ると黒ずんだ石造りの建物が並んでいる。さすがに千年建て替えていないわけではないと思うが、百年二百年は優に経過していそうだった。

古都っていう呼び方がピッタリだろう。

しかも路地が凄まじく入り組んでいる。

まるでというか、完全に迷路状態だ。都市計画とか関係なく、無計画に家や集合住宅を建てまくったのだろう。

なんでそんなことをしみじみと考えているのかというと、現在絶賛迷子中であるからだ。

『いやー、近道とか考えず、大通りを進むべきだったな』

(屋根の上、跳んでいく?)

『いや、王都内で目立つ真似はするべきじゃない』

王都なんだから、重要施設もたくさんあるだろう。そんな場所の上を通過してしまった場合、目を付けられる可能性があった。最悪、不法侵入未遂だろう。急ぎでないのならば、歩いたほうがいい。

『もう少し大通りへ出る道を探そう』

(わかった)

城壁の付近はもっと整備されていたんだけどな。今俺たちがいる辺りは、王都が最も勢いよく拡張を続けていた時代に作られた地区なのだろう。建物と建物の隙間を埋めるように、無計画に増改築が行われたのだと思われた。

いわゆるアパートのような集合住宅が立ち並び、その間を細い路地が縦横無尽に張り巡らされている。集合住宅の一階部分は商店になっている場合も多く、狭い路地には客引きの声が響いている。

時には地下道や、集合住宅の中央をぶち抜くような道を、当てもなく彷徨《さまよ》う。今の俺たちを迷子と言わずして、誰を迷子と呼ぶのだというくらいに迷子だ。

ただ、フランもウルシもどこか楽しげである。

これが、人の気配のないゴーストタウンのような場所であれば、不安と焦燥を感じてしまうだろう。だが、今いる場所は静寂とは無縁の場所である。

安酒場と大衆食堂と、その他の怪しげな店がひしめき合い、足元の怪しい酔客に婀娜《あだ》っぽい女、どう見ても堅気ではない男たちが我が物顔で闊歩する。

そんな猥雑な通りに、男たちが怒鳴り合う声や、女性の嬌声がどこからともなく響いていた。

確かにガラが悪い、悪所とも言えてしまう場所ではあるが、同時に猥雑さと熱気を感じることができる場所でもある。

フランはここを意外と気に入ったらしい。賑やかな雰囲気が嫌いではないんだろう。迷っているにもかかわらず、ルンルンな足取りで路地をズンズンと進んでいく。

時おり値踏みするような視線や、後を付けてくる気配も感じるが、そのへんは完全に無視である。まあ、気配の消し方のお粗末さから考えても、俺たちの敵ではないからな。

俺たちでも気配の察知に苦労するような手合いは、すぐにフランの実力を察知して離れていく。逆に言えば、しつこく後を付けてくるような相手は雑魚だけということになるのだ。

『うーん、全然抜け出せんな』

四階建て五階建ての集合住宅が密集しているせいで、王城や大神殿などの目印になりそうな建物も見えない。フランは方向感覚スキルがあるので、向かうべき方角は分かっているんだが……。行き止まりと急な曲がり角が無数にあるこの場所じゃ、あまり意味がなかった。

(誰かに聞く)

『まあ、それしかないな』

問題は誰に聞くかだが……。その辺の店で適当に聞くかね？

俺がそんなことを考えていると、フランが不意に反転した。そして、今まで進んでいたのとは正反対に歩き出す。

『フラン、どうしたんだ？』

(道を聞く)

俺が誰にと聞く間もなかった。

「ねえ、冒険者ギルドに行くにはどうすればいい？」

「な……気づいてやがったのか！」

「？」

フランが声をかけたのは、三〇分程フランを尾行していた一人の青年であった。

この辺を縄張りにするチンピラってとこなのだろう。気付かれたことに驚いているが、あれで隠れていたつもりなのか？

フランなんか、尾行されていたとも思っていない。尾行というのは気配を消して、こっそり後を付けるものだ。こいつのは尾行にさえなっていなかった。

そのおかげでフランに敵認定されずに済んだんだけどな。というか、敵とも思ってもらえなかったというだけだが。

「冒険者ギルドに行きたい」

「ああ？　ギルド？」

青年が激高して襲いかかってくるかと思ったのだが、意外に冷静だった。フランは見た目は弱そうでも、剣を背負い、気配を察知する程度の能力がある相手だ。しかも狼を連れている。

ここは実力行使で全てを奪うよりも、小銭を稼ぐ方が安全であると判断したのだろう。

「別に教えてやってもいいがよ、出すもの出して――」

「おい、そこまでにしておけ」

下卑た表情で情報料の催促をしようとした青年だったが、その台詞《せりふ》が誰かに遮られる。フランはその声の主である壮年の男性を、やや険しい目で睨んだ。

この男性は、青年とほぼ同じタイミングで俺たちを尾行し始めた相手である。そう、尾行と言える程度には、気配の消し方が上手かった。斥候系の冒険者と比べても、遜色ない実力があるだろう。

フランとしても、この男性は油断できない相手であると認識しているらしい。

しかし、当の男性本人はフランと視線を合わせようとはせず、どこか及び腰の態度のまま、青年を睨みつけた。

「カルクさん、どうしたんすか？」

「その嬢ちゃんに手出しするな」

「手出しって、ちょいとばかり情報料を頂こうと思っただけっすよ？」

当然のことながら、カルクという男性の言葉を聞いた青年は、不満げな表情をする。獲物を奪う気かと思ったのだろう。

しかし、カルクは青年をなだめたり言い聞かせたりする様子もなく、威圧して追い払おうとした。

「とにかくその嬢ちゃんに関わるな」

「はぁ？　いったいどういうことっすか？」

「お前が知る必要はねぇ！　大人しくとっとと消えろ！」

「わ、分かりましたよ！」

恐ろしく真剣な表情のカルクに怒鳴られ、青年はそのままフランから離れていく。去り際にフランを睨みつけるのを忘れないが、すぐにカルクに背中を蹴り飛ばされた。

青年はゴロゴロと地面を転がって、壁にぶつかる。まさかそこまでされるとは思わなかったのか、怯えを含んだ表情でカルクを見上げているな。

「いいか、俺は大人しく消えろと言ったんだ。死んどくか？」

「ひっ。す、すいやせんでした！」

最後はカルクの威圧スキルに晒され、這《ほ》う這《ほ》うの体で逃げ去っていったのだった。その直後だ、カルクがその場で深々と頭を下げた。

「すいやせん。奴は実力の差も分からねぇボンクラなんでさ。ここは寛大な心で、許しちゃもらえねえでしょうか？」

「ん？」

驚くほど腰が低い。完全に目上の者に対する対応だった。

「い、いや、怒ってねぇんならいいんでさぁ。ともかく、冒険者ギルドに行きたいってことでいいんですね？」

「ん。道教えてくれる？」

「へ、へえ。こちらです」

どうやら自ら案内してくれるらしい。

「道教えてくれればいいよ？」

「いえ、案内させていただきやす。あいつみたいな馬鹿が、あんたにちょっかい出さないともかぎらねぇし。あんたが暴れるような事態になっちまったら、この地区がどうなっちまうか……」

カルクは怯えを隠せない表情で呟いた。

なるほどね。カルクは他人の実力を察知する術に長けているようだ。鑑定すると、弱者眼という魔眼の持ち主だった。これは、自分よりも強い相手を認識することができる魔眼であるらしい。しかも、自分との力量差がある程度分かるらしかった。カルクには、フランとウルシが途轍《とてつ》もない化け物に見えているのだろう。

そんなフランたちが、チンピラ相手にブチ切れて暴れるような事態になったら？　周辺への被害は甚大になる。彼はそれを最も恐れているのだ。

まあ、理由はどうであれ、カルクが道案内をすると言っている言葉に嘘はない。むしろ道には詳しそうだし、ここはカルクに頼ってしまおう。

「わかった。お願い」

「へぇ」

そうしてカルクの案内についていくと、大通りはすぐだった。迷っていた俺たちが馬鹿みたいに思えるほどの距離である。一〇分もかからなかったからな。

カルクは最後まで低姿勢であった。

仲間のいる場所に案内されるようなこともなく、最後もフランに深々とお辞儀をして去っていったのである。

よほどフランが怖いらしい。フランが周囲に関する質問をするたびに、ビクッと震えていた。

『こっちに歩けばすぐって話だったが……』

「あれ？」

『お、そうだそうだ。看板出てる』

大通りにさえ出てしまえば、さほど歩かずに冒険者ギルドの看板が見えてくる。

『ようやく到着か。にしてもあまり大きくないな』

「バルボラより小さい」

王都の規模から考えて、相当大きなギルドを想像してたんだけどな。むしろバルボラの半分くらいしかない。いや、アレッサやウルムットのギルドに比べたら大きいんだが、それでも俺たちの想像よりだいぶ小さかった。

それとも、地下に大きい建物だったりするんだろうか？

『まあ、とりあえず入ってみよう』

「ん」

建物自体の規模はバルボラに負けているが、さすが王都の冒険者ギルド。内部の重厚な雰囲気は、中々のものがあった。

巨石を組んで作られた武骨な建物なのだが、冒険者ギルドのエンブレムを刺繍した巨大なタペストリーや、ワインレッドの絨毯、使い込まれていい色合いになった木のカウンターなどが華やかさと優雅さを加えている。なんというか、歴史の重さを感じさせるっていうの？

バルボラギルドの受付が高級リゾートホテルっぽい感じだったのに対して、こちらは老舗の上流階級向けホテルといったところか。

カウンターは用途によって分かれているようだ。バルボラギルドのように案内役がいるわけではないが、カウンターの上には看板で説明が書いてあるので分かりやすい。

俺たちは取りあえずランクC、D冒険者用のカウンターに並ぶことにした。

前には戦士風の男が並んでいる。

フランは別段気配を消しているわけではないので、足音で気づいたのだろう。

男がチラリとフランに視線を向けた。数秒間こちらを見つめると、おもむろに口を開く。

「嬢ちゃん、ランクは？」

「ん？　C」

「そうか」

フランが冒険者カードを見せると、男はそれで納得したらしい。嘘だとか、贋物だろうとか言わなかった。

フランの強さを感じ取ったというよりは、どうせ受付で調べれば真贋はハッキリするし、面倒ごとにはかかわらないでおこうと考えたらしい。それに、フランを弱いとも思えないのだろう。

だが、納得できていない者たちもいる。

隣のランクE以下の列に並んでいた冒険者たちだ。

憧れの中級者レーンに、フランのような小娘が並んでいるのが不愉快であるらしい。特にランクFの冒険者たちはようやく駆け出しを卒業したイケイケの者が多いので、今にもフランに絡んできそうな気配がある。

それを察して動いたのが、ランクA、B用の受付にいた恰幅の良いおばさんだった。

お世辞にも元美女という感じではない。言っちゃ悪いが、大きな冒険者ギルドにしては珍しく、受付を美女で揃えているわけじゃないようだ。

だが、見れば、なぜこの女性が受付をしているのか分かる。メチャメチャ強そうだったのだ。いきり立っているランクF冒険者たち程度、あっさりぶちのめせるだろう。

多分、元高ランクの冒険者だ。高ランクの冒険者は癖が強いし、その相手をするための受付の人員として能力優先で選ばれたに違いない。

おばさんはフランを手招きして呼び寄せると、声をかけてくる。

「お嬢ちゃん。もしかして噂の黒雷姫かい？」

「ん」

黒雷姫の名はここまで伝わっているらしい。フランが頷くと、ギルド内にいた冒険者たちが騒《ざわ》めく。

ほとんどの奴は疑っている顔だ。

「なるほど、じゃあ、こっちに並んでいいよ」

「いいの？」

「ああ。十二歳にしてランクC。しかも武闘大会でランクA冒険者と元ランクA冒険者を立て続けに破った超新星。少しくらい特別に扱っても文句は出ないさ。というか、文句言う奴はお仕置きだ。それに、こっちのレーンは暇なもんでね」

「わかった」

にしても、このおばさんは王都のギルドでかなりの発言権があるらしい。

フランが異名持ちの冒険者であると自ら認めても、それをおばさんがあっさり受け入れても、周囲の冒険者がつっかかってくるようなことはなかった。多少の疑いはあるのだろうが、おばさんが認めるなら文句は言えないといった雰囲気だ。

「よろしくね」

「ん。私はランクC冒険者のフラン」

「あたしゃステリアだよ」

「ステリアおばさん」

おいおい、色々と危ないネーミングだな！

（どうしたの師匠？）

『いや、何でもない。ただ、クッキーを作るのが上手そうだと思っただけだから』

「？」

ステリアが用件を聞いてくる。フランは取りあえず、バルボラのギルドマスターであるガムドから預かっている紹介状を差し出した。

「オークションに参加したい。これ、紹介状」

「ほほう？　ちょいと失礼するよ？」

「ん」

ステリアは紹介状を開くと、そのまま内容を確認する。まあ、フランに対して最大限の便宜を図ってやってほしいと書いてあるだけだけどね。

ただ、署名の横に押されている花押《かおう》が重要であるらしい。何やら魔力も感じるし、現にステリアもその紋章を水晶にかざしている。

「本物だね。ガムド様の直筆紹介状とは恐れ多い」

「ガムドを知ってるの？」

「ガ、ガムド様を呼び捨てかい……。いいかい、フラン。あの竜墜のガムド様なんだよ？」

「知ってる」

「知ってないよっ！　あたしらの世代にとっちゃね、竜墜のガムド様、竜狩りのフェルムス様、竜転のディアス様、竜縛りのエイワース様といえば、伝説的なパーティなんだからね⁉」

ステリアが聞いてもいないことまでベラベラと説明してくれる。

彼女が駆け出しの時にランクAパーティとして活躍していたガムドたちは、永遠の憧れであるらしかった。推しについて語るドルオタにそっくりな目だ。

ガムドたちは、各地を巡っては竜を探し、狩るという、超武闘派パーティだったらしい。

ガムドとフェルムスの強さはこの目で見ているし、ディアスも鑑定したことがあるが相当やるはずだ。そこにさらに同格の仲間がもう一人いたんなら、竜くらいは狩れるに違いない。まあ、竜の種類や脅威度にもよるだろうけどね。

ただ、このパーティは結成から五年ほどで解散してしまったそうだ。

まず、ディアスがウルムットのギルドマスターに就任することになり、パーティを抜けた。その後、エイワースという魔術師とガムドたちの意見が合わなくなり、喧嘩別れのような感じで解散してしまったらしい。

エイワースってどこかで聞いたことがある気がしていたんだが、武闘大会の後にフランを無理やりギルドに勧誘しようとした魔術師ギルドの名前だ。

エイワース魔術師ギルド。過激な地下組織みたいなギルドだという話だったが、名前からしてそのエイワースって奴が作った組織なのだろう。

フェルムスは妙に内情に詳しい様子だったが、元々仲間だったら当然なのかもしれない。ディアスが魔術師ギルドを敵視していたのも、パーティを組んでいた時期の確執が原因だろうな。

エイワースという魔術師は、氷雪魔術と死毒魔術を使う人間種の男だそうだ。

会いたくはないけど、もし出会った時にはこの二種類の魔術に注意しよう。

「あっと……ちょいと話し込んじまったね」

話し込んだというか、ステリアが一方的に話し続けていただけだが。フランは「ん」という言葉以外は発していない。とはいえ、散々好きなことを話して満足したのだろう。ステリアが冷静さを取り戻す。

「こりゃあ、あたしの一存じゃどうにもできんね。ただ、ギルマスは今ちょっと来客の対応中でねぇ。もう少し時間がかかりそうなんだが……。もし待てるのであれば、そこの椅子にでも腰かけて待っていてもらえるかい？」

ステリアが指さしたのは、カウンターの脇に置いてある少しオシャレな感じの椅子とテーブルだ。来客を待たせる時のために用意しているのだろう。

「ん。わかった」

王都のギルドマスターともなれば忙しいのだろうし、仕方ない。俺たちだって、訪ねてすぐに会えるとは思っていないのだ。

ギルド内にいる冒険者たちは、遠巻きにフランを観察している。陰口というわけではないが、ヒソヒソと喋りながら値踏みをしているようだ。

ただ、ステリアの影響力は強いらしく、声をかけてくるようなものはいない。彼女と仲良く喋っていたフランに絡む勇気はないのだろう。

ただ、そんな中、こちらに近づいてくる人影がある。

戦士五人組と思しきパーティだ。

全員が五〇歳台くらいに見えるが、全員が驚くほどに強そうだった。身のこなしと、気配の配り方だけでも、十分に分かる。下手すると、全員が以前武闘大会で対戦したコルベルトよりも強いかもしれない。ベテランパーティなのだろう。

特にヤバいのが、先頭を歩く男性だ。

濃い緑色の髪を短く刈り込んだ、彫りの深い顔立ちの偉丈夫である。まあ、有り体に言ってしまえば、顔も体もゴリラに似た大男であった。初老のゴリラだ。でも獣人ではなさそうなので、ゴリラ似の人間なのだろう。

身長は二メートル少々なのだが、その強烈な存在感のせいでそれ以上に大きく感じる。それに、ただでさえ筋肉で膨れ上がったその肉体を、分厚い金属の全身鎧で包んでいるのだ。

まるで、アイアンゴーレムが歩いているようにすら思えた。

あえて威圧感を放っているわけじゃないのだろうが、男からは隠し切れない強者としての威風のようなものが感じられる。他の四人よりも、さらに一段階、上の存在感を放っているのだ。

それこそ、アマンダやフォールンドに近しいものを感じることができた。

フランが腰を浮かせて、警戒態勢になる。彼らから敵意は感じないが、無防備でいられないのだろう。いつでも俺を抜ける体勢だ。

五人組はそんなフランを見ても不快気な表情を浮かべたりはせず、むしろ微笑んだようにすら見えた。大人の余裕なのだろう。

彼らはそのままカウンターの前まで来ると、慣れた様子でステリアおばさんと話し出した。冒険者にしては珍しく、全員が折り目正しい感じだ。特に大男は、穏やかな表情で挨拶をしている。

ゴリラ顔のくせに。いや、それはゴリラ顔の皆さんにも、ゴリラさんにも失礼か。

そもそも、ゴリラは森の賢者なんて呼ばれるほどに理知的な生物だったはずだ。つまり、大男の礼儀正しい態度は、ゴリラ顔にふさわしいと言えるだろう。

外見は人間なのに、中身がチンパンジー以下のチンピラ冒険者たちにも彼を見習ってもらいたいもんだ。

俺が失礼なことを考えている間に、依頼についての報告などを終えたらしい。そのまま、チラリとフランに視線を向けてくる。

「ステリアさん。彼女はもしかして……噂の?」

やはりフランのことを知っていたか。まあ、こちらをチラチラとみていたしね。

「さすが、見る目があるねぇ。さすが、うちのエースだよ」

「やはり……」

そして、フランに近づいてくる。

「黒雷姫殿で間違いないでしょうか?」

「ん」

「噂は間違いではなかったのですね。強い」

「そっちも強い」

「鍛えていますから」

落ち着いたイケボで語りかけてくるその姿からは、フランに対する侮りや揶揄は全く感じられない。

それどころか、丁重ですらあった。フランを対等の相手として見てくれているらしい。

その光景に、冒険者たちが軽く騒めくのが分かった。

この男が、フランを対等に扱っているからだろうか？　明らかな強者であるし、王都でも有名なのだろう。そんな男がフランのような小娘にタメ口を許すのが驚きなのかもしれない。

「不躾で申し訳ないのだが……」

「？」

「時間があるようなら、俺と軽く手合わせをしませんか？」

「手合わせ？」

「ええ。その若さで異名を持つに至った天才の力に、興味があるのです。ダメでしょうか？　あの階段の先の訓練場ならば、それなりに派手に戦っても被害は出ないはずです」

「なるほど」

これは意外な提案だ。彼らはどう見ても、初対面で模擬戦を申し込んでくるような戦闘狂には見えない。むしろ、落ち着いた雰囲気の常識人に思える。

だが、やはり高みに至る冒険者ってことなんだろう。強者は、他の強者の力が気になるらしい。

さて、どうしようか――。

(師匠。いい？)

うん。フランが完全にやる気だ。一瞬で臨戦態勢である。

絶対に断れないやつだろう。これ。

フランから僅かに漏れ出す闘志を察知したのか、相手もすでにやる気だし。

獰猛《どうもう》な気配を纏った両者の視線が絡み合い、緊張感が高まっていく。互いにやる気満々のこの状態で、ダメなんて絶対に言えるわけがないのだ。

『まあ、ギルド内で模擬戦するくらいなら構わないか』

ステリアおばさんが何も言わないってことは、素行が悪い相手ではないだろう。

「いいよ」

「感謝します」

男がフランに頭を下げると、それで再び冒険者がどよめく。思った以上に、彼らは有名人なのかもしれない。

明らかに、ギルド内の全冒険者がこちらを見ていた。こりゃあ、観戦者の数が凄いことになりそうだ。あまり派手にスキルを使いまくるのは控えた方がよさそうかな?

すると、男性はあえて皆に聞こえる声量で、ステリアおばさんに告げた。

「ああ、観戦は断らせてもらいます。俺はともかく、彼女の手の内を晒すつもりはないので」

ステリアおばさんも心得たもので、すぐに了承してくれる。

「なら、そこはあたしがしっかり監督させてもらうよ。あんたら以外は入れないようにするから、思う存分おやり」

「助かります」

強いだけではなく、細かい気配りまでできるとは……この男、できる!

というか、まだ名前すら聞いていなかったな。移動する前に、聞いておきたい。

「ねぇ」

「なんでしょう?」

「名前、教えて」

「おっと、これは失礼しました。俺はゼフィルド。王都を拠点に活動する冒険者です」

「フラン。拠点は特にない」

やはり彼らは王都で活動しているらしい。ステリアおばさんと仲が良さそうだったし、そうだろうとは思っていたけどね。

『どんな戦い方をするのか、楽しみだな』

（ん！）

名前を聞いて満足したフランは訓練場に向かって歩き出したのだが、他の冒険者たちがなぜか足を止めたままだった。

おや？　なんだろうこの雰囲気は？

ゼフィルドたちはやや戸惑っているようだし、冒険者たちが唖然とした様子でこっちを凝視している。

「どうしたの？」

「い、いえ。申し訳ない。少々驕っていたようです」

「？」

「フラン、あんたこの男の名前を知らないのかい？」

「ゼフィルド」

「はぁぁぁ……」

なぜかステリアおばさんにため息を吐《つ》かれてしまった。

いや、もう分かったけどね？

多分、名前を聞いただけで「あ、あのゼフィルドだってぇぇ！」っていうリアクションをしなくちゃいけなかったのだろう。それくらい、有名な冒険者だったようだ。

「いや、俺たちはここ数年王都でしか活動していないんです。知られていなくても、おかしくはない」

「おかしいよ！」

自らを戒めるような色のあるゼフィルドの言葉に、間髪を容れずステリアが突っ込みを入れた。

「同じ国のランクA冒険者の名前くらい、知っておくもんだろう？」

うわぁ……。有名とかそういうレベルじゃなかった。ランクA冒険者だったよ。そりゃあ、知らない方がおかしいわ。

ゼフィルドの名前を知らないと言ったフランに対して、冒険者たちが呆然とした表情を向けている。特にステリアおばさんの呆れた顔と言ったら……。

おばさんは高位冒険者マニアっぽいしな。既に引退しているガムドたちを知らないのはギリギリ許容できても、現役ランクA冒険者を知らないというフランが信じられないのだろう。

受付カウンターにバンと手をついて身を乗り出し、半ば怒鳴るようにゼフィルドたちのことを語り出す。

「いいかい？　こいつらはランクAパーティ『西風の剣』！　冒険者が多いこの国でも、現役ランクA冒険者に率いられたパーティは西風の剣だけさ！　堅実さと依頼達成率に優れた、少数精鋭の超有名パーティだよ！　本当に知らないのかい？」

「ん」

「かぁぁ！　これだから、自分が強くなることにしか興味のない戦闘狂は！」

まだ出会って短いが、フランの性格を的確に見抜いているらしい。さすが超ベテランお局《つぼね》受付嬢だ。人を見る観察眼が尋常ではない。

「このデカいのが、ランクA冒険者、『天壁のゼフィルド』！　このクランゼル王国でも五人――いや、今は四人だね。四人しかいないランクA冒険者の一人だ！」

ステリアはその後も西風の剣の武勇伝や冒険譚《たん》を早口でまくし立てた。

マシンガントークとはこの事をいうのだろう。おかげで彼らの情報は色々と知れたが。

西風の剣は、ゼフィルド以外はランクB冒険者で構成されているらしい。やはり、最初に感じたコルベルト並みという予想は間違っていなかった。

パーティとしては国内最高峰であり、ソロであるフォールンドやアマンダよりも安定度は上という評価だそうだ。

「あとは、普通に常識人で有名だね」

「どういうこと？」

最初は意味不明だったが、説明されてよく分かった。高位の冒険者って、どう考えても常識人とは言い難いからな。その中で、常識があるっていうのは逆に目立つそうだ。

実際、俺たちの知る高位冒険者たちは、変わり者しかいないんだよね。

「アマンダもジャンもフォールンドも、確かに変」

一癖も二癖もある変人ばかりだ。

「あんたもね……」

「ん？」

ですよねー。ステリアの突っ込みに対してフランは首を傾げているが、俺は領かざるを得なかった。

ジャンやアマンダに比べたらマシだけど、常識人とは言い難いのである。

「ステリアさん、俺たちを褒めてくれるのは有難いのですが、そろそろ移動していいでしょうか？」

「おっと、すまなかったね。ついつい」

ステリアが全く悪いと思ってない顔で謝ってくる。

「ほれ、これが鍵だよ。後は好きにしな。ただ、殺し合いはするんじゃないよ？」

「分かっていますよ。うちにはウィンがいるから大丈夫です」

「任せておいてね？」

ヒラヒラと手を振って挨拶してくれるのは、金髪細身の美女である。年齢的には初老のはずなんだが、おばあさんとは絶対に呼べない美しさがあった。

ただ若々しいというだけではない。年齢相応の皴《しわ》などがあるにもかかわらず、美しいのだ。立ち居振る舞いの綺麗さや、上品さに因《よ》る美しさなのだろう。美魔女というよりは、淑女って感じである。

西風の剣の紅一点、回復術師のウィンだ。ランクBなだけあり、戦士としても手練れだというのだから、さすがである。

「骨の一本や二本だったら、かすり傷みたいなものよ！」

自信があるのは分かった。

いざとなれば俺もいるし、よほどの大怪我でなければ完全に癒やすことが可能だろう。

「では、いきましょうか」

「ん！」

ステリアから鍵を受け取ったゼフィルドたちと一緒に、地下にある訓練場へと移動する。

階段を下りた先には、ドーム状の空間が広がっていた。壁などには魔力が宿り、魔術による補強が施されているのが分かる。

確かに、ここであれば周囲に被害を出さずに模擬戦ができるだろう。

『極大魔術や剣神化は使うなよ？　できれば覚醒までだ』

（わかってる。師匠とウルシは見てて）

『了解』

（オン！）

ランクA冒険者に今の自分の力がどこまで通用するのか、試してみたいのだろう。

フランとゼフィルドが訓練場の中央で向かい合うが、すぐに模擬戦は始まらない。

訓練場の中央で、ゼフィルドが軽くストレッチをし始めたのだ。

これは非常に珍しい。

冒険者たちが戦う際、模擬戦だろうが何だろうが移動してすぐに戦いが始まるのが当たり前だ。常在戦場の心得を持っているということでもあるし、ストレッチが広まっていないということでもある。

だが、ゼフィルドの場合は、自分の経験則で体を解《ほぐ》すことの重要性を理解しているらしい。やはり、ただの脳筋戦闘狂ではないようだ。

「黒雷姫殿も、体を解しておくといいですよ。動きやすくなりますから」

しかも、フランに勧めてくる。

「ん。わかった」

「ほほう？　手慣れていますね？　もしかして知っていたのですか？」

「ん。師匠に教えてもらった」

実際、こっちの世界でフランに出会った頃に、準備運動と整理運動をしっかりと教えたからな。

自分とは違うストレッチをするフランを、ゼフィルドが興味深げに見ている。

「その師匠殿は、王都に来ていないのですか？　できれば教えを請いたいほどなのですが」

「師匠は神出鬼没。どこにいるかはわからない」

「そうですか。残念です……」

ゴリラが肩を落としてシュンとしてしまった。ゼフィルドが心の底から残念がっているのが分かったのだろう。

「私が教えてもいい」

フランがそう提案していた。それに、ゼフィルドが驚いている。

「いいのですか？　御流派の秘事なのでは？」

いいえ、中学高校の体育レベルの知識です。そもそも、他の冒険者に教えたことだってあるのだ。今更隠すようなことではない。この程度のことでランクA冒険者に恩を売れるなら安いもんだろう。

結局、ゼフィルドのパーティメンバーたちも巻き込み、三〇分くらいかけて念入りにレッスンしてしまったのだった。

途中で思ったが、西風の剣の面々は全員が非常によくできた人たちである。

フランが「そこ違う」「さっきも間違えた」「全然ダメ」とスパルタ気味に指導をしても、全く気にする様子がなかったのだ。習っているのだから、フランを目上として扱うのは当然だと思っているらしい。

やっぱり、常識人だ。高位冒険者には見えなかった。

「貴重な経験でした。ありがとうございます」

「面白かったわ」

「ん」

フランもゼフィルドたちも、いい汗をかいて満足そうな顔をしている。

それでも、二人が当初の目的を忘れることはなかった。改めて向かい合った両者が、急激に攻撃的な気配を纏っていく。

ランクA冒険者と、ランクA冒険者に勝利した少女の戦意がぶつかり合い、訓練場を覆っていた。

ランクAパーティである西風の剣だからこそ、涼しい顔で見守っていられるのだろう。これが、上にいた下位冒険者たちでは、両者の闘志に当てられて観戦どころではなかったに違いない。

「では、始めましょうか？」

「ん！」

いよいよ、模擬戦が始まる。ゴングなどもなく、身構えるために両者が吐き出した短い呼気が試合開始の合図であった。

先手を取ったのはフランだ。

「しっ！」

小手調べとばかりに、高速で背後に回り込むと、斬撃を繰り出す。

十分に早く、重い一撃ではあるが――。

「いい動きですね！」

「そっちも！」

ゼフィルドは後ろを振りくことさえせず、最小限の動きで斬撃を回避していた。重戦士でありながら、その動きは驚くほどに軽快だ。この超重量で、軽業師のように動き回ることが可能であるらしい。

だが、ゼフィルドは攻撃はしてこない。

背負っていた直径一メートルほどの黒いラウンドシールドを手に持つと、その表面を軽く叩いて笑った。まだまだ小手調べってことなのだろう。

「ん！」

受けて立つとでも言うようにニッと笑うと、フランはさらにギアを一つ上げた。

今度は空中跳躍と風魔術を使い、今まで以上の速度で跳び回り始める。時にはゼフィルドの背後から。時には足元を狙い。その直後に頭上から斬撃を降らせる。

超高速立体機動と変則的な動きが交じった、恐ろしくトリッキーな攻めだ。

しかし、ゼフィルドはそれにも完全に反応して見せた。

回避と盾による受けを使い分け、直撃どころか掠《かす》りさえさせない。

色々と見た目を裏切ってくるゼフィルドであったが、戦闘方法はその見た目通りの盾使いのタンクであるらしい。まあ、その守備力は、俺たちの想定を遥かに超えていたが。

「ちぇやぁぁぁ！」

「まだ速くなりますか！　さすが！」

「そっちこそ。まだ一つも当たってない」

速度と手数で攻めるフランと、どっしりと構えて守り続けるゼフィルド。正反対の二人だが、共通しているのはどちらも心底楽しそうであるということだ。

ただ、この二人だから楽しめるんであって、もっと弱い奴らからすれば本気の殺し合いに見えるだろう。

フランもゼフィルドも、すでに普通の模擬戦のレベルはとっくに超えている。

ゼフィルドの仲間たちでさえ、かなり真剣な表情をしているのだ。多分、本気を出さないとフランの動きを見逃しかねないのだろう。

でも。フランの動きはまだこんなもんじゃないんだぜ？

「もう一段上げる」

「望むところです！」

「ふぅぅぅ……覚醒っ」

フランがついに覚醒を使用した。吹き上がる濃密な魔力を肌で感じ、ゼフィルドの浮かべる笑みがさらに深まるのが分かった。

「ははは！　凄まじい存在感だっ！」

「覚悟」

今のフランの速度域は、ランクC冒険者のレベルを大きく超えている。それどころか、ランクBでも、この速度で戦闘をこなせる冒険者は多くないだろう。

その証拠に、ゼフィルドの仲間たちの表情が引きつっていた。すでにフランの速さが自分たちを超えていると理解したらしい。

俺と盾がぶつかり合うギャリギャリギャリンという甲高い音が、訓練場に響き続ける。

相変わらず、ゼフィルドは受け続けるだけだ。攻める側が圧倒的に有利な状態で、フランが一発も入れられないとは……。

ランクA冒険者は伊達じゃないな！　それこそ、ニュー○イプ並みの回避力だ。

攻撃をヒットさせるためには、さらに速い攻撃が必要だろう。だが、これ以上速度を上げるには、閃華迅雷を使うしかない。

さすがに模擬戦で使うことは控えたらしく、フランは違う方法で防御を崩しにかかった。

「はぁぁぁ！　スタン・ボルト！」

「この速度で魔術を差し込みますか！」

斬り合いの最中に魔術を放ったことに驚いてはいるが、全く効いていない！　魔術もあっさり防ぎやがった！

金属を貫通しやすいはずの雷鳴魔術なのだが、ゼフィルドが全身に纏った魔力に弾かれてしまっている。

物理攻撃は盾で防ぎ、魔術は障壁で耐える戦法なのだろう。

フランの魔術を完全に遮断するってことは、障壁の防御力は相当なレベルだ。多分、下位の魔術は牽制にすらならない。

「むぅ」

「模擬戦で障壁を使ったのは久しぶりですね！」

「むぅ！　なら、これ！」

悔し気に唸ったフランは、さらに魔術を使用していった。

雷鳴が放たれ、ゼフィルドの障壁の表面で弾ける。先ほどよりも威力を上げても、結果は変わらなかった。

だが、フランの攻撃はこれで終わりではない。それに気づいたゼフィルドが、模擬戦開始から初めて顔色を変えた。

「ちぃっ！」

ゼフィルドの足元に、彼の体がスッポリと嵌まってしまいそうなサイズの落とし穴が、一瞬で口を開く。雷鳴魔術は目晦《めくら》ましで、本命は大地魔術であったのだ。

これに落ちてくれれば話が早かったんだが、そう簡単にはいかない。

魔力の流れによって、直前に見切られてしまったのだ。ゼフィルドはその巨体に似つかわしくない軽やかな動きで、その場から飛び退《の》く。

だが、これこそがフランの狙いである。

フランはすでにゼフィルドの進行方向へと移動を済ませ、俺を大上段で構えていた。

ゼフィルドの盾は確かに堅固であるが、踏ん張りのきかない空中では本領を十分には発揮できないはずである。

そこに、速度よりも威力を重視した空気抜刀術が襲い掛かった。

「らあぁぁぁぁ！」

「いい攻めですっ！　だが、まだまだぁ！」

真正面から、ゼフィルドの盾を押しきる。その意思を込めた斬撃が、ゼフィルドが構えた盾に向かって叩き付けられた。

今日一番の凄まじい衝撃が、俺を襲う。

『ぐがっ！』

「くっ！」

いや、なんだこの異常な反動は！　ただ硬いものにぶつかったというだけでは説明がつかないだろ！

予想以上の衝撃を受けたのは俺だけではない。フランもまた、反動によって後方へと弾き飛ばされてしまっていた。

対するゼフィルドも、フランと反発するように後方へと弾かれている。

二人は同時に着地すると、即座に立ち上がって睨み合った。

「……今の、ゼフィルドがやった？」

「そうです。黒雷姫殿は、盾使いとの戦闘経験があまりないのですか？」

「ん」

「なるほど。なら、次はこちらから行かせてもらいます！　盾の奥深さを見せますよ！」

「望むところ！」

攻守交替である。

ゼフィルドが弾かれたように走り出すと、一気に距離を詰めてきた。

武器はどうするのかと思ったら、なんとそのまま突進してくるではないか。

フランがその攻撃を回避しようとするが、ゼフィルドの動きは驚くべきものだった。超高速の突進から直角に曲がり、フランを追ってきたのである。

フランは咄嗟《とっさ》に蹴りを放ち、その反動を使ってゼフィルドから距離を取ろうとした。足の裏でゼフィルドの盾を蹴り付ける。

だが、フランは急にバランスを崩すと、距離を取るどころかゼフィルドの目の前に着地してしまう。足首に、俺が想像する以上の強い衝撃が走ったらしい。さっき、空気抜刀術を防がれた時と同じだ。

「盾は受け止めるだけではありません！　こうやって、相手の攻撃の威力を利用することも可能なのです！」

フランの動きに合わせて盾を押し引きすることで、カウンターを行ったのだろう。ゼフィルド並みの技量がなくては成立しないと思うが、確かに厄介な技だ。

フランは足を癒やしつつ、空中跳躍を使って距離を取ろうとしたんだが、ゼフィルドはそれを許してはくれない。

「ブラスト・バッシュ！」

「くっ！」

盾を両手で突き出し、叩き付けてきた。フランは咄嗟に俺を使って受け流したが、その手がかなり痺れているのが分かる。

ゼフィルド並みの腕力を持った男が、金属の塊で殴りつけてくるのだ。そりゃあ、威力が低いわけがない。

「今のを受けますか！」

「盾なのに、ハンマーで叩かれたみたいだった」

「盾は防御に使うだけではありませんよ！」

ゼフィルドが再び盾を構えて攻撃してきた。フランはそれを再び受け流そうとしたのだが、すぐに驚きの表情を浮かべることとなる。

「これはどうですか！」

「⁉」

ゼフィルドの盾の縁には、短い突起のようなものが等間隔にで付いているんだが、それを上手く使って俺を挟み込んできたのだ。シールドバッシュ時の攻撃力アップを狙ったものかと思っていたんだが、そうではなかったらしい。ゼフィルドはその突起を、ソードブレイカーとして利用したのだ。

俺を引くのが遅ければ、ゼフィルドの腕力によってフランの手から弾き飛ばされていただろう。

「いい判断です！　ならば、これだ！」

『フラン！　くるぞ！』

ゼフィルドが背筋を丸めて縮こまるような不思議な構えを取った瞬間、危機察知スキルが激しく警鐘を鳴らしていた。

模擬戦であるということも忘れ、フランに警告を発してしまったほどだ。

実戦であれば、即座に転移に移っていただろう。

「はあぁぁぁ！　スパイラル・バッシュ！」

その突進の速度は、今までとは段違いだった。

弾丸のような速度で、一瞬でフランに肉薄してくる。

それでも、フランの不意を完全につくには至らない。しっかりとその攻撃を見て、俺で受け流そうとしていた。タイミングをずらされることも織り込み済みだし、ソードブレイカーもすでに見た。

次こそは、完全に防いで見せる。

フランがそう考えているのは分かったが、ゼフィルドの盾と打ち合わさった瞬間、俺は失敗を悟っていた。

この攻撃は受けるのではなく、逃げに徹して回避するべきだったのだ。

バヂンという硬いもの同士が擦れ合う音とともに、俺は凄まじい勢いで真横に弾き飛ばされていた。

俺に引っ張られたせいで、フランの体が大きくバランスを崩されるのが見える。

(師匠!)

『盾の回転のせいだっ!』

その技の名前の通り、インパクトの瞬間にゼフィルドが盾を高速で捻り、強烈な回転を加えたのだ。

しかも、盾の表面を濃密な魔力が覆っており、その魔力も同じ方向へと回転しているようだった。

その一撃を受けた結果、俺には強い横の力が加わり、弾かれてしまったのである。

体勢を大きく崩したフランと、既に盾を引き戻して二撃目の準備を整えているゼフィルド。絶望的な対比が、訓練場の中央に描き出されていた。

転移をすれば回避可能だが、フランはそれを望まないだろう。

俺は治癒魔術を準備しつつ、衝撃に備えた。

そして、三度盾が迫りくる。

「スパイラル・バッシュ！」

「くあぁっ！」

回転する盾の直撃を食らったフランは、プロペラのように回転しながら一〇メートル以上を吹っ飛ばされる。

フランの体が連続でバウンドした後、地面を舐めるように滑り、最後はゴロゴロと回転して動きを止めた。

トラック相手での人身事故でも、これほどの衝撃映像は繰り広げられないだろう。

ゼフィルドの仲間たちが、心配の声を上げるのが聞こえた。彼らからしても、リーダーがやりすぎであると映ったらしい。実際、フランがもう少し弱ければ、取り返しのつかない事態が起きてしまっていた可能性だってあるのだ。

「……今の状況で、守りではなく攻撃を選択しますか……。末恐ろしい……」

当のゼフィルドは、右腕を押さえて唸っている。

そう。フランは攻撃を食らう瞬間、渾身の蹴りをゼフィルドに喰らわせていたのだ。魔力を込めただけではなく、スキルで威力を上げた一撃である。

さすがのゼフィルドでも、相打ち気味で繰り出されたその攻撃までは完全に対処できないらしい。

多分、骨が折れているだろう。まあ、普通なら腕がバッキバキに砕けるような攻撃で、骨一本というのも驚きであるが。肉体の強度そのものが、桁違いなのだろう。

「がふぅ……げふぉっ……こひゅぅ……！」

一矢報いたフランと言えは、血の混じった胃液を吐き出しながら苦し気に呻いている。呼吸の音がおかしいのは、肺が傷ついたせいだろう。

向こうの腕一本と引き換えと考えると、少々ダメージを貰い過ぎだった。

（ししょ……回復、おねがい……）

『分かった！　今治してやる！』

（ん……）

模擬戦はフランの負けである。それを認めたからこそ、回復を頼んできたのだろう。

俺はまずは内臓から回復魔術をかけていく。

そこに、ウィンが駆け寄ってきた。

「フランさん！　大丈夫？」

「ごふ……」

「ああ！　答えなくていいから！」

さすがランクAパーティの回復担当だ。グレーター・ヒールとポーションを使い、フランの酷い怪我をあっという間に癒やしてしまった。骨の一本や二本だったらかすり傷というのは、大口でもなんでもなかったわけだ。

「どう？　痛いところはない？」

「ん。へいき」

「うちのリーダーがやりすぎちゃってごめんなさいね？　ほら！　あなたも謝りなさい！」

「済みませんでした。黒雷姫殿」

「謝らなくていい。模擬戦だから。それに、勉強になった」

悔しさはあるだろうが、それ以上に楽し気だ。学ぶべき点が沢山あったからだろう。

これほど完成された盾使いの動きを間近で見て、攻撃を食らうなんて経験、やろうと思ってもできることじゃないからな。

「黒雷姫殿は、まだ奥の手を残しているのでしょう？　それを使われては、どうなっていたかは分かりませんよ」

「それは、お互い様だから。それに、駆け引きで負けた」

「そこは仕方ありません。これでも四〇年以上、冒険者をやっているのです」

「ん。わかってる」

フランはそう言って、ペコリと頭を下げた。

「ありがとうございました」

「有難うございました」

ゼフィルドも頭を下げ返す。

「私、もっと修行して、もっともっと強くなる。奥の手を使わなくてもゼフィルドに勝てるくらい」

「楽しみにしています」

「ん」

フランは大分ゼフィルドに懐いたらしい。巨漢を見上げるその目には、尊敬の念が混じっているように思える。

ゼフィルドも、フランを気に入ったらしい。孫を見る老人のような優しい表情で、フランと握手してた。

交わした言葉は少なくとも、模擬戦での濃密な時間が、両者の仲をぐっと縮めたのだろう。河原で殴り合った不良同士が、友達になるのと同じような感じだ。「やるな？」「お前もな？」的な雰囲気が確かにあった。

その後、ゼフィルドたちと別れたフランは、ギルドのロビーへと戻ってくる。

「その様子じゃ、いい模擬戦だったみたいだね？」

「ん。楽しかった」

「戦闘狂どもは楽しそうでいいねぇ」

「ギルドマスターは？」

「済まないが、もう少しかかりそうだよ」

来客との交渉が長引いているらしい。

『じゃあ、お茶でもしながら待つか』

「ん」

フランは、改めてカウンター横の椅子に腰かけると、次元収納からお茶とお茶請けを取り出した。

『あれ？　お茶って言ったよね？』

(ん)

確かにカップに入っているのはお茶だ。紅茶を飲んでいる。

でも、来客用テーブルに所狭しと並べられた料理はなんだ？　いや、分かるよ。お茶請けのつもりなのだろう。

パンケーキとクッキーとパイはいいだろう。パンケーキはカレーに並ぶフランの大好物の一つだし、クッキーもお茶請けとしては平均的だ。みたらし団子と大福も、紅茶のお茶請けにはどうかと思うが、なしではない。ステーキも、獣人の伝統としてギリ許す。ただ、カレーとチャーハンと炊き込みご飯はどうなんだ？　完全に食事じゃね？　しかも全部ご飯ものだし。

「うまうま」

まあ、激しい模擬戦の後だ。腹が減っているのだろう。

『……フラン、サラダも食べような？』

「ん。わかった」

栄養はバランスよく摂取しないとね。

それから一〇分後。

「もぐもぐ」

「えーっと……状況が分からないんだけど。いつからここは食堂になったのかしら？」

「もぐもぐ？」

フランがお茶という名の食事をしているテーブルの前に、一人の女性がやってきていた。

怜悧《れいり》な表情のクール系美人さんである。青い髪の毛をアップにしてまとめており、できる女感がハンパない。俺の第一印象は大会社の社長秘書である。

フランを見て呆れているのか、その顔に笑みはなかった。むしろ不機嫌そうに見える。この手のタイプが目を細めると、メチャクチャ迫力があった。

外見は二〇代後半に見えるが、その目は明らかに人間種の物ではない。白目が黒く、黒目の部分が緑なのだ。これは、バルボラで出会った半蟲人《はんこじん》の錬金術師、ユージーンと同じ特徴である。ただ、ユージーンには触角があったのだが、この女性にはなかった。

ユージーンは蜂の蟲人の血を引いていたはずだが、この女性は違う蟲の特徴を備えているのかもしれないな。

種族的には純血の人間でないのであれば、外見年齢と実年齢が俺たちの常識と一致しているかどうか分からない。確かユージーンは六〇歳くらいでも、外見は四〇代後半くらいに見えていたはずだ。そう考えると、この女性も四〇歳くらいでもおかしくはないだろう。

明らかに戦士タイプ。しかも実力者だ。

食事に集中していたうえ相手に敵意がなかったとはいえ、ある程度接近されるまでフランが気配に気付かなかったほどである。

「ん？　もぐもぐ誰？」

「あなたが黒雷姫、よね？　私はここのギルドマスターよ」

なんとギルドマスターでした。そして、ギルマスはフランの前の椅子に座り、向かい合う。その手がクッキーに伸びたが、フランが邪魔をすることはなかった。

ただ、クッキーに触れるまではじっと見つめていたので、もしギルマスの手がカレーやパンケーキに伸びていたら全力で妨害、もしくは威嚇していた可能性が高い。ここで王威スキルを使っていたら、大騒ぎになってしまうだろう。

その時には俺が全力でフランを宥《なだ》めなければ。

「もぐもぐわたしはもぐもぐ」

「ああ、口の中の物を飲み込んでからでいいわ」

「ん」

意外と優しい。もしかしたらちょっと怖めの表情はデフォルトなのだろうか？　怒っているわけではないっぽかった。

フランは咀嚼していた食べ物を飲み込むと、改めて女性に自己紹介をする。

「ランクC冒険者のフラン」

「私は王都冒険者ギルドのマスター、エリアンテよ」

「ん、もぐもぐ」

「本当は私の執務室に案内するつもりだったんだけど……」

ギルマスが自分で案内してくれるのか？　随分フットワークが軽いな。

だが、単に人が足りていないだけらしい。

「この時期、ギルドの職員はオークションの準備にかかりきりで人がいないのよ。高ランカーの相手をできるステリアをあそこから外すわけにもいかないし」

そう呟きながら、フランの食事を見つめるエリアンテ。

「私だって、暇じゃないんだけど……」

ごめんなさい。すぐ片付けます。

「まあいいわ。ゆっくりお食べなさいな」

「もぐもぐ」

やはり優しい？　相変わらず表情はきついが、この表情が素の表情であるようだ。軽く肩をすくめてクッキーをかじるエリアンテの雰囲気は、先程よりも大分柔らかいものであった。

一〇分後。

「さて、改めて話を聞きましょう」

俺たちはエリアンテの執務室に通されていた。めっちゃ散らかっている。できる女風のエリアンテからは想像できん。積み上げられた書類はまだしも、服などが脱ぎ散らかしてある。

この部屋に人を通す精神力が凄いぜ。もしかしたら自分では当たり前なせいで、感覚がマヒしているのかもしれないが。

「ん。オークションに参加したい」

「売り？　買い？　それとも両方かしら？」

「武具オークションを見たい」

「なるほどね……。あなたが装備している武具以上の逸品は中々見つからないと思うけど。まあ、問題ないわ。それだけ？」

「あと、魔石を買いたい」

「それも問題ないわ。魔石オークションはうちが仕切っているみたいなものだし。オークションの仕組みは知っている？」

「しらない」

「なら少し教えておくわね」

フルフルと首を横に振るフランに、エリアンテが色々と説明してくれる。

まず、オークションには色々と種類があり、それぞれが専門にアイテムを扱っているという。

武具オークションであれば武具しか出品されず、また武具は必ずこのオークションに出品しなくてはならない。

秘めた能力や呪いの関係から、危険な物もあるためらしい。確かに、未鑑定のヤバい能力を持った魔剣がそこらに出回ったりしたら、王都に混乱が起きるだろう。それを未然に防ぐためにも、売る側、買う側をきっちりと管理せねばならないのだ。

そういった理由から、ほぼすべてのアイテムは専門オークションを通して売買されるという。

例外は、当日持ち込みされたアイテムを扱う、持ち込みオークションだけである。

ただ、これは審査がかなり厳しく、僅かでも怪しい商品は取り扱いされないそうだ。万が一にも危険アイテムを売り出してしまわないように、鑑定がしづらい高位の魔道具などはほとんど審査を通らないらしい。

「出品だけじゃなく、買う側で参加するにも色々と厳しい審査があるわ」

「審査？」

「ええ。身元とか犯罪歴とか、色々とね。特に武具と魔石は容易に犯罪に繋がるから。冒険者の場合は比較的簡単に参加資格がもらえるけどね。まあ、あなたには全オークションに参加可能な身分証を発行するから、そこら辺は気にしなくていいわ」

「いいの？」

「何かあれば、推薦状を書いたガムドに責任とってもらうわよ」

これは下手な真似をしてガムドに迷惑はかけられんな。

「それに、ガムドの推薦云々を抜きにしても、あなたとは仲良くしておきたいわ」

エリアンテがそう言ってニヤリと笑った。ただ、何か企んでいるというよりは、悪戯を告白する悪ガキみたいな表情に見える。

「ふふ。高ランクの女性冒険者っていうのは、数が少ないのよ？　ましてやあなたレベルの冒険者はね。全くいないわけじゃないけど、結局冒険者の世界は男社会だから。ギルドマスターだってほとんどは男だし。私が王都のギルドマスターになるって決まった時だって、バカな男どもの反発が凄かったわ。まあ、全員黙らせてやったけど」

つまり、女性同士仲良くしましょうってことか。確かに高位の冒険者には圧倒的に男性が多かった。ジャン、獣王、アースラース、フォールンド、コルベルト。ギルマスや元高ランクも、クリムト、ガムド、ディアス、フェルムス、みんな男だ。

女性で高位と言えそうなのは、アマンダ、エリアンテくらいだろう。メアやキアラは冒険者としては高位ではなかったはずだ。エルザはまあ、一応男枠で。

「セルディオの馬鹿のせいで、ただでさえ女性ギルドマスターが減っちゃったし、女性冒険者が活躍してくれるのは私としても大歓迎よ」

セルディオに籠絡《ろうらく》され、不正に手を貸していた女性ギルドマスターたちは排除されたとディアスも言っていた。どれだけいたのかは分からないが、数少ない女性ギルドマスターが大きく数を減らしてしまったのだろう。

「王都で何かトラブルがあったら、相談にきなさい」

「ん。わかった」

多少の打算は有りつつも、フランを気遣ってくれているのは間違いなさそうだ。その言葉に嘘はない。

「前途有望な女性冒険者をつまらないトラブルで潰したくはないわ。王都は馬鹿なクソ貴族とか多いしね。アシュトナー侯爵とか、オルメス伯爵とか、いつか罪を暴いて首を広場に晒してやるわ……」

こ、怖い！　しかもアシュトナー侯爵の名前が出た。

どうやら冒険者ギルドとも仲が悪いらしい。虚言の理を使ったのだが、その言葉に嘘はなかった。本気で、晒し首にしてやると思っている。

「いい？　小さなトラブルでも、とりあえず相談にくるの。わかったわね」

そう、念押しするエリアンテ。もしかしたら、フランの噂を聞いているのか？　まあ、全くトラブルを起こしてこなかったとは言えないからね。その声色はかなり真剣であった。

王都で何かあったら、遠慮なく頼らせてもらうとしよう。

その後、フランはエリアンテからさらにオークションの話を聞いていく。

「武具と魔石以外のオークションには興味がないのかしら？」

「他にどんな種類がある？」

「そうね……あなたが興味ありそうなところだと、魔獣素材オークション、料理オークション、魔道具オークションかしら？」

「料理オークション？」

短い間に、エリアンテもフランのことを理解してきたらしい。反応したフランを見て、苦笑しながら頷いている。

「ええ。主に扱うのは食材ね。魔獣食材だけではなく、霊茸《れいし》や、魔法野菜など、各地の珍しい食材が出品されるわ。市場に提供する程の数がない、希少食材が主になるの」

「なるほど」

「それ以外だとレシピや、調理方法の技術などが出品される場合もあるかしら」

要は料理に関係するもの全てが出品対象ということなんだろう。

暇があったら覗いてみたいところだ。

「ただ、料理そのものは出品されることはほとんどないけど」

「へいき」

「あら？　料理できるの？」

「ん」

「そ、そうなの……。てっきり同類かと」

フランが頷くと、エリアンテがちょっと焦った顔で呟いている。

どうやら料理ができないらしい。いや、この様子じゃ洗濯も掃除もできなさそうだ。

フランをガサツ仲間だと思っていたらしかった。残念、料理だけはするのだ。洗濯と掃除はせんけど。

他にも美術品オークションや物件オークション、服飾オークションなどもあるそうだ。フランは全く無反応だが。そんなフランが最も反応したのは食材オークション――ではなかった。

「奴隷オークション？」

「ええ。取り扱われるのは重犯罪奴隷のみだけど、興味あるのかしら？」

「ない！」

「ど、どうしたの。急に怖い顔して」

「別に」

やはりフランは奴隷売買に対しては複雑な思いを持っているらしい。闇奴隷だけではなく、正規の奴隷であっても、売り買いするつもりはないようだ。

ただ、通常の奴隷に関しては、闇奴隷に対するような嫌悪感はないらしい。

そもそも、奴隷にはいくつか種類がある。以前聞いた話だが、主なものは借金奴隷、軽犯罪奴隷、重犯罪奴隷の三つだ。

借金奴隷はその名の通り、借金のかたに身売りをした者たちだ。それ以外だと、生活苦からの身売りもここに含まれるらしい。

ただ、最初に借金奴隷の待遇を聞いた時、本当に奴隷なのかと疑問に思ってしまった。奴隷化の魔術で隷属させられているので奴隷と名付けられているが、意外ときっちり権利が保障されていたのだ。

主は奴隷に対して給金を払い、さらに衣食住の面倒を見なければならず、非人道的な扱いはできない。性的な奉仕をさせたり、犯罪行為に加担させることは厳禁なのだ。

契約魔術は奴隷を縛るだけではなく主も縛るので、違反することもできない。俺の印象としては、職業の自由がないハローワーク（衣食住の保障付き）と言った感じであった。

短い者は一ヶ月程度で解放され、借金奴隷だったからといって差別もされない。場合によっては奉公先で技能を身につけることもできるので、結構気軽に借金奴隷となる人間は多いらしい。やはりハローワーク的な扱いだ。

軽犯罪奴隷から、急に扱いが酷くなる。こちらはセーフティネット的な意味合いのある借金奴隷と違い、刑罰としての奴隷化だからだ。さすがに非人道的な扱いは許されないものの、その権利は借金奴隷にくらべると大きく劣る。護衛として使われたり、肉体労働に従事する者がほとんどであるらしい。

無理やり3Kのブラック職業に就かされるようなイメージだろう。ただ、こちらはきっちり仕事をこなせば解放されるし、一応の人権的なものがある。

そして、最後の重犯罪奴隷は悲惨の一言だ。そもそも死刑囚をただ殺すよりも、その前に労働力として使い潰そうという目的である。人権などという言葉はほぼ存在していない。

どうやらこの重犯罪奴隷の中でもいくつか種類があり、性奴隷や肉壁奴隷など、用途があるらしい。実は奴隷のシステムに興味があって、冒険者ギルドで話を聞いてみたんだが、フランの機嫌が悪くなって最後まで話を聞けなかったんだよね。なのでこれ以上詳しくは知らなかった。

まあ、フランが身を落としていた闇奴隷の方がもっと酷いんだが。これが、いわゆる俺たちがイメージする奴隷だった。

実のところ、借金奴隷も犯罪奴隷も、契約は自分の意思で結んでいる。そもそも、奴隷契約は双方の合意がなくては術が発動しないのだ。重犯罪奴隷ですら、死刑や公開拷問刑よりはましという理由で自らの意思で重犯罪奴隷になることを選んでいる。

だが、闇奴隷は違う。彼らは自らの意思で奴隷になるのではなく、無理やり奴隷にされてしまう。奴隷契約時にネックとなる双方の合意という部分をどうクリアするのかというと、そこは想像するのも悍《おぞ》ましい方法だ。そして、非常に単純なやり方でもある。

攫《さら》ってきた相手を徹底的に痛めつけ、闇奴隷の契約に合意すればこれ以上は勘弁してやると囁くのだ。その契約内容は、重犯罪奴隷に保障されているいくつかの権利さえなく、ただただ契約者の命令に完全服従するだけの存在に成り下がるというものである。

闇奴隷は、売買は勿論、所持しているだけでも極刑ということになっているが、それでもなくなることはないらしい。犯罪組織や、馬鹿な権力者が闇奴隷を常に求めているからだ。

闇奴隷であった過去を持つフランが、奴隷売買に対して否定的なのは仕方ないだろう。不穏な空気を察したのか、エリアンテが強引に話を変えた。

「あ、あとは従魔オークションなんかもあるわよ？　調教済みの従魔なんかが出品されるの。あなたも確か狼の従魔を連れてるのよね？　興味ないかしら？　あら、そういえば今日は従魔を連れていないの？」

「ん？　ウルシ」

「オン！」

「これは……。ダークネス・ウルフ？　と、とんでもないのを従魔にしてるわね。影潜りが使えるの？　最強の護衛じゃない。しかもそのサイズは……」

「ウルシは小さくなれる」

「オンオン！」

「はあ、ユニーク個体になるとなんでもありね」

ギルマスであるエリアンテも、影の中のウルシは感知できなかったらしい。確かに、今じゃ慣れてしまっているが、普通に卑怯だよな。エリアンテが言う通り、最強の護衛なのだ。

その後、オークションへの参加証を作ってもらっている間、エリアンテがどこに泊るのか聞いてきた。

「フラン、あなたは今日の宿は決まっているのかしら？」

「まだ」

「だったら、良い宿を紹介しましょうか？　高ランクの冒険者御用達の宿よ」

どうやら宿を紹介してくれるらしい。ただ、問題が一つあった。

「そこ、従魔も一緒に泊れる？」

「ああ、その宿は当然従魔オッケーよ。ウルシもそのサイズなら問題ないわ」

ならそこでいいか。武具オークションは二日後だというし、それまでは王都の観光をしたいしね。拠点は必要だ。

「じゃ、そこでいい」

「紹介状書くからちょっと待ってて」


王都に到着して二日。

俺たちはとある大きな建物の前に立っていた。オークションの会場である。

普段は王都でも有数の劇場として利用されているらしい。

エリアンテがわざわざ作ってくれた王都でのオススメ観光スポットベスト10に、この劇場での観劇が入っていたが、丁重にお断りさせてもらった。

ただでさえフランがジッと劇を見ていることなど不可能に近いのに、内容がドロッドロのラブロマンス、しかもＢＬ系だったのだ。

劇のタイトルが「紫薔薇の剣」だから、最初は剣劇物かと思っていた。アクションシーンの激しい派手な劇だったらフランにも見られるかと思って、劇の長さとか簡単な内容を一応エリアンテに確認したのである。

そうしたら、至上の愛をテーマにしたラブロマンスという説明なのに、登場人物が全員男だっていうし。それでどうして愛憎劇になる？　剣って、まさかの下ネタかい！

説明を受けている途中で思わずツッコミを入れそうになってしまった。フランなんか話の二割も理解できていなかっただろう。

どうやらエリアンテはこの手の歌劇や戯曲、耽美本の愛好者であるらしい。いちいち息を荒らげながら、それぞれ役者の肉体美について語ってくれた。この劇に王都中の貴婦人が夢中だというのだから恐ろしい。

やはり文化の中心的な場所っていうのは、退廃的というか、発酵が進むというか、一線を画したものが好まれるのだろうか。

いや、俺もオタクの端くれ。この手の文化に理解がないわけではない。ただ、幼気《いたいけ》な少女に勧めるのはいかがなものだろうか？　少なくともフランには勧めないでもらいたい。

途中でゼフィルドに教えてもらわなければ、時間を無駄にしていただろう。

実は、最初のおすすめ観光スポットに向かう途中で、ゼフィルドと出くわしたのだ。

昨日の朝のことである。

「おや？　黒雷姫殿？」
「ゼフィルド。ここで何してるの？」
「私たちの定宿がこの近くにありまして。今は散歩の途中ですよ」
「仕事には出ないの？」
「ははは。実は、貴族から招待されていまして。侯爵相手では断ることもできず、王都の外に出る依頼を受けられないのですよ」
「なるほど」

常識人のランクA冒険者なんて、貴族たちからしたらぜひ手駒に加えたい存在だろう。配下にできずとも、誼《よしみ》を通じたいと思う筈だ。

ゼフィルドは常識人であるがゆえに、貴族の誘いを断れないだろうしな。

貴族の屋敷に招待されていると言っている時も緊張した様子はないし、慣れているようだった。貴族からの招待はかなり多いのかもしれない。

「黒雷姫殿こそ、どうされたのですか？」
「観光中」

フランは、エリアンテのおすすめ観光スポットリストを見せながら、王都を巡るのだと説明した。

ゼフィルドはそのリストを見ると、なぜか難しい顔をしている。

「うーむ……。ギルマス、趣味を押し付けすぎでしょう……」

「どうしたの？」

「何といいましょうか、このリストの半数ほどが、その……。ギルマスの趣味なのでしょうが、黒雷姫殿が楽しめそうな場所ではないのですよ」

「？」

オブラートに包んでいるためにフランは理解していないが、俺にはわかったぞ。

エリアンテの趣味っていうと、ひとつしかないからね！

ゼフィルドにさらに聞いてみたんだが、それはもう酷かった。一〇ヶ所中五ヶ所がそれ系だったのだ。

エリアンテが好む作品の舞台となった宮殿の庭園であるとか、当主が同性愛者だったことで家系が断絶してしまった大公家の墓所だとか、男性同士の愛を題材にした戯曲の大人気作を世に送り出した作家の生家跡地だとか、そんなんばかりである。

ゼフィルドは散々エリアンテに熱弁されていたため、それらの場所の詳細を知っていたそうだ。

結局、ゼフィルドにヤバい場所は削除してもらい、彼のおすすめスポットを教えてもらった。それに、エリアンテのリストも半分は普通だったのだ。

大神殿とか、王城が良く見える丘とか、有り難く楽しませてもらった。

フランが一番気に入ったのは、ゼフィルドのお勧めである迷路になった薔薇園だったが。

あと、王城もすごかった。「日照権？　何それ？」って感じの超巨大建造物で、外から見るだけでも楽しかったのである。

王城の近くには高位の貴族しか住むことはできないそうだが、特別に下級貴族などが住むことを許されている一角があるそうだ。なんと、王城に遮られているせいで日中のほとんどの間、日が差し込まないという、最悪の立地であるという。それでも、王城のすぐそばに住むのは名誉ということで、希望者は多いんだとか。

巡回の兵士さんが貴族の見栄を馬鹿にする態度で、色々と教えてくれた。

それが昨日のことだ。

『とりあえず中に入ろう』

「ん」

オークション会場の入り口で、ギルドで発行してもらった参加証を見せる。一見すると金属の板でしかないが、そこに彫られた模様などでランクが分かれているらしい。

俺たちが貰った参加証は、五段階中で上から二番目の権限のある参加証だった。

全てのオークションに参加可能で、大商人や各ギルドの幹部などのために用意された特別席に座ることが許されている。

さすがに貴族用の貴賓室には入れないらしいが、兵士などの対応は十分に丁寧だった。平民としては最上位の扱いってことなんだろう。

他とは違う入り口から通され、メイドさんに出迎えられる。そこで、オークション会場の説明をしてもらった。しかも、ウェルカムドリンクが用意されており、希望すれば軽食まで用意してくれるそうだ。至れり尽くせりである。

『武具オークションの開催期間は今日、明日、明後日の三日間か』

「武器とかいっぱい」

王都観光の途中で予《あらかじ》め購入してあったカタログを、フランがパラパラとめくっている。

このカタログは一週間以上前から販売されており、大抵の参加者は、目当ての商品が出品される時刻を見計らって会場入りするのが当たり前であるらしい。

欲しい物が出品されるかどうかも分からない状態で、朝から夕方までオークション会場に居座り続けるのは効率が悪いからな。

ただ、俺たちの場合、何か目的の品がある訳じゃない。ガルスと再会するため、この武具オークションの会場を訪れること自体が目的である。

なので、出品アイテムにはそこまで注目していなかった。

勿論、カタログを全く見てない訳じゃないぞ？　ガルスの手紙にはやや不自然な感じで、武具オークションについてと、鞘を作ったということが書かれていた。

俺の推理では、鞘が出品されている時間にここで接触してくるつもりだとは思うんだが……。

肝心の鞘のみの出品が複数あり、時間がバラバラだったのだ。鞘の銘や出品者を確認してみたが、そこにメッセージ的なものは読み取ることができなかった。

分からないのであれば仕方ない。俺たちは朝からずっと武具オークションの会場で待つことにしたのだった。

『さて、俺たちは一応特別席ってところを利用して良いらしいが……』

「どうする？」

『うーん』

ガルスがどう接触してくるつもりか分からないが、特別席だとガルスが入れないかもしれない。

だとすると、普通席にいる方がいいだろう。

問題は、フランがずっと大人しくしていられるかだな。

『大丈夫か？』

「ん！」

そのやる気がいつまで続いてくれるか……。


三時間後。

『フラン、ほら寝るなって。周りに不審に思われるだろ』

「……ん」

『最悪、叩き出されるかもしれんから』

「……ん」

ダメだこりゃ。目をシパシパさせて、半分夢の中である。

仕方ない、俺が念動で支えよう。ただ、気持ちは分かる。

出てくるもの出てくるもの、全部武具だし。しかも魔法の品だけではなく、普通の剣一〇〇本セットとか、内容が地味なものが多いのである。

そうやって退屈な時間に耐えていると、午後の部の特別出品商品が告げられた。

これはカタログ製作後に飛び入りで持ち込まれた商品などのことで、必ずしも特別製の凄い品物が出品されるという訳ではないらしい。

実際、最初に出品されたのは普通のロングソードだった。強度を損なわずに刀身に彫り物を施したという品だ。貴族には需要があるのだろうが、冒険者からしたら全く無意味な品である。

ただ、出品された物を見て、俺は思わず声を上げていた。

『え？　あれって……。おい、フラン！』

「……みゅ？」

フランを軽く念動で揺すって起こす。何せ、入札しないといけないのだ。

特別席だと魔道具を使ってこっそり入札を行えるらしいが、普通席にはそんなものはない。事前に教えられていた、手を挙げて指を使っての入札をするしかないだろう。

「こちらはロングソード用の鞘となっております！　魔獣素材が使われ、作りはしっかりしておりますが、サイズ調整の術はかかっておりません！」

オークショニアが、台に載せられた剣の鞘を運んでくる。茶色い革製の鞘だ。ただ、サイズ調整の魔術がかけられていないという情報が出た時点で、会場が騒めいた。

この世界で、剣の鞘というのは剣に合わせて大きさが変わる物が重宝されている。安物ではその限りではないが、オークションに出品されるような高価な鞘に関しては、サイズ調整魔術が当たり前と言っていいだろう。

それがかかっていないということは、どれだけ素晴らしい鞘だったとしても、一部の剣にしか使えないということになってしまうのだ。

だが、俺たちにはそれも問題ない。何せ、今俺が収まっているガルス作の鞘に瓜二つの姿をしているのだ。サイズも一緒だろう。まさしくあれは、俺のための鞘だ。

最後にオークショニアが会場の声をかき消すように、大きな声でその銘を告げた。

「製作者は不明！　銘、師匠の鞘！　最初は一万ゴルドから！」

『フラン！　絶対に落札するぞ！』

「ん！」

そうして鞘を絶対落札すると勢い込んでみたものの、落札するのは容易な事であった。あまりにも簡単すぎて驚いてしまったほどだ。

やはり、サイズ調整がついていないということで人気がなかったらしい。競合していた相手も、魔獣素材なら再利用可能かも程度の理由だったらしく、こちらが入札したのを見てすぐに手を引いたのだった。

落札額は三万ゴルドである。相場がいまいち分からないが、超高級品ではないだろう。素材もそこまで高価じゃないし、鞘のみではこんなものなのかね？

ただ、結構目立ってしまっていた。フランみたいな子供が武具オークションにいること自体が場違いな感じだし、かなりの視線を感じる。会場中がこちらを見ていると言っても過言ではないだろう。

もしかしてまずいか？　ガルスがこんな回りくどい方法を取ったということは、直接の接触はできないってことだろう。もしかしたらアシュトナー侯爵家の監視があったり、まだ捕らえられているのかもしれん。

いや、鞘を出品することができたのだから、監禁とまではいかないのか？　ただ、普通に大手を振って出歩ける状態ではないのだと思う。

最悪このオークションでガルスが作った鞘をフランが落札したということも、アシュトナー侯爵家にすぐにばれるかもしれない。

そして、それがセルディオの死に関わった黒雷姫だと判明したら？　目を付けられることは確かだと思う。

『とりあえず、この後の商品を落札しよう』

（なんで？）

『目くらましだ』

この程度で誤魔化せるとも思えないが……。本命は別にあり、鞘を落札したのは衝動的だったという体《てい》を装うのだ。

ということで、午後で二番目に登場した、風除けの腕輪というのを落札することにした。馬に乗っている時に、風を和らげてくれるアイテムらしい。ウルシに乗っている時に役に立つだろう。

ただ、これが意外と人気の品らしく、かなりの人数と競合してしまった。

しかし、俺たちが本気であると見せつけねばならないので、引くわけにもいかん。結局、四七万ゴルドもかかってしまったのだった。今の俺たちはかなり金持ちではあるが、やはり無駄遣いはモヤモヤするのである。

『じゃあ、落札品を受け取って、宿に戻るか』

「ん」

落札した商品は、支払いさえ可能であればその時点から受け取ることが可能だ。まあ、大金を持ち歩くのは物騒なので、大抵は後日に支払いをする形になるらしいが。

商品の受け渡しカウンターに向かう。

屈強な冒険者たちが警備員として見張っているので、一目見てそこが目的の場所だと分かった。

大オークションだけあって、警備員もかなりの腕前だな。フランを見て、即座に警戒を強めたことからも、実力の高さがうかがえる。

冒険者の中でも、ランクG~E程度だと、フランの実力は全く感じ取れない。絡んでくるやつらは大抵この辺りのランクだ。

ランクD、Cになると、フランの実力を見抜けないまでも、何かあると感じ取れるらしい。また、ある程度の実力者なので慎重な冒険者が多く、フランに積極的に絡んでくる者は少なかった。

B以上になれば、見ただけでもフランの実力を感じ取れるようになるらしく、喧嘩を売ってくる者はほぼいなくなる。まあ、代わりに戦闘狂に目を付けられる場合があるが。

それを考えると、この警備員たちの実力はC程度であると考えられた。感知能力などにもよるから、確実ではないけどね。

フランが賊であった場合、厳しい戦いになると理解しているのだろう。

「ねえ」

フランが受け渡し窓口の係員に声をかけると、警備員たちの緊張が最高潮に達する。

逆に、戦闘力がない係員は、迷子が声をかけてきたとでも思ったらしい。暢気な顔でフランに返事をしている。

係員の暢気さに、警備員たちがイラッとしているのが分かるな。

「はい、何か御用でしょうか？　こちらは商品の受け渡し口ですので、ご案内でしたら入り口の係の者にお声がけください」

「落札した物を受け取りにきた」

「これは失礼いたしました。では、参加証のご提示をお願いできますでしょうか？」

「ん」

フランが参加証を渡すと、女性がそれを水晶にかざしている。あの水晶が魔道具となっており、色々と情報を管理しているらしい。

あとはあっさりしたものだった。女性はしっかりと教育されているらしく、フランに対しても丁寧だ。また、冒険者たちもホッとした様子で、肩の力を抜いていた。

「じゃあ、これ。お金」

「え？」

フランは次元収納からお金を取り出し、カウンターに積み上げる。

係の人が呆然としているな。高額な品物は防犯のためにも屋敷などに運ばせることがほとんどで、この窓口で支払いと受け取りをする人間は多くないそうだ。普通はもっと安い品物を受け渡しすることを想定しているらしい。

「ねぇ？　品物は？」

「あ！　はい！　今ご用意します！」

顔を引きつらせながらも、係員の女性は品物を用意してくれた。

鞘と魔道具を次元収納にしまって、受取完了だ。

『さて、一度戻ろう』

（ん）

多分、ガルスからの接触は期待できないだろう。

これだけ手の込んだ真似をするってことは、そうしなければならない事態に陥っていると考えられる。おそらく、この鞘に何らかのメッセージが隠されていると思われた。

宿の部屋に戻った俺たちは、早速落札してきた鞘を調べてみる。

外見に異常は見られない。

『別段、変わった部分はないな……』

「ん」

『ちょっと比べてみるか』

落札した鞘と、元々使っていた俺の鞘を並べて比較してみる。

「……同じ？」

そう、フランが言う通り、両者は全く同じに見えた。大きさも、作りも、色も、寸分違《たが》わぬように思える。

「オン？」

ウルシがクンクンと匂いを嗅ぐが、何も分からないらしい。

『ガルスの匂いはどうだ？』

「オン！」

ガルスの匂いは付着しているらしい。やはり、この鞘に何かが隠されている可能性が高いだろう。

さらに細部まで慎重に比べて行く。持ち上げたり、叩いたり、魔力感知したり、色々だ。

『……分からん』

「ん」

俺は何気なく、鞘の中をのぞいてみる。そこで気が付いた。全く同じに見えた二つの鞘だったが、一ヶ所だけ違っている部分があったのだ。

それは、鞘の内部。しかもほんの一部分だった。鞘の先端の内側の縫製に使われている糸が、赤い糸になっていたのだ。元々持っていた俺の鞘は、その部分は白い糸が使われている。正直言って、どれだけ見てもそこ以外に違いは発見できなかった。

『とりあえず糸を解《ほど》いてみるか』

「ん」

フランが鞘に手を伸ばし、糸を引っ張り始める。だが、キッチリ縫い合わされている糸は、なかなか上手くほどけず、フランが段々苛立ってきたようだ。手つきがちょっと乱暴になってきた。

『そ、そんな乱暴にしたら……！　お、俺がやるから！』

「ん？　わかった」

無理やりグイグイと糸を引っ張るフランに代わって、俺が念動で糸をほどく。

かなり頑丈だったが、数分もかけるとなんとかほどくことができた。

『お、鞘の内側の革が少しめくれるかな？』

「何かあった？」

「オン」

『あ、こら、そんなグイグイ押すなって』

気になって顔を寄せてくるフランとウルシを宥めながら鞘の中を探るが、期待したような手紙などは出てこない。

『うーん……何も入ってないが……。いや、めくった場所に何か書いてあるな』

「なんて書いてある？」

『えーっと、この鞘が、最高の剣に使われることを、知恵の神に望む？』

何かの暗号か？

「師匠に使ってほしいってこと？」

『どういうことだ？』

「最高の剣は絶対に師匠の事！　それしかありえない」

『だから俺に使ってほしいって？　いや。待てよ。知恵の神？　鍛冶の神じゃなくて知恵？　もしかしてインテリジェンス・ウェポンにかけてるのか？』

フランの言う通り、これは確かに俺に使えというメッセージなのかもしれない。ただ、実際に使えって事じゃないだろう。もっと俺たちにしか分からない暗号が含まれているはずだ。

俺が言葉の意味を考えていたら、フランが俺を持ち上げた。

『フラン？』

「師匠が使えって書いてる」

そう言って、俺を鞘に納めた。さすがにこんな直接的に使うっていう意味ではないと思うが……。

しかも、一部を破壊しちゃったせいで、入り心地が悪かった。

人でいうと、布団の足先部分がゴワゴワしてるって感じ？　それだけではなく、刀身の根元の部分に少しだけ金属が当たっている。見た目では分からなかったが、背負い紐を留める金具が前の鞘よりも少しだけ大きいらしい。ガルスでもこんな失敗するんだな。

いや、待てよ。ガルスほどの鍛冶師が、こんなミスをするか？　つまり、これがわざとなのか？

『フラン、金具の部分を少し見てみるんだ』

「ん！」

調べてみると、金具の裏側の金属が微妙に前の鞘の時と違っていることが分かった。

微かに黄色がかった柔らかい金属が使われている。意識して見比べてみないと分からない、本当に微かな差だ。

念動で慎重に金具の接合部分を剥がしてみる。すると、金属の内側に何やら文字が書き込まれていた。まさか、本当に俺に使ってという意味だったとは。鞘に差し込まれた時に、俺だけが違和感に気づけるようにしてあったのだ。

『えーと、何々？　蠍獅子に睨まれた戦乙女のいる屋敷？』

「また暗号？」

『これだけじゃ意味が分からんな』

ガルスには申し訳ないが、他にも暗号などが隠されていないか調べるため、鞘をできる限り分解してみた。

解ける部分は全て解き、剥がせる部分は全部剥がしてみたんだが……。隠された暗号はこれ以上見つからなかった。

つまり、この暗号にある屋敷に囚われているということなのだろうか？

『フラン、意味分かるか？』

「ん！」

『え？　まじ？』

「マンティコアに睨まれたヴァルキリーがいる屋敷を探す！　魔獣ならウルシの鼻で探せる」

うん、分かってないって事ね。

フランの言う通り、蠍獅子はマンティコア。戦乙女はヴァルキリーで間違いないだろう。どちらも獣人国で戦ったことがある。まあ、実物を指し示しているわけではないと思うが。

そもそも、あんな高ランクの魔獣が王都内にいる訳がない。大騒ぎになるだろう。となると、何かの比喩だと思うが……。

俺たちに探してもらうためのヒントなのだとしたら、意外と分かりやすいものである可能性が高い。いや、そもそもなんで暗号なんかにしたんだ？

『そうだよな……。なんでこんな回りくどい暗号に託したのか……』

どこそこの貴族の屋敷とか、もっと具体的に書いてくれれば、それでいいはずだ。

もしかしたら、これで具体的なのか？

本当にマンティコアとヴァルキリーが王都のどこかにいる？　いやいや、そんな訳がない。となると、蠍獅子の像とか、絵。もしくは家の装飾品などだろうかね？

どこかに監禁されているとしたら、その場所から外を見た時に、蠍獅子に睨まれた戦乙女というのが見えているのかもしれない。もしくはそんな逸話やらのある貴族の屋敷とか？

そうなるとこれは暗号や暗喩ではなく、単純に自分が捕らえられている場所のヒントって感じなのかもしれない。

『とりあえず、蠍獅子に睨まれた戦乙女っていうのを探してみるか』

「ん！」

『ガルスの近くに行けば、ウルシの鼻に引っかかるかもしれんしな。頼むぞ？』

「オン！」


そして、その日の夜。

俺たちは冒険者ギルドにやってきていた。

王都で唯一の知り合いである、ギルドマスターのエリアンテに話を聞くためだ。闇雲に蝦獅子を探すよりも、まずは情報を集めてからの方が動きやすいと考えたのである。

アレッサくらいの規模の町なら適当に探してもいつかたどり着けるかもしれないが、王都でそれは不可能なのだ。

「いらっしゃい。今日はどうしたのかしら？」

執務室に通されると、エリアンテは積み上がった書類の山に埋もれながら、疲れた様子で目を通しているところだった。目の下の隈がすごいことになっている。

先日、暇じゃないと言っていたのは嘘じゃないらしい。見ずとも気配でフランだと分かるのか、顔も上げずに声をかけてくる。

「聞きたいことがある」

「聞きたいこと？」

「ん。蝦獅子に睨まれた戦乙女を探してる」

「はぁ？」

そこでエリアンテが初めて顔を上げてこちらを見た。その顔には困惑の表情が浮かんでいるな。

「蠍獅子に……なんて？」

「蠍獅子に睨まれた戦乙女のいる屋敷を探してる。知らない？」

「どういうこと？　王都にマンティコアを飼っているやつなんかいないと思うけど」

要領を得ないフランの言葉に、エリアンテが首を捻る。俺が話せれば早いんだが、無理だし。

何とか時間をかけてフランに説明させた。もちろん、ガルスの名前などは出さずに。

エリアンテは途中でイラッとしていたが、何とか最後まで話を聞いてくれた。

「つまりその屋敷に知人がいる可能性があるから、探してると。連絡が取れないから、心配してるわけね」

「ん」

「でもそのヒントだけじゃね……」

「わからない？」

「申し訳ないけど。何か分かったら知らせるわ」

「お願い」

仕方ない。地道に王都を歩いて探すか……。いや、エリアンテはアシュトナー侯爵家を妙に敵視してたな。もしかしたら、協力者に引き込めるんじゃないか？

とりあえず、どれくらいアシュトナー侯爵家が嫌いなのか、確認してみよう。

「ねえ。エリアンテはアシュトナー侯爵家が嫌い？」

「唐突ね。でもそうねぇ……。嫌いかどうかと言われたら、大嫌いね」

「アシュトナー侯爵家に一泡吹かせることができるとしたら、どうする？」

「ほほう？　もし本当にそんな方法があるなら、絶対に協力するわよ？」

全て本当だな。かなりアシュトナー侯爵家を嫌っているらしい。ここまでいくと、憎んでいると言ってしまっていいんじゃないか？

「敵対することになっても？」

「ふん。今更よ。あいつら、権力を笠に着てどれだけの無茶を言ってきてると思ってるの？　それに対して散々逆らってるからね。もう敵対してるようなものよ」

俺たちが思っていた以上に、根深い問題であるらしかった。

冒険者ギルドは国の支配下にはないが、それぞれの地域の支配階級と無関係でいられる訳ではない。貴族の力が強い王都では、特にその影響を無視できないのだろう。

「あの馬鹿侯爵家を潰せるなら……。いえ、嫌がらせができるってだけでも十分！　なんでもするわ！」

エリアンテが持て余した怒りを発散するように。ドンとテーブルに拳を叩きつける。

「ああ！　ちょ、やば！」

その勢いで書類の山が崩れた。俺たちのせいか？　いや、自爆だよな。

ただ、この様子なら俺たちの目的を話しても、問題ないだろう。

「探してるのは、鍛冶師のガルス」

「あの？　名誉鍛冶師のガルス師？」

「ん。アシュトナー侯爵に捕まってるかもしれない」

「……へぇ？　詳しく聞かせてもらおうかしら？」

そこで、俺たちはガルスがアシュトナー侯爵家に囚われている可能性が高いこと。そして、これがガルスからのメッセージであることをエリアンテに告げた。

すると、その黒い目を細めて、ニヤリと笑う。獰猛な笑みだ。まあ、書類を拾いながらだから、全然格好はついてないけど。

「つまり、この謎掛けみたいな文章に合致する場所を探し出せば、アシュトナー侯爵家の悪事を暴けるかもしれないって事ね？」

「ん」

「分かったわ。できるだけの協力はしましょう。こちらでもその場所を探させるわ。勿論、フランの情報は全て伏せるから安心なさい」

よし、これで冒険者ギルドの協力を取り付けられたようなものだ。俺たちだけで探すよりも、遥かに多くの情報が手に入るだろう。

その後エリアンテには、アシュトナー侯爵家に関連する屋敷の場所をいくつか教えてもらうことができた。まずはそこを確認しにいこう。

「ありがとう」

「アシュトナーに一泡吹かせてやるためだから気にしないで」

「じゃあ、行く」

礼を言って部屋を出ようとしたフランに、エリアンテが思い出したように声をかける。

「ああ、そうだ、一つ忠告というか、お願いなんだけど」

「なに？」

「最近、王都内の治安があまりよくないのよ。オークションのせいで方々から人が集まって来てるし、辻斬りやら盗賊やら、犯罪者の見本市って感じね」

オークションの為にお金持ちも集まって来ているだろうし、それを目当てにした犯罪者も増えているんだろう。

「わかった。見つけたらぶっ飛ばす」

「ちがうわ！　むしろ逆！」

「ん？」

殺る気満々で頷いたフランの言葉を、エリアンテが被せ気味に否定した。

「あなたに暴れられたら、被害が甚大なものになるわ。下手したら、賊を見逃した方がマシなくらい」

なるほど。裏路地で出会ったカルクも似たようなことを言っていたが、エリアンテも同様のことを感じているらしい。

エリアンテの場合はフランの情報もあるし、多少好戦的な性格をしていると分かっているから余計に心配なのだろう。

「わかった」

「わかってくれたらいいの」

「周りに被害が出ないようにぶっ飛ばす」

「ぶっ飛ばさなくていいの！　あなたなら、もっと穏便に捕らえられるでしょ？」

「わかった」

「本当に？」

「ん」

めっちゃ疑いの目でフランを見ている。

「……頼むわよ？」

「ん」

「本当に頼むわよ？」

俺も気を付けておこう。お疲れ気味のエリアンテの仕事をこれ以上増やしたらかわいそうだからな。

第三章　ガルス捜索

『蠍獅子に睨まれた戦乙女……。どんなものか分からないよな』

（ん）

　ギルドでエリアンテの協力を取り付けた後、俺たちは観光を装って、冒険者ギルド周辺を見て回っていた。

　まずは身近から探そうと考えたのだ。本命である貴族街だと、俺たちは目立ちすぎる。夜にこっそりと見て回るつもりだ。暗視がある俺たちなら夜闇は関係ないしな。

『石像、銅像。絵に旗。レリーフに彫刻。可能性は色々ある』

「ん」

『ウルシも、ガルスに関係ある匂いがしたら、教えてくれよ？　昨日の鞘に付着してた匂いだ。覚えてるな？』

「オンオン！」

　あとは足で探すしかない。しかし、どれだけ歩き続けても、目当ての物は見つからなかった。そもそもこの広大な王都で、あの文章だけを頼りにどんな形をしているかも分からない蠍獅子とやらを見つけ出せという方が無理なのだ。

『こりゃあ、時間がかかりそうだよな』

（知ってそうな人に聞けば？）

『エリアンテに聞いても、分からなかっただろ』

（カルクは？）

『……なるほど。カルクか』

確かにエリアンテ以外に知り合いがいたな。

知り合いというか、一度会っただけだが。チンピラの顔役みたいな人間だと思われるし、王都の裏に精通しているだろう。

しかし、信用できないんだよな。あれだけフランにビビッていた男だし、頼めば協力を約束するだろう。

だが、表向きは協力すると言っておいて、どこかに俺たちの情報を流したりしないとも限らない。

それがアシュトナー侯爵である可能性だって、ゼロではないだろう。

ガルスがどういうルートで鞘をオークションに出品したのか分からないが、場合によっては俺たちが鞘を落札したことがアシュトナー侯爵家に知られている可能性もある。

それだけならまだ怪しいですむだろう。しかし、鞘を落札したフランが、何かを探していると分かったら？　蠍獅子に睨まれた戦乙女のいる屋敷という暗号めいたメッセージも、その屋敷の持ち主であればピンとくるだろう。確実にガルスを探しているとばれるはずだ。

そうなったら厄介だろう。侯爵家が明確な敵になるわけだしな。

だが、カルクの情報網が魅力的なのも確かである。ああいった裏の人間なら、独自の情報網を持っているかもしれないのだ。

そこで、俺は一計を案じることにした。

『まあ、分体創造でできるだけ強い分体を作って、接触するだけだが』

フランを介さず、怪しげな男が嗅ぎ回っている風を装うのだ。

『よし。こんなもんか』

作り上げたのは、夜の裏街にいておかしくないような、地味で古びた印象の服装の男だ。

能力的にはフランに遠く及ばないが、剣聖術は使えるし、ステータスは平均で２００程ある。中堅冒険者程度の実力はあるだろう。

「じゃあ、ウルシ。次はカルク探す」

「オン！」

ウルシの鼻があればカルクを探し出すことは容易だった。

俺の分体の影に入り込んだウルシの指示通りに、裏道を歩いていく。もうすぐで接触できるらしい。

フランは、気配を消して分体の後を付けている。俺は分割思考で分体を動かしながら、フランと会話することもできた。

『フラン、絶対に騒ぎは起こすなよ？』

（ん）

ここで目立ってしまっては、分体を使ってコソコソと行動する意味がなくなってしまうのだ。

（オンオン）

『こっちか』

夜の裏街をしばらく歩いていくと、一軒の酒場にたどり着いた。

ボロボロの外見の、営業中なのかも怪しい場末の酒場だ。昼間に見たら、廃墟だと思っていただろう。壁の隙間から漏れ出す僅かな明かりのお陰で、かろうじて人がいるのだと分かるレベルだ。

少し手をかけただけで、スイングドアの蝶番《ちょうつがい》が軋んだ音を立てる。

そんなオンボロドアを押し開け、俺は酒場に足を踏み入れた。

照明の数が少ないせいで、店内は非常に暗い。俺は暗視を持っているから問題ないが、なければ隣のテーブルにいる相手の顔さえ碌《ろく》に見えやしないだろう。

見慣れない俺に対して、一斉に視線が向く。気配で分かってはいたが、こんな酒場に結構な人数がいた。

酒場の中で管《くだ》を巻いていた男たちは、値踏みするように不躾な視線を投げかけてくる。入り口付近だけはそれなりに明るく、向こうからはこっちが見えているはずだ。店内にいる奴らから入店者がよく見えるように、あえてこういう作りになっているのだろう。

そして、その表情はすぐに嘲るようなものに変わった。今の俺の姿は生前のものだからな。地味なボロ服を着た、冴えない顔の中肉中背の男だ。鍛えた様子もなく、魔術などの特殊技能がありそうでもない。侮るには十分な条件が揃っている。

まあ、目当ての人物だけは鋭い視線を俺に向けているが。

俺に足をかけて転ばせようとする男たちの間をすり抜けながら、カルクの座るテーブルに近づく。

「よう。あんたがカルクさんかい？」

「ちっ。よりにもよって俺に用事か……」

カルクが顔をしかめる。しかし、逃げようとはしない。

「そう邪険にしないでくれよ。ある人にあんたなら力を貸してくれるんじゃないかと教えてもらってね」

「……どこのどいつだ。余計な真似をしやがったのは」

ある人なんかいないけど、勝手に色々と考えてくれているらしい。

「おい、やめろ」

カルクのこの言葉は俺にかけたものじゃない。後ろにいたカルクの配下にかけられたものだった。厄介事だと考えて、俺を排除しようとしていたのだ。懐に入れた短剣の柄に手をかけ、すでに立ち上がっていた。

だが、カルクの持つ弱者眼スキルであれば、この護衛程度では俺に勝てないことは分かる。それで止めさせたのだろう。

護衛もその言葉の意味が分かったのか、驚いた表情だ。

何せ、目の前の男が自分よりも強いと判断されたわけだからな。ただ、配下としてしっかり教育されているらしく、不満を漏らすことはなかった。カルクの目への信頼度が高いのも理由だろう。

「奥の部屋を使う。こい」

「いや、ここで構わんよ。——サイレンス」

「魔術師か」

カルクの顔がさらに苦々しいものになる。俺の得体の知れなさが増したからだろう。

護衛たちは、突然カルクの声が消えたことに驚き腰を浮かしている。だが、カルクが身振りで再度抑えると、そのまま椅子に座り直していた。

「これで俺たちの声は周囲に聞こえない」

「用件は？」

大人しく話を聞いてくれるようだ。良かった。

「探している場所がある。蠍獅子に睨まれた戦乙女のいる屋敷だ。わかるか？」

「暗号か何かか？　それだけで分かる奴がいたらお目にかかりたいもんだ」

「だよな。という訳で探してくれ。秘密裏に」

「おいおい……」

「これは前金。探し出してくれたら三倍出そう」

「ほう」

俺はカルクの前に五万ゴルドを置いた。無造作に置かれた大金に、カルクの目の色が変わる。俺を交渉相手と認めたのだろう。

「期限は？」

「明日の夜、またここに来る」

「そりゃ、ちと厳しいな」

「だからその金額だ」

「……期待はするなよ」

「期待してるよ。じゃあな」

「なっ……」

俺はカルクに向かってニヤリと微笑むと、あえて目の前で分体を消し去った。まるで煙が散るように、俺が消えるのが見えたはずだ。

これで多少は不気味な相手だと思ってくれれば、依頼も真面目に熟《こな》してくれるかもしれない。

『よし、これでカルクへの依頼は終了だ。上手くいけば、明日の夜には情報が手に入る』

「ん」

『とは言え、自力での探索も続けるぞ』

「わかってる」

「オン！」

しかし、所詮は王都に不慣れな俺たちだ。翌日の夜まで、めぼしい成果は上がらなかった。

夜には貴族街も見回ってみたのだ。だが、ドラゴンの石像とか、獅子のレリーフ、天使っぽい銅像はあっても、蠍獅子に睨まれた戦乙女に合致するものは発見できなかった。

エリアンテもめぼしい情報を得ることができなかったらしく、まだ情報集めを続けてくれるそうだ。

自力でも、冒険者ギルドの情報網でも発見できなかった俺たちは、最後の砦であるカルクの下《もと》に向かっている。

(情報、あるかな？)

『まあ、なかったとしても、エリアは絞れるだろ？』

カルクの情報網であれば、繁華街や歓楽街はある程度調べることができるだろう。つまりカルクが発見できなかったとすれば、この辺りは探索範囲から外してもいいってことになるのだ。

『じゃあ、行ってくる』

「ん」

分体創造を発動して、再び分体を生み出す。

ウルシの鼻によれば、カルクはすでに酒場にいるそうだ。

朽ちかけたドアを押し開け、酒場に入る。やはり視線が一斉にこちらに向いた。昨日、カルクと話をしていたということが知られているのか、侮る気配はほとんどない。

ああそうだ、酒場の中で分体を消したんだ。それを見られて、不気味な相手だと思われているのかもしれなかった。

今日は足をかけようとする者も、冷やかしの口笛を飛ばす者もいない。むしろ俺と関わり合いになりたくないのか、道を空けてくれるほどだった。

「よう、昨日ぶりだな」

「来たか。金は用意してきてるんだろうな？」

「ということは。見つかったのか？」

「ああ」

それは凄いな！　冒険者ギルドでも手がかりさえ掴めなかったのに。これは、カルクたちの情報網を侮っていたようだ。

「じゃあ、これを」

「情報を聞く前に払っちまっていいのか？」

「嘘を見抜くのは得意なんだ。それに、この金を持ち逃げしようとするほど、馬鹿じゃないだろ？」

「ふん」

信用を失うという意味でも、俺から逃げられる訳がないという意味でも、カルクが金だけを奪って逃げようとする可能性は低かった。

カルクは面白くなさそうに鼻を鳴らす。荒事に身を置く自分たちが、たった一人に侮られていることが気に入らないのだろう。

「――サイレンス。さっそく聞かせてもらおうか?」

「こいつを」

「紙? なんの数字だ?」

「目当ての屋敷の住所だ。貴族街の中央。アシュトナー侯爵家の屋敷のそばにある、オルメス伯爵家の別邸だな。向かいがベイルリーズ伯爵家の屋敷になっている」

「オルメス……」

「ちょいと前まではレセップス子爵の別邸だったんだが、不祥事で取り潰されたらしい。知ってるか? アシュトナー侯爵の妾腹だ」

レセップス子爵というのは、セルディオのことである。そのレセップス子爵家に関係する屋敷だった場所ともなれば、アシュトナー侯爵家とも繋がりはばっちりだ。

「この現オルメス伯爵別邸の前にはベイルリーズ伯爵邸があるが、そこにマンティコアの石像がある。その視線がオルメス伯爵別邸の庭を向いていて、そこには戦乙女の石像が飾られている。どうだ?」

「なるほど」

この情報は当たりだろう。むしろ、それ以外に考えられん。

オルメス伯爵邸は見に行ったが、その別邸までは調べていなかった。というか、いくつも屋敷があるなんて思ってもみなかったのだ。貴族ともなれば、用途に合わせていくつも家があるってことらしい。

「完璧だ。調べてくれて助かった」

「無理やり引き受けさせられたとは言え、仕事は仕事だからな。やるからには完璧にこなすさ」

「感謝する」

カルクに礼を言うと、そのまま消えることにする。もらった紙は、影にいるウルシにこっそり受け渡し済みだ。

いや、まてよ。カルクの情報網にはまたお世話になるかもしれん。一応、断っておくか。カルクにとっては迷惑だろうが。

「また知りたいことができたらくる」

「もう二度とくるな」

「善処するよ」

「おい――」

俺は迷惑そうな表情を浮かべるカルクに軽く微笑むと、分体を消し去るのだった。

『まさかここまで上手く情報が仕入れられるとは思わなかったぜ』

(師匠、どう?)

(じゃあ?)

『おう。例の屋敷の場所が分かったぞ。ただ、住所を教えられても正確な場所が分からないんだよな』

一応、アシュトナー侯爵邸の近くってことは言われたが……。

「オン！」

『戻ったかウルシ』

ウルシが影渡りでフランの影に戻ってきた。

一緒にカルクから渡された紙を見るが、やはり俺たちだけでは正確には理解できない。

（じゃあ、エリアンテに聞く）

『そうだな。それが一番早いか』

（ん）

俺たちは冒険者ギルドへ向かうことにした。まだ宵の口だし、いてくれるといいんだけど……。

「ああ、フラン。どうしたの」

要らぬ心配だったらしい。事務作業のし過ぎで疲労困憊の様子のエリアンテが、力のない声でフランを出迎えてくれた。

「悪いけど、まだ情報は入ってきてないわ」

「ん。それはもういい、情報を手に入れた」

「え？　自力で見つけたの？」

「違う、情報屋に話を聞いた」

「情報屋って、私だって情報屋をしている冒険者たちに依頼したのよ？　私達よりも早く、情報を仕入れたって言うの？」

エリアンテが書類に判をおす手を止め、こちらに視線を向けた。余程驚いたらしい。

「ん。酒場で話を聞いた」

「もしかして盗賊ギルドに伝手《つて》があるのかしら？」

驚きから一転、エリアンテの目が鋭く細められる。今、盗賊ギルドって言ったか？

「ん？　盗賊ギルド？」

「知らないの？　この王都で活動している、盗賊たちの元締めみたいな組織よ」

「知らない」

「じゃあ、どうやってその酒場とやらを見つけたの？　偶然中に入って、闇雲に情報屋を探しても、見つかるわけがないわ」

どうも、エリアンテの雰囲気からすると、冒険者ギルドと盗賊ギルドは仲が良くないらしい。これは大人しく話した方がいいだろう。

とは言え、俺のことは教えることができないので、裏路地で出会った相手の匂いをウルシが覚えており、その鼻を頼りに再度その男に会いに行ったという話をした。

「なるほど……。商業地区のあたりなら、話が通じる相手もいるか……」

「ん」

「分かったわ。信じましょう。でも、できるだけ関わり合いにはならない方がいい」

エリアンテ曰く、盗賊ギルドは必要悪として黙認されているらしい。王都ほどの大都市になれば、様々な人間がその裏では蠢《うごめ》いている。

彼らを野放しにしていては、王都は大混乱だ。そんな、脛《すね》に傷を持つ奴らや、犯罪者たちを押さえつけ、ある程度管理できるのは盗賊ギルドにしかできない事だった。

勿論、黙認と言っても全てを許しているわけではない。盗賊ギルドがやり過ぎれば、国が取り締まる。彼らは、そのギリギリの線を見極めるのが上手いらしい。

ただ、兵士などが動かなくても、恨みを買った相手から盗賊ギルドの構成員に賞金がかけられることもある。となれば、賞金稼ぎなども所属する冒険者ギルドとは相いれないのは当然だった。

盗賊ギルドの構成員を捕らえたりして報復されないのかと思ったが、そこは問題ないようだ。盗賊ギルドも、冒険者ギルドと事を構えれば潰されることが分かっているんだろう。それに、彼らの世界では捕まった奴がマヌケだと言われることの方が多いらしかった。

「まあ、裏の事情がどうであれ、結局は犯罪者とその予備軍、協力者の集団よ？　下手に関わればろくなことにはならない。注意なさい？」

「ん。わかった」

フランが直接カルクと接触した訳じゃないからな、そこは問題ないだろう。

それよりも今は住所の場所だ。フランはその住所の場所と、アシュトナー侯爵邸の近くにあるオルメス伯爵の別邸だという情報をエリアンテに告げる。

どうやらエリアンテはその場所が分かるらしい。棚から一枚の紙を取り出すと、それを広げて見せてくれる。

それは、貴族街の見取り図であった。さすがに、どこがどの家であるというような正確な情報は載っていないが、大通りの位置と、各区画の番地などが記されている。

その見取り図を見ながら、住所が指している場所を正確に教えてくれた。

「えーっと……。あああった。ここよ」

「ありがとう」

「……貴族相手に無茶は厳禁よ？　場所を確認したら、一度戻ってらっしゃい。絶対に一人で潜入しようとはしないで」

「わかった」

さすがに俺たちだって、いきなり伯爵の屋敷に潜り込もうとは思わんさ。まずは場所をチェックするだけだ。だが、エリアンテは不安そうな表情だ。

「本当に分かってる？」

「ん」

「……ああ、心配だわ」

うーむ。エリアンテはいったいどんな噂を耳にしているのか、一度聞いておいた方がいいか？　どうもフランをところ構わず喧嘩を売る、暴れん坊だと思っているみたいなんだよな。

「だいじょぶ。馬鹿なことはしない」

「絶対に絶対よ？」

エリアンテがフランを見る目は、手の付けられない暴れん坊を見る目であった。

フランだって、騒動を起こしてばかりではないのだ。まあ、巻き込まれることは多々あるけどさ。

ステリアおばさんに見送られながら冒険者ギルドを出た俺たちは、早速オルメス伯爵の別邸へと足を運んでいた。気配を消して、遠目から屋敷を見る。

(師匠、あれ)

『なるほど、あれが蠍獅子か』

フランが指差しているのは、オルメス伯爵邸の前にある屋敷の門柱だ。確かベイルリーズという伯爵家の屋敷だと言っていた場所だろう。

さすがに貴族の屋敷の門なだけあり、かなり大きい。

門柱だけでも一〇メートル以上あるだろう。そして、その天辺に設置された雄々しいマンティコアの石像が、門を守護するように通りを睥睨《へいげい》していた。

その視線の先を辿れば、確かに向かいの屋敷を向いているようだった。そこは、オルメス伯爵別邸である。

あとは、その視線の先に戦乙女が居れば完璧なんだが。

高い塀のせいで中を覗くことはできない。ちょっとだけ忍び込もうかとも考えたが、危険すぎるのでやめておいた。外からでも、魔術による結界などを感じ取れたためだ。しかも、その強さは中々の物である。アシュトナー侯爵邸から感じ取れる魔力よりも、オルメス伯爵別邸の方が強い程だった。

フランは行こうとしてたんだけどね。俺が全力で止めた。まさかエリアンテの会話がフリになりかけるとは……。危なかった。

『……上から見よう。ちょっと行ってくる。だからここを動くなよ？』

（ん）

幸い今は夜だ。多少派手な動きをしても、目立つことはない。俺だけならなおさらだ。

俺は魔術で上空に転移した。多少高めなのは、屋敷の結界に触れないよう細心の注意を払ったためである。魔力を探った感じ、屋敷を球体状に覆っているようだからな。

上空で静止しつつ、オルメス伯爵別邸の庭に目を向けた。スキルを総動員して、庭を隅々まで観察する。

そして、発見した。

『あったっ！　戦乙女の像だ』

庭に設置された噴水の中央。そこに、戦乙女の石像が据えつけられていた。鎧兜を身に纏った、女性の姿をしており、間違いないだろう。マンティコアの石像の視線の先とも一致する。

確信を得た俺は、再びフランの下に転移した。

『ただいま』

（おかえり。どうだった？）

『ビンゴだ。ここで間違いないだろう』

（そう）

とは言え、上から見ただけでは屋敷の内部がどうなっているかまでは分からない。当然、ガルスの居場所も分からなかった。

『外から見るとそうでもないが、中にはかなりの人数がいるな』

（ん）

気配を探ってみると、明らかに警備の兵士が多すぎた。しかも、多くの兵士が外ではなく、中を向いている。まるで脱走を阻止するために警備しているかのようだった。

『ウルシ、匂いはどうだ？』

（オン……）

『ダメか』
（オフ）
屋敷には風属性の結界も張られている。これが音や匂いを遮断しているのだろう。

（どうする？）

『ガルスが囚われている場所を特定できればいいんだが』

俺たちは何か手がかりを探すため、伯爵邸の周辺を歩いてみることにした。

周りを廻って気配を探ってみると、屋敷の中を相当数の兵士が巡回している気配がある。

やはり、外からは想像できないほどに、警備が厳重だ。

そうやって周囲の気配を探りながら歩いていると、ウルシが何かに反応した。しきりに周囲の匂いを嗅いでいる。

『もしかしてガルスか？』
（オン）
ウルシが首を横に振っている。違うらしい。

（オン！）

ウルシが俺たちを先導するように歩き始めた。しかも、暗黒魔術で気配を消す念の入れようだ。俺たちも少々の消耗は気にせず、魔術とスキルを全開にして隠密モードへ移行した。

今の俺たちなら、一般人の目の前を通過しても気付かれない自信がある。

足音と気配を消して歩くウルシの後を付いていくと、オルメス伯爵別邸から離れていく。

『こっちであってるのか？』
（オン）
間違っていないらしい。ウルシはそのまま細い路地へと入って、アシュトナー侯爵邸の前を走る大通りへと回り込むルートを進んでいる。

（オン）
すると、路地の出口直前で、ウルシが唐突にその歩みを止めた。そっと頭だけ出して、通りを見るウルシ。何かを確認しているようだ。

俺たちもウルシに倣って、こっそりと表通りを覗いてみた。

『あの路上生活者か？』

（オフ！）

ウルシが見つめているのは、大通りを挟んで向こう側。アシュトナー侯爵家側に近い、路地の入口だった。

そこには、大きめのボロ布を身に纏った路上生活者が蹲《ずくま》っている。王都ほどの大都市であれば珍しくはない光景だ。実際、俺たちだって何人も目にしてきた。

貴族街にいるのは珍しいのかもしれないが、あの場所なら死角になっているし、巡回の兵士などが気付かない可能性もあるだろう。

だが、少し見ていて、その路上生活者のおかしさに気が付いた。

『気配が異常に感じられないな』

（ん。それに魔力も変）

『……スキルで気配を隠しているのか』

（オン！）

どうやらただの路上生活者ではないようだ。それなりの実力者である。

少なくとも、隠密系技能の腕前はランクＤ冒険者に匹敵するだろう。そんな人間が路上生活者？

あり得ない。町の外で雑魚魔獣を何匹か狩ってくるだけでも、安宿に泊まれるはずなのだ。

『あの位置……アシュトナー侯爵邸を監視してるのかもしれん』

路上生活者の視線は、アシュトナー侯爵邸の表門を向いている。侯爵邸を監視しているようだ。

それにしても、ウルシはあれだけ離れた場所からよくこの路上生活者に気が付いたな。気配の薄さや不自然さを感じ取ったのか？

そう疑問に思っていると、路上生活者が身を翻した。そのまま路地の奥へと入っていく。俺たちに気付いたか？

とりあえず気配を消した状態で、その後を追うことにした。路上生活者が消えた路地をそのまま追うような真似はしない。

路上生活者の入っていた路地の、隣を走る路地を使い、一定の距離を維持したまま後を付けるのだ。見失ってもウルシの鼻さえあれば追える。無理はしない。

どうやら、相手には追跡を気づかれていないようだ。移動を始めたのは、何かほかに理由があるのだろう。

人目に付かぬように貴族街の路地を進むこと数分。

まさか自分が見張られているとは思わなかったのか、周囲を警戒しつつも、路上生活者が頭からかぶっていたローブを素早く脱いだ。路上生活者のふりを止めたということなのだろう。

その下からは、驚くほど引き締まった肉体が姿を現す。明らかに戦闘用に鍛え上げられた筋肉と、実戦で磨き抜かれた戦士の気配を身に纏っている。

先程は男の実力をランクDの斥候職程度と感じたが、間違いだった。明らかに斥候が本職ではなく、戦闘で生きる糧を得る者の身のこなしだ。

というか、その顔には見覚えがあった。なんであいつがここにいる？

（コルベルト？）

『ああ、間違いない』

（オン！）

バルボラでは屋台を手伝ってもらい、武闘大会では強敵として対峙したランクＢ冒険者。拳で魔獣を砕く格闘家。鉄爪のコルベルトだ。

ウルシが反応したのは、コルベルトの匂いを覚えていたからだろう。リンフォード戦では手を携えて共闘した間柄だからな。

（どうする？　声かける？）

『……うーむ、どうするか』

知らぬ仲ではないとは言え、現在は味方であるとも限らない。冒険者として誰に雇われているか分からない間は、注意するべきだろう。俺たちのように何か事情がなければ、個人的に侯爵家を見張ったりはしないはずだ。

その雇い主がどこの誰なのか……。

外套《がいとう》を脱いだコルベルトは、さらに路地を進んでいく。

周囲を警戒しつつではあるが、暗い夜道を進むその足取りに迷いはなかった。どうやら明確な目的地があるようだ。

俺たちは声をかけたりはせず、そのまま尾行を続けることにした。

もしもコルベルトがどこかの貴族の屋敷や何らかの施設に入っていったら、そこがどういった場所なのかエリアンテかカルクに聞けばいい。

宿屋などに入っていったらその場所を覚えておいて、偶然を装って再会する計画だ。あとは上手く情報を引き出すのである。そこが難しい訳だけどね。

『どこに向かってるんだろうな』

(貴族街?)

『方角的にはそうか……』

コルベルトは貴族街から出ようとはせず、貴族街の北区画までやってきた。この辺りは王城に遮られたせいで日中もあまり光が差さず、下級貴族ばかりが住んでいるという場所だ。

その中ほどにある、木々の生えた公園にコルベルトが入っていく。王都内には他にも公園があるが、貴族街にある公園はさすがに豪華だな。平民区画にあるような憩いの場ではなく、景観のためと、外から見る庭園としての役割が大きいからだろう。

ただ、日中に全然光が当たらない場所にあるせいか、ジメジメとしていて陰気だ。花なども咲いておらず、木々が鬱蒼としている。夜ともなると、お化けでも出そうな雰囲気である。何も知らなかったら、本当に墓地と間違えてもおかしくはないだろう。

『なんの目的だ?』

(誰かに会う?)

公園の中は一直線の道ではないし、急ぐのであれば使わないはずだ。単に通り抜ける目的ではないだろう。フランが予想した通り、誰かと落ち合うつもりなのか?

だとしたらその相手の正体も知りたいところだ。匂いさえウルシに覚えさせれば、そっちを尾行もできるだろうしな。

俺たちはそのままコルベルトを追って公園に進入することにした。しばらくは公園の中をまっすぐ歩いていたコルベルトだったが、急に途中で足を止めた。

そのまま微動だにせず、周囲を警戒している。俺たちも離れた場所で立ち止まり、コルベルトを観察していたんだが……。

『あ！』

（む）

（オン！）

急にコルベルトが全速力で走り出しやがった。気付かれたか？　しかも、俺たちが驚いている間に、新たな気配がやや離れた場所に出現したのだ。

その気配は出現すると同時に、こちらに向かって何かを投擲《とうてき》する。気配を消して隠れていたのだろう。何を投擲されたのか分からないが、俺は咄嗟に直上への転移と、攻撃を透過させるディメンジョン・シフトを発動させた。

さらに大急ぎで物理攻撃無効を装備する。

シューッ！

公園の上空二〇メートル程に転移した俺たちは、煙に覆われつつある公園を見下ろしていた。

今まで俺たちがいた周辺に、一瞬で緑の煙が満ちている。

謎の気配が投擲したのは、ガスを発生させるアイテムだったのだろう。明らかに毒物だった。

急に俺たちの気配が消えたせいで、戸惑っているようだ。謎の存在の隠形《おんぎょう》が再び揺らぐのが分かった。隠密としての能力はかなり高いが、実戦経験が乏しいらしい。行動の度に、微妙に気配が漏れ出てしまっている。

コルベルトの知り合いの可能性が高いし、殺すのはまずい。

『雷鳴魔術を叩き込んだ後、転移で強襲する』

(わかった)

『ウルシは隠れて待機』

(オン!)

『殺すなよ?』

(ん)

謎の気配が隠れている木立に向かって、俺とフランがスタン・ボルトを連続で放った。青白い電光に照らされた闇夜に、小さな人影が一瞬だけ浮かび上がる。

その背後を狙って、俺たちは再び転移した。ダメージはあるようだが、まだ動けるらしい。しかし、空から降ってきた電撃に気を取られ、背後が完全にお留守だ。

『隙ありだ!』

(ん!)

俺たちは状態異常耐性に加え、風の結界も併用している。さらにフランは、念のために転移直前に大きく息を吸い込んで息を止めていた。

スキルでも防ぎきれないような超強力な毒だったら、口塞ぐ程度じゃどうにもならないと思うけどね。治癒魔術で目とか肌とかまでケアしないと、危険だろう。

口をリスみたいに空気で膨らませたフランが、鞘に入ったままの俺を振りかぶった。そのまま人影に叩きつけようとしたんだが、動作を途中で止めると大きく後退《あとずさ》る。

「外したか」

だが、仕方ない。先程までフランが立っていた場所には、暗黒魔術で生み出された漆黒の槍が突き立てられていたのだ。相手は二人だったらしい。

フランに攻撃を仕掛けてきた新たな敵は、謎の気配の持ち主に比べて圧倒的に強かった。

そもそも、これだけの距離でも気配がかなり希薄なのだ。俺たちに自らの存在を全く気取らせなかったことを考えると、隠密に適したスキルや魔術を保持していると思われた。

「た、助かったわ」

謎の気配の持ち主が、暗黒魔術使いに声をかける。かなり若い。それもそうだろう。鑑定した結果、一七歳となっているのだ。しかも少女である。

下ろせば背中までありそうな水色の髪をポニーテールに括《くく》った、勝気そうな美少女である。

黒を基調に、ところどころに紺色の飾りが入ったレザー系の装備を身に着けた姿は、アメコミなどに登場するクノイチっぽいかな？　もしくは漆黒の女アサシン。どちらにせよ、闇の住人風である。

単に闇夜に溶け込むだけではなく、装備全てに気配遮断系の能力があるようだ。

ナイフを両手に構え、厳しい視線でこちらを観察している。口元は紺色のマフラーで隠れているが、歯ぎしりをしているのが分かった。

この若さで戦闘力はかなり高い。だが、それ以上に斥候としての能力は相当なものだった。しかも

毒物の扱いも心得ているらしく、搦め手でも戦えるタイプであるようだ。

名前はベルメリア・ベイルリーズとなっている。何度か名前を聞いた、ベイルリーズ伯爵家の関係者だろうか？

暗黒魔術使いはフレデリック。三五歳となっているが、その落ち着いた雰囲気のせいで、もっと年《とし》嵩《かさ》に見える。黒髪をオールバックにまとめたイケメンだ。装備はやはり黒一色の、忍者風レザー装備である。

剣聖術や暗黒魔術などの高レベルのスキルだけではなく、精神耐性8や火炎耐性5、暴風耐性4といった耐性スキルも充実している。さらに固有スキルである邪気誘引など、未見スキルも複数所持していた。

だがスキルに比してステータスがかなり低い。それでも平均で100程度はあるので雑魚ではないんだが、どうも違和感がある。

この逆なら見たことがあるのだ。パワーレベリングや薬によって、レベルだけを上げた貴族である。しかし、スキルのレベルが高いのに、ステータスが低いというのは初めて見た。

スキルだけ見ればランクB冒険者以上は確実。だがステータスはランクD程度である。多分、衰弱という状態のせいなんだろう。何らかの理由で弱っているのだと思われた。

あと気になるのがその種族である。

ベルメリアは半水竜人。まあ、これはいい。竜人という種族がいるらしいし、そのハーフなんだろう。問題はフレデリックの種族である。

半邪竜人となっていたのだ。邪気は感じないが、邪人に関係する種族なのか？

同じ半竜人でも、ベルメリアはほぼ人間に見える。耳のやや上のあたりから、後ろに向かって伸びる二本の短い角くらいだろう。ああ、手の甲にも僅かに水色の鱗が生えているか？　手甲で見づらいな。でも、目に見えるのはその程度だろう。

だが、フレデリックは見た目からして、即座に異種族の血を引いていると分かった。

角は当たり前として、こめかみから耳を覆うように生えたゴツく黒い鱗に、長い牙。爬虫類に似た縦に割れた瞳をしているし、右腕も黒い鱗に覆われている。左腕はガントレットに覆われていて、鱗が生えているかどうか分からない。いや、装備に魔導義手となっている。あれはガントレットを装着した腕ではなく、金属製の義手であるらしい。

ともかく、全体的に異形の部分が目についた。

そんな半竜人コンビが、こちらを睨みながら会話を交わす。

「気を付けろ。この娘、凄まじい手練れだ」

「ええ。分かっているわ。それにしても、どうやって毒煙から逃れ、攻撃に転じたのです？」

「転移だな。今の動きはそれしか考えられん」

「転移術師……厄介な」

厄介という言葉はこっちのものだ。

フレデリックは衰弱してステータスは下がっていても、その経験や洞察力が失われているわけではない。その証拠に、時空魔術を使えることを看破されてしまった。単にステータスが強いだけの相手の方が何倍もやりやすいのだ。

『フラン、フレデリックみたいな老獪《ろうかい》なタイプと長期戦は怖い。一気に決めるぞ』

「ん！」

命を奪わずに無力化する。それにはやはり雷鳴魔術が適しているだろう。

馬鹿の一つ覚えと言われようとも、それが最適解なのだ。

ベルメリアとフレデリックを無力化するため、俺たちは再び雷鳴魔術を使用する。

「はぁっ！」

『喰らえ！』

俺たちが発動した雷鳴魔術サンダーチェインは、雷の鎖によって相手を縛り上げ、麻痺させることで自由を奪う術だ。範囲はそこまで広くはないが、多重発動して相手を囲むように放つことで、その短所を補っていた。

中級以下の魔術であれば、今やフランが二発、俺が三発は瞬間発動可能である。本気を出せば、俺は五発は放つことができた。

「くあぁ！」

「むぅ！」

五条の雷鎖がのたうつ蛇のように暴れ回り、ベルメリアたちを確実に搦めとる。いくら身のこなしに優れていようとも、不規則に襲い掛かる無数の雷を完璧に躱《かわ》すことなどできない。

雷鎖による電撃をその身に受けたベルメリアは、その場でぐったりとして動かなくなった。

だが、フレデリックがしぶとい。自らに向かってきた雷の鎖を、魔力を纏わせた剣で斬り払っている。

確かに雷に触れたのに、フレデリックが感電する様子はなかった。剣の魔力が電撃を遮断しているらしい。魔力放出スキルの応用だろう。

『やるな。こっちも多少無理しないとな！』

「ん！」

「！」

「……くっ！　無詠唱魔術！　しかもこれ程連発できるのかっ……！」

さらに俺たちが放った一〇発の雷鎖。七本目までは斬り払ったのだからさすがだな。だが、いくらフレデリックでもこの数は防ぎきれなかったらしい。サンダーチェインがその体に巻きつき、フレデリックの意識を奪っていた。

ただでさえ、威力よりも麻痺させることを重点に置いた魔術だ。それを普通ではありえない連発で食らったのである。見たところ麻痺耐性がそれほど高くないベルメリアたちに、抗うことは難しかっただろう。狙い通りだった。

並んで地面に倒れ伏す二人に、俺たちはダメ押しの魔術を放つ。大地魔術で体を拘束するのだ。蔦《つた》のように変化した地面が、足と体に巻きつき縛り上げる。

それでも、俺は安心しない。特にフレデリックは暗黒魔術があるのだ。影渡りで逃げられる可能性はゼロではない。

『ウルシは、暗黒魔術に備えろ』
(オン)
暗黒魔術の使い手であるウルシであれば、相手が影の中でも攻撃可能である。

『さて、尋問をするか』

「ん」

まずはベルメリアからいこう。フレデリックが大人しく情報を喋ってくれるとは思えない。

急動でベルメリアとフレデリックを引き離す。

いつもなら腹を何発か蹴りつけて叩き起こすところを、フランはベルメリアの傍らに膝をついてその頬を軽く叩いた。よしよし、ちゃんと手荒な真似は慎んでいるな。

雷鳴魔術で麻痺させておいて今さらとも思うが、自衛のために戦闘を行うのと、捕らえた後に暴力を振るうのとではどうしても印象が違うだろう。

コルベルトの知り合いの可能性がある貴族の令嬢。さすがに痛めつけるような真似はできないよね。

「うぅ……」

「起きた?」

「くっ……何が……」

目覚めた途端、目の前には黒猫族の少女がいて、自分はなぜか拘束されている。当然だが、混乱しているようだ。

しかし、すぐに直前の状況を思い出したのだろう。フランを睨みつけて叫ぶ。

「何を、したのですっ!」

「質問するのはこっち」

「私の配下は無事なのっ!」

「余計なことを喋らず、質問に答える」

フランが王威スキルを発動した。ベルメリアの心を折りに行ったのだろう。フランの威圧感に呑まれ、彼女の体にビクンと震えが走った。明らかにその顔に怯えがある。

「くっ……誰が……」

しかし、ベルメリアが覚悟を決めた表情で、すぐに言い返してきた。この後、自らの身に降りかかるはずの災難を想像し、それを受け入れたらしい。多少未熟なところはあるが、一人前の戦士としての矜持《きょうじ》はあるようだ。

ただ、ベルメリアが想像した悲惨な未来が、彼女に訪れることはないだろう。

『フラン。気づいてるな？』

「ん」

背後からゆっくりと近づいてくる気配があった。こちらを警戒しているようだが、敵意や悪意は感じられない。

「よう。久しぶりだな。そのお嬢さんを解放しちゃもらえないか？　フラン嬢ちゃん」

現れたのはコルベルトだった。やはり襲撃者と仲間だったらしい。

まあ、あのタイミングの良さから考えると、そうだろうとは思っていたが。

敵意がないことの証のつもりなのだろう。両手を軽く上に上げて、ゆっくりとフランに近づいてくる。とりあえずいきなり攻撃してくる気配はなかった。

「コルベルト殿！　知り合いなのですか！」

「知らない仲ではないな」

「では、この娘はアシュトナー侯爵家の密偵ではないのですか？」

「フランがか？　ありえないだろう」

「なぜそう言い切れるのです」

「その娘が黒雷姫だ。そう言えば分かるか？」

コルベルトの言葉を聞いたベルメリアは、目を見開いて驚きの声を上げる。

「ほ、本当に？　黒雷姫と言えば、セルディオ・レセップスの死の原因となった冒険者ではないですか！」

そこまで知られているのか。

「済まないなフラン嬢ちゃん。俺の後を尾行する相手がいると連絡が入ってね。拘束するっていうから任せたんだが……。まさか嬢ちゃんだったとは」

コルベルトたちは、風話の宝珠という魔道具を揃って装備している。離れた場所にいる相手の声を、風を介して拾う事ができるアイテムらしい。ただ使い捨てアイテムらしく、コルベルトの宝珠は破損状態となっている。これで連絡を取ったのは間違いない。

「知り合いというならば、なぜコルベルト殿を尾行していたのですか！」

「怪しい格好してコソコソしてた」

「う……」

ベルメリアが顔をしかめる。コルベルトが怪しい格好で、怪しい行動をしていたことは認めるのだろう。

それに、フランは嘘を言ってないぞ？　もし普通の格好をしていれば尾行なんかせずに声をかけただろうからな。

「こいつらは、誰？」

「あー、なんというか俺の雇い主の部下的な？　とりあえず俺の今の同僚だな」

ベルメリアの姓から考えれば、その雇い主って言うのはベイルリーズ伯爵だろうか？

「にしても、フラン嬢ちゃんが王都にいるとは思わなかったぜ。ガムドのおやっさんに聞いたが、獣人国に行ってたんだろ？　王都には何が目的で来たんだ？　オークションか？」

「色々」

「色々か～。にしても、フラン嬢ちゃん、また強くなったな」

「ん」

「正直、今の俺じゃ絶対に勝てんな」

「なっ！」

コルベルトの敗北宣言に驚いたのがベルメリアだ。彼女から見て強者であるコルベルトが、戦わずして負けを認めたのが信じられないらしい。

「その二人も嬢ちゃんを殺そうとしてた訳じゃないんだ。解放しちゃもらえないか？」

「何で攻撃してきた？　アシュトナー侯爵家を監視してたことと関係がある？」

「はぁ。そこまで見られてたか。こうなっちまったらもう仕方ねーよな」

コルベルトが諦めた様子でため息をつく。この場はフランが圧倒的に有利だ。そもそも、人質がいるし、ウルシがどこかに潜んでいることも分かっているだろう。それが逆にプレッシャーにもなる。いつ人質がウルシによって攻撃されるかも分からないからだ。

そして、フランとコルベルトであれば、フランが勝つ。あの武闘大会からコルベルトも成長しているが、俺たちの方が数段強くなっているからだ。まあ、それでも楽勝ではないだろうが。

下手な駆け引きをするよりも、素直に事実を明かすことを選んだらしい。コルベルトが静かに自分たちの事情を語り出す。

「俺は確かに、アシュトナー侯爵家を監視していた。目的はアシュトナー侯爵に仕える密偵をおびき出すこと」

つまり、コルベルトはあえて怪しい行動をしていたってことか。

そのコルベルトを尾行してきた相手を、ベルメリアたちがさらに尾行して捕まえる。そういう作戦だったのだ。

しかし、その作戦にアシュトナー侯爵家の密偵ではなく、フランが引っかかってしまった。

うん、色々と不幸な事故だったな。そういう事にしておこう。

「じゃあ、アシュトナー侯爵家とは敵対してる？」

「ああ、そうだ」

嘘ではない。

もしかして、コルベルトたちはガルスの情報を持ってないかな？　俺たちはコルベルトにこちらの事情もある程度明かすことにした。

「私の知り合いが、アシュトナー侯爵家に捕まっているかもしれない。その人の居場所を探してた」

「何？　だからあの辺にいたのか？」

「ん。コルベルトを見つけたのは偶然」

「はぁ……よりにもよって……。だが、そうか」

コルベルトが数秒間考え込む。

「何か情報を持ってない？」

「……とりあえずここを離れよう。あれだけ派手にやり合えば、すぐに人が来る。詳しい話が聞きたい」

「わかった」

コルベルトの言うことももっともなので、とりあえず従う事にした。ベルメリアたちの大地魔術の拘束を解く。フレデリックはベルメリアがどうにかするだろう。

「それで、どこに行くの？」

「それなんだが……。フラン嬢ちゃん。俺の雇い主に会ってみないか？」

「雇い主？」

「ああ。それに、知っている情報は必ずそちらに教えよう。損はさせない。どうだ？」

コルベルトの言葉に、フランが考え込む。

（どうする？）

『まあ、アシュトナーと敵対しているんなら、俺たちの敵じゃないだろう』

敵の敵は味方とまでは言わないが、利害が一致している可能性は高かった。

ならば、会うだけ会ってみるのも悪くはない。

俺たちはコルベルトの言葉に乗ることにした。知っている情報は教えてくれるというし、その相手に興味もあるからだ。

道中コルベルトにその雇い主に関する質問をしてみる。

「雇い主って誰？」

「俺の雇い主の名はベイルリーズ伯爵。王都を守護する四つの騎士団の一つ、西門騎士団の団長を務める人物だ」

名前だけは聞いていたが、想像以上の大物だったらしい。しかも、雇い主とやらがベイルリーズ伯爵の関係者ではなく、本人だったとは。

コルベルト曰く、貴族の中では珍しく信頼できる人物であるということだった。

二人の会話を聞きながら、不満げに鼻を鳴らすのがベルメリアだ。

「ふん」

ベルメリアはまだフランのことを信じ切れていないのだろう。前を歩きながら、時おり険の籠った視線をこちらに向けてくる。それでも、コルベルトの決定に異論を差し挟む気はないらしく、文句を口に出すことはなかった。

その隣を歩くフレデリックは分からんな。ポーカーフェイスで静かにベルメリアの隣に侍《はべ》っている。

そのまま貴族街を歩くこと十数分。

ああ、因みに単に歩いているだけではない。きっちり全員が隠密スキルを使用し、さらにフレデリックの暗黒魔術で気配を消している。

そうやって貴族街を進んでいくと、こぢんまりとした屋敷にたどり着く。門兵もいない、典型的な下級貴族の屋敷という感じだ。

「ここ？」

「ええ。こちらです」

ベルメリアは表門を使わずに、裏門から屋敷に入る。念には念を入れてということなのだろう。

屋敷の中にはさすがに兵士がいるのだが、ベルメリアの姿を見ると静かに頭を下げた。

この兵士、かなり強い。比べるのは真面目な兵士さんに申し訳ないかもしれないが、アルサンド子爵が副団長を務めていた、腐敗しまくりアレッサ騎士団の騎士よりも強かった。

実力があるのに、平民だから騎士になれないのか？

そう思っていたら、次に出会った兵士たちも同じ程度に強かった。思わず鑑定してしまったが、全員が武術と武技を使えるし、ステータスも中々高い。

これがここの兵士の平均であるらしかった。王都内で出会った巡回兵よりも数段強いだろう。

フランもそれに気づいたようで、兵士たちを横目で見ている。

「どうしたフラン嬢ちゃん？」

「兵士が強い」

「まあ、ここは少し特別だよ。武闘派が揃ってるからな」

主が騎士団長ともなれば、末端の兵士まで鍛え上げられているってことなのかもしれない。

ベルメリアはそのまま階段を上がり、一つの部屋にフランたちを通してくれる。

応接間であるようだ。派手ではないが、落ち着きのある内装だった。

「ここで待っていてください」

「ん」

同時に使用人の女性がお茶を持ってきてくれる。ベルメリアは未だにこちらを警戒しているが、一応客として扱ってくれるらしい。

『とは言え、監視はあるか』

（屋根裏に一人。隣の部屋に一人）

『下手なことするなよ？　お貴族様の屋敷だからな』

（ん）
（オン）
フレデリックに気付けなかったこともあり、俺たちは細心の注意を払って周囲の気配を探っている。スキルも魔術もウルシの鼻も総動員だ。

これで発見できていなかったら、それはもうランクSクラスの実力者だと思う。

「ズズ」

そんなのぞき穴付き応接間のソファで、監視相手に注意を払いつつお茶を飲んで時間を潰す。さすがに貴族の屋敷で次元収納から大量の料理を出すのは控えさせたよ？

だって、いきなりカレーを出そうとするんだもんな。とりあえずこの場で食べるのは串揚げだけにさせておいた。

え？　食べること自体を止めろって？　ハハハハ。無理に決まっている。

そんなこんなで一〇分程待っていると、微かに串揚げの美味しそうな匂いが残る応接間に、ベルメリアたちが戻ってきた。

五〇歳ほどの男性を伴っている。ただ、とてもではないが初老には見えなかった。

仕立ての良いゆったりとしたローブ風の服を着ているのだが、その下の鍛え上げられた肉体を全く隠しきれていない。ボディビルダーも真っ青なムキムキの体に、明らかに高位の戦士の身のこなし。腰に下げたサーベルは、強い魔力を放っている。着ている服が貴族っぽくなければ、高位の冒険者にしか見えないだろう。

西風の剣といい、この男性といい、王都の人間っていうのはみんなこんなに若々しいのか？

「……寛いでくれているようで何よりだ」

男性が低音のバリトンボイスで話しかけてくる。メッチャいい声だな。地球で出会っていたら、ぜひ声優になることをおすすめしていただろう。

「ん？　誰？」

「あなた！　この方は――」

「よい。強者に敬意を払ってしかるべきだ。特に、このような公の場ではないところではな」

フランの言葉にベルメリアが怒声を上げるが、それを男性が鷹揚な態度で制す。

「私はシドレ・ベイルリーズ伯爵。コルベルトの今の雇い主であり、この二人の主だ」

やはりこの男性がベイルリーズ伯爵だったか。王都の騎士団長を任せられるだけの実力者であるようだ。気さくな人柄なのか、笑顔でフランに握手を求めている。

でも、ベルメリアを娘とは紹介しなかった。何か理由があるんだろうな。

「冒険者のフラン」

「知っている。一度、話をしてみたかったのだ。あの黒雷姫とな」

「私を知ってるの？」

「ああ。何せ、武闘大会は私も観戦していたのだ。勿論、このコルベルトに君が勝利した戦いも、あの竜狩りのフェルムスを破った戦いもな。ふふふ。素晴らしかった。年甲斐もなく、興奮したぞ」

武闘大会を見ていたのか。じゃあ、フランを知っているのも当然だ。その目は冒険譚を聞く少年のように輝いている。

「あの時は言葉を交わすことはできなかったが、君を忘れることはない。それに、獣王陛下のお気に入りだからな」

「獣王と知り合い？」

「うむ。あの方とは轡《くつわ》を並べて戦った仲なのだよ。その時は獣王陛下はまだランクB冒険者で、私の部下だったがな」

「獣王はこの国にいたの？」

「あの頃は冒険者として世界中を回っておられたのだよ。そして、我が国に滞在中にレイドス王国との小競り合いが起こり、旅費稼ぎに傭兵としてその戦に参加したというわけだ」

旅費稼ぎに戦争に参加するとか、さすが獣王。驚きよりも納得が先にきてしまう。

まあ、獣人国だと冒険者が戦争に参加するのは普通みたいだし、稼ぎの良い依頼の延長程度の認識なのかもしれない。

「当時の獣人国は、レイドス王国の海上封鎖のせいで苦境に陥っておった故、それに対する意趣返しの意味もあったのだろう。その折に、私は傭兵部隊のまとめ役で、あの方は私の直属部隊の配属だったのだ」

すぐに立場で抜かれてしまったと言って、笑うベイルリーズ伯爵。その時の獣王は、なんと王族であるということを隠していたので、生意気で見どころのある若い冒険者としか思っていなかったらしい。

しかし、妙に馬が合ったらしく、獣王と伯爵には今も付き合いがあるという。いや、立場や年齢を超えた友情と言ってもいいかもしれない。

何せ、獣王がクランゼル王国の王都に来た際は、必ずベイルリーズ伯爵邸に滞在するというのだから。

そして、武闘大会の後に王都へ来た獣王は、当然ベイルリーズ伯爵家に滞在し、フランが王都に来た際は気にかけてやってほしいと頼んで行ったのだという。

「獣王陛下の頼みだ。聞かぬわけにはいかぬだろう。まさかこのような出会いをするとは思っていなかったがな……」

全て本当だった。むしろ一切嘘がない。貴族なのに、腹芸という言葉をどこかに置き忘れてきたのだろうか？　それとも、こちらを余程信頼してくれているのか？

ともかく、この伯爵は味方と考えてよさそうだった。

「よろしく」

「うむ！　こちらこそよろしく頼む！　世間話を長々と済まなかったな。あの黒雷姫を目の前にして、少々興奮してしまった。座ってくれ」

「ん」

伯爵に促され、フランも再びソファに腰を下ろす。対面に伯爵が座り、その右にコルベルト、伯爵の左にベルメリアとフレデリックが控える形だ。

「さて、まずは不幸な出会いとなってしまったようだが、こちらとしてはそれを咎めるつもりはない」

よかった。伯爵の娘と思われるベルメリアに雷鳴魔術を叩き込んでしまった訳だからね。そこを責められたら、色々と面倒になるところだった。

「ただ、できればそちらの目的を知りたいのだが？　我らはアシュトナー侯爵家に対する捜査を行っている。もう少しで詰めという状況でな。そちらにあまり派手に動かれると、こちらが今まで密かに動いてきたことが無駄になりかねんのだ」

ベイルリーズ伯爵は国からの命により、アシュトナー侯爵家の反逆罪について調べているという。特に、神剣の独自研究と捜索、魔薬の違法な製造と密売容疑がかけられているらしかった。

「それもこれも、黒雷姫が――フランがセルディオ・レセップスの罪の一端を暴いてくれたおかげだ」

今までは尻尾を掴ませなかったアシュトナー侯爵家だが、セルディオの死と、彼の仲間の捕縛をきっかけに色々とボロが出始めているらしい。

「今まで好き勝手やってきたツケが回ってきたのだろう。ざまあみやがれ」

ベイルリーズ伯爵はそう言って心底嬉し気に笑う。完全にアシュトナー侯爵と敵対してるようだった。

「コルベルトから聞いたが、アシュトナー侯爵家に知人が捕らえられている可能性があるということだったが？」

「ん」

「その名を聞いても？」

（どうする？）

うーん、伯爵の協力を得られれば、ガルスの情報も手に入るかもしれないな。

それに、国の命令での捜査となると、俺たちが下手なことをして邪魔をすることになったら最悪だ。こちらが罪人とされてしまう可能性もあった。

『フラン、ここはガルスのことをちゃんと話しておいた方がいい』

（ん。わかった）

そもそもガルスが発見できるなら、自力でなくてもいいのだ。

フランは自分の力でガルスを助けたいと思っているだろうが、俺はベイルリーズ伯爵がアシュトナー侯爵家からガルスを救い出してくれれば、それで構わなかった。

「探しているのは鍛冶師のガルス」

「ガルス……。もしかして、クランゼル王国名誉鍛冶師の、ガルス師か？」

「それ」

「……確かに少し前、アシュトナー侯爵家が公共事業の名目でガルス師を招聘《しょうへい》していたな……。フレデリック？」

「は。こちらの調べですと、アシュトナー侯爵領都の大結界具の補修のためという理由であったはずです」

大結界具というのは、町一つを覆うほどの巨大結界を発生させる魔道具らしい。まだ完成ではないが、一応の実用に漕ぎつけたという。

これもまた、アシュトナー侯爵家が王国に叛意を持っているのではないかと疑われる要因の一つであるらしいが。

つまり、国との戦いになった時に、切り札として使用するつもりではないかと考えられているのだ。

国の求めに応じて情報の引き渡しはしているものの、やはり疑いは消えないらしい。

「もともと侯爵家の機密に当たるため、どのような場所で、どの程度の期間作業が行われたかは分かっておりません」

「すでに補修とやらは終わっているはずだな?」

「は。ガルス師に関しても、すでに解放されたことになっております」

つまり、解放したことにして、今も捕らえているということなのか?

「ガルスはオルメス伯爵別邸に捕まってる可能性が高い」

「ほう? それは本当か?」

「ん。蠍獅子に睨まれた戦乙女のいる屋敷。それがガルスのいる場所」

フランが、ガルスからのメッセージに関して、ベイルリーズ伯爵に語って聞かせる。

「なるほど。それは確かにあの屋敷だな」

自分の屋敷が関係しているだけあって、すぐに理解したらしい。

「どうやってその情報を手に入れたのだ?」

「ガルスが伝えてきた」

彼らであれば、教えても問題ないだろう。ガルスの出品していた鞘に文字が密かに書き込まれており、そこに「蠍獅子に睨まれた戦乙女のいる屋敷」と書かれていたことを語る。

実際に鞘を見せたことで、ベイルリーズは信じてくれたらしい。

「そうか……。一日時間をもらえないか? こちらで調査を行おう」

「一日で何か分かるの?」

「こちらの手の者をアシュトナー侯爵の周辺に忍ばせてある。総力を挙げて調べてみせよう」

長い時間をかけて、準備をしてきたようだ。だからこそフランに勝手に動かれて、台無しになるのを避けたいのだろう。

「王国名誉鍛冶師であるガルス師を拘束しているとなれば、明確な国家反逆罪に問えるからな」

（師匠、どうする？）

『うーん、強行突入の分が悪いことも確かだ』

屋敷のどこに捕らえられているかも分からない。しかも貴族の屋敷に何かすれば、大きな罪にもなる。だったら、ベイルリーズ伯爵に調査してもらった方が、危険は少ないはずだ。

「ガルス師が捕らえられているのであれば、確実に神剣の研究絡みだろう。だとすれば、そちらのルートで調べもつく。鍛冶に必要な物資を、必ずどこかから調達しているはずだ」

かなり自信があるらしい。これは待つ価値がありそうだった。

「わかった。一日待つ」

「助かる。明日の夜、使いの者を出そう」

「ん」

ただ、明日はどうすればいいんだ。何か手伝えることはないのか？

「調査を手伝わなくていい？」

「慣れない人間を加えると現場が混乱する。むしろ何もしないでもらった方が――いや、普通に日常を過ごしてくれんか？」

「普通に？」

「うむ。さっきの鞘の話だが、アシュトナー侯爵家がどこまで把握しているかわからん。最悪、フランを監視している可能性もある。ああ、今は平気だ。この屋敷は調査の拠点として、細心の注意を払っているからな。だが、日常ではわからん。宿や町中では監視の目が付いている可能性もある」

「なるほど」

「であれば、観光などをしてもらっていた方が、相手の目を欺けるだろう。オークションなどに参加してもいいのではないか？」

まあ、一理あるのかね？

それに、実はその言葉は有り難かった。何せ明日は魔石オークションが開催される。この状況では、参加するのは躊躇《ためら》われていたのだ。だが、普通にしていてくれと言われては、そうしないわけにはいかないよね？

「ん。じゃあ、明日は普通に過ごす」

「そうしてくれ。ああ、帰りはこちらで監視役を出すので、くれぐれもそいつらを攻撃しないでほしい」

「監視役？　私の？」

「いやフランを探る間諜《かんちゅう》がいないかどうか見張るためだ。アシュトナー侯爵家がフランの情報をどこまで掴んでいるかはわからんが、上手くすれば相手の尻尾を掴めるかもしれん」

フランがある意味、囮という訳か。まあこちらに害がなければ構わないだろう。

俺との会話はできるだけ念話で行うようにしないといけないが。そうしないと、フランが独り言のメチャクチャ多い、寂しんぼ少女だと思われてしまうのだ。

「もぐもぐ」

「モムモム」

ベイルリーズ伯爵と協力の約束を交わした後、俺たちは夜の王都を宿に向かって歩いていた。

さすがに王都の夜ともなると人出が多い。特に歓楽街付近になると、日中よりも混雑しているほどだろう。初日はここに入り込んで散々迷ったが、今はある程度道を把握したので問題ない。

歓楽街は酔客狙いの屋台も数多く、フランとウルシはいつも通りの買い食いを楽しんでいた。ただ、味のバリエーションが少ないな。

内陸にある王都は、バルボラに比べて調味料が割高になるらしい。香辛料も塩も輸送コストがかかるために大量には使えないのだ。それ故、この近辺で生産されている、味噌に似た豆調味料をベースにした味付けが多いのだろう。

ただ、その分味噌の研究がされており、意外と飽きが来ないようだ。長年研究されてきた成果だろう。

フランとウルシなどは、途中からは味噌系の味付けをしている屋台を狙っていたほどである。

夜の歓楽街を子供のフランが歩いていると色々と目立つので、今日は隠密スキルを使っている。これでチンピラ程度はフランに気付くこともあるまい。

カルクが心配していたような、歓楽街炎上破壊事件には発展しないはずだ。でも、もし何かあったらゴメンね？

まあ、もうすぐ宿だし、そうそう事件は起こらないだろうが。

あとはその地下通路を抜ければ、宿まではほぼ一直線である。

フランは薄暗い地下通路へと続く緩いスロープを下っていく。さすがにここには屋台はない。というか、急に人通りが無くなり、妙に歓楽街の雑音が遠のいた気がした。

俺は単純に地下に入ったからだと思ったんだが……。

(……師匠)

『どうした？』

フランが警戒するように動きを緩めると、周囲を見回した。

(今、変なの感じた)

『何？　変なの？』

(ん！)

どういうことだ？　俺には何も感じられなかったが。

『変なのって、具体的にはどんな感じだ？』

(……変なの)

『えーっとだな、嫌な感じだったか？』

(ん！　ザワッてした！)

つまり、何か不快な感覚があった？　しかもフランだけ？

『それは魔力的なものか？』

(ん……？)

フランにもその感覚の正体はいまいち掴めていないようだ。

『だが、何で俺は感じなかった……？』

日常的に探知スキルを全開にしているわけじゃないが、魔力的な異常が周辺で起きれば違和感程度は覚えるはずだ。それがなかったのはどうしてだろうか？

『ウルシはどうだ？』

（オフ！）

影の中にいたウルシも、何かを感じ取ったらしい。

『……とりあえずここからすぐに離れよう』

フランとウルシの感じたものが何なのかは分からないが、距離を取った方がいいだろう。二人が何か違和感を覚えたというのであれば、それは無視できない。

そう考えたんだけどね。

どうも一足遅かったらしい。

「師匠」

『ああ、これは俺も分かるぞ』

強い殺気と威圧感。フランに対する敵意を隠そうともせず、一人の男が前から近づいてきていた。

『かなりの使い手だ。油断するな』

剣聖術4と剣聖技2、さらに威圧や隠密、火炎魔術まで持っている。多分、冒険者だろう。しかもランクC以上は確実だ。

男の名前はハムルス。会ったことないはずなんだが、これほどの敵意を向けられる理由が分からない。

もしかして辻斬りって奴か？　それともフランを倒して名を上げよう的な？

装備しているのは、異様な魔力を放つ魔剣だ。

俺が人の体を持っていれば、背筋が冷たくなるような圧迫感を覚えてただろう。まるで、強力な魔獣を目の前にしているような気持ちになる。

魔力だけではない。その姿も異様だった。

どう見てもその剣は半壊状態だったのだ。何せ、刀身が半ばで折れ、残った部分にも深い亀裂が走っている。柄にはサーベルのようなハンドカバーが付いていたと思われるんだが、根元から折れてしまっていた。

さらに鑑定を続けると、状態が『狂信』という表記になっていることに気付く。

これには覚えがある。

ウルムットで敵対した、セルディオらアシュトナー侯爵の配下たち。

奴らがこの状態に陥っていたのである。

『フラン、こいつは侯爵の手の者かもしれん！』

（ほんと？）

『確証があるわけじゃないがな。できれば捕まえたいところだ』

「ん！」

強敵であるとはいえ、ステータス、スキル両面でフランが負ける要素はない。一点だけ気になるのが、魔剣の能力だろう。折れているとはいえ、未だに強い魔力を発している。

しかも、鑑定が利かない。能力が未知数っていうのは、面倒なものなのだ。俺はフランに注意を促すことしかできなかった。

『フラン。魔剣の能力が判別できん。気を付けろ』

（分かった）

『ウルシはいざという時のために影の中で待機』

（オン！）

うーん。それにしても、なんだろうこの感覚。ハムルスを見ていると、無いはずの胸がザワザワするっていうか、胃がムカムカするっていうか、とにかく不快になるのだ。

一言でいうと、嫌悪感？　とにかく生理的に受け付けない。この男が気持ち悪くて仕方なかった。

なんだろうな、この気持ち。確か、ウルムットでセルディオたちの魔剣を見たときにも同じ感覚になったはずだ。

『フラン、あの男を見て、気持ち悪くないか？』

（気持ち悪くはない。ただ、どれくらい強いか気になる）

『ウルシ？』
（オン）
どうやらこの感覚は俺だけのものであるらしい。さっきと逆だな。

フランはいつでも俺を抜き放てるように身構えながら、近づいてくるハムルスに声をかけた。

「……誰？」

「――」

フランの誰何《すいか》に対してハムルスは何も答えず、無言でその歩を進める。すでに両者の距離は一〇メートルを切っていた。

「それ以上近付けば、敵とみなす」

「――」

やはり何も答えず、前進するハムルス。さらに前にと踏み出した男は、そのまま剣を振りかぶる。

明確な敵対だ。

その行動を確認して、フランが動いた。地を這うように身を低くしたまま駆ける。狙うのは足だ。

機動力を奪い、無力化するつもりなのだろう。

ハムルスは反応が遅れている。フランの急加速に付いていけていないようだ。

しかし、フランは油断しない。斬撃の直前に視線のフェイントを入れ、首を狙うと見せかけている。

ハムルスがまんまと引っかかり、剣で首をガードする動きを見せた。

すぐにフランの狙いに気付いたようだが、もう遅い。タイミング的に、これを防ぐことは不可能だった。

そう、不可能に思えていたんだが――。

ガギィィ！

「――」

「む」

ハムルスが突き出した魔剣により、下段への斬撃が弾かれた。反応しきれていないように見えたが、
きっちりこちらの動きを見ていたらしい。まるで右腕だけが違う生き物のような異様な動きをしたが、
特殊な防御術や剣の動きを身につけているのか？

ともかく、思ったよりもやるようだ。それに、魔剣もやはり尋常ではない。

現在の俺は、魔力を500程消費して攻撃力がかなり強化されている。そこらへんで売っている量産品の剣程度なら、足もろとも切り飛ばせるはずなのだ。

それをあっさり弾き飛ばすとは、やはりこの魔剣は注意が必要だろう。

それと、もう一つ分かった事がある。

俺の感じている嫌悪感は、たんなる精神的なものではなかったらしい。

刃を重ねたその瞬間、鳥肌が立つかと思った。この魔剣から発せられる何らかの気配や魔力。それらが俺の嫌悪を激しくかきたてるようだった。

これは同族嫌悪なのか？

『うーむ……』

(師匠、どうしたの？)

『いや、なんでもない。ただ、あいつの持っている魔剣が妙にムカつくだけだ』

(あれ、師匠の敵？)

『いや、どうだろうな……。でも、嫌いなことは確かだ』

(わかった。師匠の敵は私の敵！)

おっと、フランのやる気を煽ってしまったらしい。ただ、ここはその言葉に甘えておこう。あの剣が嫌なのは確かだ。できればここで破壊してしまいたい。素直にそう思えるほど、ただただ生理的に受け付けなかった。

『よし、本気でやるぞ！』

「ん！」

どちらにせよ斬りかかってきた相手だ。何も喋らないのであればそれで構わん。このまま使い手も剣も叩き斬ってやる。

俺は刀身にさらに魔力を込め、スキルを全開にした。オーバーキルになってしまう可能性もあるが、この相手であれば構わないだろう。

今はただ、一秒でも早くあの魔剣を葬り去ってしまいたかった。

ウルムットの時よりも、強くそう思う。こちらの魔剣の方が、力が上なのかもしれないな。

「はぁぁ！」

「――」

フランとハムルスの激しい斬り合いが始まった。

ギィイン！　ギャリイィィ！

地下道に、剣同士がぶつかり合った時に発せられる甲高い金属音が鳴り響く。

剣を操る二人がともに無口なおかげで、地下道に響いているのは俺と魔剣が鍔《つば》迫《ぜ》り合う甲高い音だけであった。

戦闘は俺たちが圧倒的に有利だが、ハムルスは時おり異様な動きでフランの攻撃を回避しやがる。

最初にフランの下段を防いだのと、同じ動きだ。

いや、違うな。変な動きをするのは魔剣だ。

「しっ！」

「――」

ガイィィ！

今のもそうだ。俺の幻像魔術で生み出したフランの幻影に、ハムルスは完全に釣られていた。フランの幻を攻撃するため、ハムルスが魔剣を突き出す。しかも剣技を使用しているため、体も硬直しているだろう。

そして幻影が破壊された瞬間、背後に回り込んだフランによる必殺の一撃が放たれていた。ハムルスは完全にフランを見失っている。しかも未だに硬直中だ。

完全な死に体という奴である。フランの放った剣技は、ハムルスの胴を切り裂くはずだった。

だが、ハムルスの腕が素早く動き、肩越しに突き出した魔剣で背中に叩き込まれようとした俺を防ぐ。どう見てもハムルスにはフランの斬撃が見えてないのにもかかわらずだ。

まるで剣が勝手に動いて、こちらの攻撃を防いだかのようだった。

オートガード的な能力を持っているのか？　ハムルスのスキルにそれらしいものはないので、魔剣の能力だろう。

「――」

にしても、ハムルスは表情が変わらないな。

「――ファイア・ジャベリン」

それでいて、魔術を詠唱する時だけは滑らかに口が動くのだ。石のように固まった顔のパーツの中で、口だけが高速で動く様は見ていて不気味であった。

「――」

そして、再び声を発さぬまま、斬り掛かってくる。これって完全に意識ないんじゃないか？　誰かに操られている？

静かに向かい合うフランとハムルス。すると、ハムルスの体が突然ビクンと跳ね上がった。同時に魔力が高まりを見せる。

「――！」

声はない。しかし、その顔は絶叫をしているかのように、目と口が全開だ。

すると、メキメキと音を立てて、ハムルスの筋肉が膨張を始めた。ステータスが急激に上昇していく。

唐突だな。いきなりのパワーアップ展開か？　バルボラで見た、人間が邪人化する様に似ているが、邪気は感じられない。

同時にハムルスに対する嫌悪感がより強まっていくのが分かる。魔剣の能力なのかもしれない。

「――」

次いで、ハムルスの手に握られた魔剣そのものにも変化が表れていた。

魔剣の周囲に、可視化するほど濃密な魔力が漂っているのが見える。

魔力で形成した刃を展開させたようだ。魔力の刃で攻撃する剣技、オーラブレードを自らの刀身の代わりに使うイメージだろうか。

「はぁ！」

フランが未だにビクンビクンと痙攣中のハムルスに攻撃を仕掛けた。

相手の変身を待たないその姿勢、偉いぞ。だが、再び剣が動く。ハムルスは未だにその場で仁王立ちしながらビクビクしているが、剣が自動的に動いて防いでいた。

これはもう、オートガード機能があることは間違いないだろう。

しかしフランは冷静だった。軽く距離をとると、俺を腰だめに構える。

普通に攻撃しても防がれるなら、物理的に届かない場所を狙えばいい。具体的には、魔剣を持った右手の対角線。左の足首だ。

繰り出すのは空気抜刀術を使っての神速の一撃。剣はそれにさえ反応したが、折れているせいで長さも足りず、全くガードが間に合わない。

フランに振り抜かれた俺は、ハムルスの足をあっさりと切り落としていた。

足の支えを失い、ハムルスが大地に倒れる。まあ、こいつは相変わらず白目を剥いてビクンビクン痙攣しているだけだが。

だが、俺たちの目の前で驚くべきことが起きる。なんと、ハムルスの傷の断面が盛り上がると、凄まじい勢いで再生を始めたのだ。二秒ほどで足首が元に戻ってしまう。

慌てて再度鑑定してみると、ハムルスのスキルに再生、筋肉肥大、格闘術のスキルが追加されていた。

後付けでスキルが増えるのはおかしなことではない。フランだって覚醒すればスキルが増えるし、邪人化したイビルヒューマンにも邪術が増えた個体がいた。

ただ、種族が人間のまま、いきなりパワーアップし、スキルまで増えた理由はなんだ？

そう思って鑑定を続けると、俺はその理由の一つに気づいた。

なんとハムルスの状態が潜在能力解放となっていたのだ。

生命力が減り続け、ステータスが大幅に上昇。間違いなく潜在能力解放の効果だ。

狂信だけではなく、潜在能力解放まで？　こんなところもセルディオたちと同じだ。やはり関係があるのか？　それとも、狂信状態だと潜在能力解放が使える？

どちらにせよ、相手の危険度が跳ね上がったことは確かだった。

『潜在能力解放状態だ！　何をしてくるか分からないぞ！』

「ん！」

「――――！」

「ふっ！　しぃ！」

地面に寝そべった状態から、背筋《はいきん》の力で跳び上がるように立ち上がったハムルスが、相変わらずの能面のような無表情でフランに襲い掛かってきた。

凄まじい連続攻撃だ。短期決戦を狙っているらしい。

だが、戦闘時に最も隙が生まれるのが攻撃の瞬間だ。しかも連続攻撃はどうしても無理な体勢になりがちである。つまり、今のハムルスは俺たちから見れば隙だらけであった。

対人戦の経験も多く積んできたフランにとって、その隙をつくことは難しくない。ハムルスの斬撃をいなし、逆に攻撃を繰り出す。

致命傷になるはずの斬撃が何度もハムルスをとらえていた。しかし、異常な再生力によってすぐに傷が塞がってしまう。潜在能力解放の影響で、単なる再生スキルが瞬間再生並みの効力に引き上げられているようだ。

こういう相手は遠距離から魔術の飽和攻撃が有効なんだが、町中で、しかも地下通路ではそれも難しい。ここを崩落でもさせたら、フランが罪に問われる可能性さえあるのだ。

「次のはもっと速いよ？」

「――」

まあ、フランは変則的な動きをするハムルスとの戦いを楽しんでいるようなので、そこは救いか。

フランはさらに速度を上げ、壁と天井、空中跳躍を使った多角的な動きでハムルスに襲い掛かる。

ハムルスの全身に傷が穿《うが》たれるが、即座に塞がってしまう。急所に対する攻撃だけは魔剣で防いでいるな。しかもその間に反撃までしてくる。

再生力にあかせた相打ち狙いの攻撃だ。しかも、その攻撃方法が異常だった。

「――」

「くっ」

『どりゃあ！』

突きを躱されて伸びきった状態の腕が、ありえない角度に曲がって襲い掛かってきたのだ。ボギィという骨が折れる音が聞こえていた。すぐに再生するとは言え、こんな無茶苦茶な攻撃ありかよ！

念動で弾かなければ、かすり傷くらいは負わされていたかもしれない。

さらにハムルスの異常な攻撃は続く。

ゾブ！

なんと、自らの腹に剣を突き立てたのだ。血飛沫《ちしぶき》が飛び、ハムルスが吐血する。そして、ハムルスの体を貫通した魔力の刃が、再び背後から斬り掛かっていたフランに迫った。

「むっ！」

意表を突かれたフランだったが、ハムルスが何かをやらかすと予め警戒していたおかげか、その捨て身の一撃も紙一重で回避する。

しかし再生能力があるとはいえ、思い切りが良すぎるな。それに明らかに理性を失っているハムルスに、こんな相手の意表を突くような戦法を思い付けるのか？

胸に空いた穴が塞がりつつあるハムルスが、全く感情も知性も感じさせない虚ろな表情で歩みを進める。

「――」

やはり、何かがおかしかった。

今まで、無表情な人間とは何度か出会ったことがある。その筆頭といえば、百剣のフォールンドだろう。というか、フランがそのタイプだしね。

だが、フランたちは心の動きが顔に出づらいだけで、無感情なわけではなかった。それに、よく観察すれば、わずかに表情に変化があったりもするのだ。

ハムルスはそれとは全く違う感じだ。

そもそも、感情がないように見える。何をされても、何も感じていない。だが、そんな人間いるか？

「――」

悩んでいる間にも、こちらの戸惑いなどお構いなしにハムルスは襲い掛かってくる。

再び激しい戦闘が始まるが、ハムルスの命運は確実に尽きようとしていた。

ハムルスの変則的な動きに慣れてきたフランにはその攻撃を完全に見切られており、しかも潜在能力解放の影響で生命力が減り続けていたのだ。

だが、ハムルスの態度は相変わらずだ。

追い詰められているというのに、ハムルスの顔には一切の感情が浮かんでいない。

『やっぱ剣が怪しいよな』

（ん）

実は戦闘をしながら、何度か大技でハムルスの持つ魔剣を破壊しようと試みたのだ。だが、その狙いは全て失敗してしまっていた。

例えば、属性剣・火と振動牙を多重起動した空気抜刀術で剣そのものを狙っても、まるで剣を守るようにハムルスが盾となって、防がれてしまった。

次に雷鳴魔術で麻痺させて剣を手放させようとしたんだが、何があっても剣だけは手放さなかった。

ずっと抱《いだ》いていた疑問。

理性を失っているハムルスを操っている存在がいるのではないか？　いるとすればどこにいて、どんな方法で操っている？　どこかに隠れて魔術で操っているのか。事前に暗示のような物をかけているのか。

もしくは、あの剣が操っているのか。

そう。俺の疑問はそこだった。

あの剣、俺と同類の可能性はないか？　インテリジェンス・ウェポンなのかどうかはともかく、あの剣がハムルスを操っているように思える。しかも魔剣を守るハムルスの動きを見る限り、ある程度の知性があるように感じられた。

それどころか、焦りや怒りといった感情まで持っているのではないだろうか？　これも、ハムルスの動きを見た上での推測でしかないが。

魔剣を狙って斬撃を放った直後、まるで警戒するように距離を取ったり、報復するかのように攻撃が激しくなったりしたのである。

インテリジェンス・ウェポンが伝説的な存在とは言え、俺以外に存在していないという訳もないだろうし……。

いや、今は戦闘が優先だな。とは言えこれ以上の抵抗はないだろう。

もうすぐハムルスの生命力が尽きるのだ。

もし魔剣自体に意思があったとしても、ここまでの様子を見れば自律行動ができない、もしくは得意でないのだと分かる。これだけ追い詰められているのだ。もし本当に単独で動けるなら、剣だけでの奇襲攻撃を仕掛けてこないのはおかしいのである。

「――」

向こうも、自身の活動限界が近いことが分かっているのだろう。最後の攻勢に出る。

魔剣の纏う魔力がさらに増大すると、刀身に纏っていた魔力刃が伸長し、まるで大蛇のようにうねって襲い掛かってきたのだ。

「むっ！」

フランが回避しても、どこまでも伸びて執拗に追いかけてくる。

だが、これはチャンスだ。奴らはフランを追う事に集中している。苛立ちと焦りがあるのか、フラン以外が目に入っていないようだ。

『ウルシ！　やれ！』

「ガルラァァァ！」

「――」

ここまで温存していた、ウルシによる奇襲だった。

ハムルスの影から飛び出した漆黒の巨狼が、剣を握る拳に飛びかかる。ハムルスはウルシを振りほどこうと身を捩《よじ》るが、手に突き立てられた牙はそう簡単には外れなかった。

ゴリッという音が地下道に反響し、ハムルスの手が噛み砕かれる。

こうなってしまっては、さすがにハムルスも剣を手放すしかなかった。

魔剣は支えを失って地面に落ち、魔力刃による攻撃が乱れる。地下道の天井が大きく抉《えぐ》れてしまったが、見なかったことにしておこう。

腰だめに俺を構えたフランが叫ぶ。

「師匠！」

『おう！』

この隙は逃さん！

俺の転移で一気に近づいたフランが、渾身の力を込めた空気抜刀術を放った。

「はぁぁ！」

ギャイイィィン！

俺と魔剣が激しくぶつかり合い、甲高い音が鳴る。

「ぐぬっ！」

『こいつ、硬い！』

俺たちとしては、この一撃で真っ二つにするくらいのつもりだったのだ。

魔力も十分に込めている。スキルも多重起動している。

だがフランの放った居合は、すでに折れて短くなっていた刀身を一部欠けさせただけであった。やはり一筋縄ではいかない相手だな！

「むっ！」

直後、フランはその顔色を変えて、その場から飛び退いた。

魔剣の存在感が急に増したのだ。

『q●s／；　ｏｘ４ｑ◇ｎ７@――！』

そして、言葉にならない絶叫のようなものが地下道内に響き渡る。

『がっ！　なんだ！』

「うるさい」

「オフン！」

しかも、単なる絶叫ではない。念話スキルのように、脳に直接叫びをぶつけられているかのようだった。フランも頭を押さえて顔をしかめている。再び影の中に戻っていたウルシの悲鳴も聞こえる。

やはり、ただの大きい音ではないらしい。

発生源は魔剣であった。傷つけられて、怒りの声を上げているのだろうか？　こんな所まで俺に似ているとは……。いよいよもって、俺の同類の可能性が高まったな。

だが、こいつらの抵抗もここまでだろう。

酷使され続けてきたハムルスの命が限界を迎えたのだ。

「――」

ドサッ。

糸の切れた人形のように、ハムルスがその場に崩れ落ちる。それまでの激闘が嘘であったかのように、あっさりと。

「……死んだ？」

『ああ』

鑑定するまでもなく、その体からは生命力が感じられない。心臓も止まっているだろう。スキルの効果が切れ、筋肉が萎《しぼ》んでいく。

あっけないものだ。

死亡したかどうかの確認のために次元収納を発動すると、問題なくハムルスの肉体を仕舞うことができた。やはりハムルスは死亡している。

『残るは魔剣だな』

最後にもう一度鑑定をしてみる。わずかにでも刀身を傷つけたことで、何か変化はないかと思ったのだ。すると、先程とは鑑定の結果が違って見えた。

傷つけたことで能力が低下したことで鑑定が利くようにはなったらしい。

『……かろうじて名称を確認できるが……』

名称：c％s：●hj／n■P

文字化けしてしまっているうえ、能力も見えなかった。

正式な名称が分かれれば、魔剣の出所を探れるかもしれないんだが……。

待てよ？　過去に鑑定できなかった相手は、単純に視ることができなかったはずだ。文字化けなどしたことはなかった。神剣などもそうだ。名前などの鑑定が及ぶ分だけが表示され、不可能な部分は単純に視えなかった。

俺はこの魔剣に鑑定が防がれた結果、名前が文字化けしてしまったのだと思ったが……。

これが本当の名前だったりしないか？　いや、元々本来の名称があったのに、刀身が激しく損傷した結果、名前までおかしくなってしまったということなのか？

「師匠？」

『おっと、なんでもない』

まあ、もうどうでもいいか。こいつはここで破壊されるわけだし。

『フラン、こいつをぶっ壊すぞ』

「ん」

今度こそ全力全開だ。周囲への被害？　多少は已むを得まい。フランが精神を集中しながら、俺を振りかぶる。その直後だった。

『なにぃ！』

「むうっ！」

魔剣全体から凄まじい光と魔力が発せられていた。

目くらましだけではなく、かなりの攻撃力を伴った全方位攻撃だ。

『ちっ！』

咄嗟に張った障壁で防ぐが、地下道全体が揺れているのが分かる。すぐに魔力放出は収まったが、すでに魔剣の姿はそこにはなかった。

魔力放出でこちらを攻撃するだけではなく、その勢いを利用して移動しやがったのだ。

放出した魔力を推進剤にした結果、かなりの速度で逃げていくのが見える。

「飛んだ？」

『逃がさん！』

魔剣はそのまま勢いを殺さず、凄まじい速度で地下道の入り口目指して飛んでいった。その速度は、俺の全力念動カタパルトに匹敵するレベルだ。

転移は――ダメだ。あの速度では、俺たちが転移した直後にもうその場にいないだろう。

俺は咄嗟に大火力の魔術を放とうとして、この場所を破壊するのはまずいと思い直す。結局、ファイア・ジャベリンを連続で撃ち出して撃ち落とそうと試みた。二〇本以上の炎槍が、魔剣めがけて降り注ぐ。

だが、魔剣は感心してしまう程の鋭い動きで、全てを避けるのだった。

高速飛行しながら体を捻り、回転するような軌道を描く。あれだ、バレルロールってやつだろう。

そして、全ての攻撃を回避した魔剣は、勢いを殺さずにそのまま外へと飛び出して行ってしまう。

『追うぞ！』

「ん！」

慌てて後を追うと、外では阿鼻叫喚の光景が広がっていた。

「うわあぁぁん！」

「イタイイタイ！」

「た、助けて……」

「血、血が……！」

地下道の入り口付近で、十人以上の人間が血を流して倒れていたのだ。

かすり傷程度の者もいれば、腕がもげ、瀕死の者もいる。

『あ、あの魔剣野郎……。行きがけの駄賃に一般人を攻撃していきやがった！』

それだけではなく、遠くからも人々の悲鳴が聞こえていた。現在進行形で、被害者が生み出されているのだ。犯人は考えるまでもないだろう。

「……治す！」

『ああ！　ウルシは魔剣を追え！』

（オン！）

俺たちは追跡を断念し、回復魔法で倒れている人々を癒やしていった。これが魔剣の狙いだろうと知りながら。

これで確信できた。奴には確実に知能がある。そうでなければ、これ程嫌らしい足止めの方法を思い付かないだろう。

いよいよあの剣が俺の同類だという可能性が高まってしまった。

「あの剣、嫌い」

『俺もだよ』

「絶対に叩き折る！」

『次に出会った時に決着をつければいい』

「ん！　今度は逃がさない！」

『おう』

それにしても、逃走時の魔剣の挙動はまるで俺の念動カタパルトのようだったな。

だが、その原理は全く違う。あの魔剣は圧縮した魔力を噴出して、推進力を得ていた。

俺の念動カタパルトはそのネーミングの通り、最初に念動を爆発させて自らを射出し、その後は念動で舵を取る方法だ。

対してあの魔剣の飛び方は、常時魔力を噴き出し続けるロケットエンジン方式とでも呼べる方法だった。

多分、戦闘時にハムルスが肉体限界を無視したような異常な動きをしていたのも、この魔力噴出能力によるものだろう。魔力放出を使って、無理やり腕などを動かしていたのだ。

ウルムットのダンジョンで戦った昆虫型魔獣のディザスター・ボールバグが、魔力放出スキルを使って急加速と方向転換を行っていたが、原理は同じだと思われた。

そして、魔剣が逃走時にしか使わないのも納得だ。

あれだけの速度を生み出すには、凄まじい魔力が必要だろう。少なくとも、長時間連続使用を続けるのは無理なはずだった。

さらに、加速力はあっても小回りは利かないだろう。動かない相手を攻撃するならともかく、フランのように高速で動き回る相手に当てるのはかなり難しい。

もし躱されたら、その間はハムルスも魔剣も無防備になるのだ。その辺が弱点と言えそうだった。

人々の救護が終わり、とりあえず地下道に戻ってみる。

すると、フランが小さく声を上げた。

「あ」

『どうした？』

「嫌なのが消えた」

『嫌なのって、地下道に入った時に感じたって言うやつか？』

「ん」

やはりそれも魔剣が関係していたんだろうな。相変わらず俺には全く分からんが。

『何だったんだろうな？』

「ん」

とりあえずハムルスの遺体をどうするかね。衛兵の詰め所に引き渡すのがいいのか？　まさか殺人犯扱いはされないと思うが、拘束される可能性は高い。

この後どうするか悩んでいたら、地下道に誰かが入ってくるのが分かった。しかも両方の入り口から何人も。

地下道に下りてきたのは、一般人たちのようだ。

考えてみたら、あれだけ激しい戦闘をしていたのにもかかわらず、誰も入ってこないのは不自然だった。

それに、歓楽街にあるこの地下道にあれだけの時間、人っ子一人入ってこないなんてありえないだろう。

もしかして人の出入りを拒むような術やスキルが地下道にかけられていたのか？　人払いの結界的なやつだ。

そう考えると、フランとウルシだけが感じた違和感も理解できる。俺は生物じゃないので、全く感じなかったということは有り得そうだ。

その場で考え込んでいると、見知った気配が地下道に下りてくるのが分かった。魔剣が逃げて行ったのとは逆側、俺たちが最初に入ってきた方の入り口だ。

「フラン、大丈夫なのですか？」

「黒雷姫、無事か？」

「ベルメリア。フレデリック」

それは、先程別れたばかりの二人であった。

心配そうな表情でフランに駆け寄ってくる。フランにつく監視兼護衛とは、ベルメリアたちのことだったらしい。

「申し訳ございません。フランに接触してくる敵がいないか、警戒する為だと言っていたのに……」

「まさか、このような場所でしてやられるとは……。不覚だ」

どうやら人払いの結界が張ってあったという俺の想像は、当たっていたようだった。

フレデリックの分析では、一定以上のステータスを持っていないとこの地下道を認識できないようになっていたらしい。しかも、その一定以上が相当高かったようだ。

何せベルメリアたちでも進入できなかったというのだから。

そのせいでベルメリアとフレデリックはフランを見失い、この辺で立ち往生してしまったのだ。かなり高性能な結界で、地下道に入ったことも認識できないようになっていたらしい。

二人とも相当落ち込んでいる。結局相手の正体も知れず、自分たちが役に立たなかったのだからしょうがないが。

「何があったのです？」

「襲われた」

「襲われた？　辻斬りか何かですか？　それに、姿がありませんが……逃げられたのですか？」

「倒した。今は仕舞ってある」

「ああ、あなたは時空魔術の使い手でしたか。ということは殺したのですね？」

「ん」

フランが頷くと、ベルメリアが考え込む。

「それにしても、ただの辻斬りにあれほどの結界を張れるとは思えないのですが」

「普通の相手ではないぞ」

フレデリックの言う通り、普通ではなかったね。ハムルス自身はともかく、魔剣は異常だった。

「変な剣を持ってた」

「剣？」

「ん。魔剣だった」

フランが、ハムルスの持っていた魔剣の情報をベルメリアたちに聞かせる。装備者を操っていたように見えることや、その能力を大幅に底上げしたこと、魔剣だけで動いて逃走したことなどだ。

それと、狂信と潜在能力解放についても、説明をする。狂信の意味は分からないが、セルディオたちも同じ状態だったと知ると、二人とも何やら考え出した。

「アシュトナーに関係あるかもしれないということですか」

「ん」

「もう少し、その剣について調べる必要があるな。それと狂信か……。聞いたことがない状態だ」

フレデリックも初耳らしい。

「それにしても、人を操る？　そのような魔剣があり得るのですか？」

「そうだな……。確実ではないが、アンデッドソードであれば、あり得るかもしれない」

フレデリックには心当たりがあるらしい。

「アンデッドソード？」

「ああ、死霊が乗り移った、剣のことだ」

フレデリックが説明してくれる。ゴーストの依代《よりしろ》になった武器であり、装備者はゴーストに憑依されて操られてしまうらしい。さらに、操られている者はゴーストの能力によって強化される場合もあるんだとか。確かに、あの魔剣の特徴に合致する。

いや、アンデッドソードであるなら、魔剣ではなく魔獣の一種ってことか。死霊系の魔獣だ。

「ただ、アンデッドソードはそこまで強い魔獣ではない。脅威度はF。多少強い人間であれば操られたりはしないはずだ」

「ん？　でも、凄い魔力を感じた」

「そこが引っかかる。黒雷姫が強いと感じる程の魔力を発するアンデッドソードなど、聞いたことがない。もしかしたらユニーク個体や、上位種である可能性もあるだろう」

いくら特殊個体とはいえ、元が雑魚魔獣であんなに強くなるのか？　進化を繰り返したユニーク種なら可能性はゼロではないかもしれないが……。

「閣下に報告して、捜索をしなくてはならないわね。それと、襲撃者の身元を調べるためにも、その見分をしたいのですが？」

「わかった」

「この側に拠点用の部屋を確保してあります。そこへ行きましょう。この騒ぎでは衛兵たちがすぐにやってきます。拘束されては色々と面倒ですから」

ベルメリアたちの案内で、歓楽街の集合住宅に用意してあった小部屋へと移動した。そこで、ハムルスの死体を次元収納から取り出して、ベルメリアたちに確認してもらう。


すると、二人が反応を見せた。

「え……？　ハムルス！」

「……間違いないな」

なんと彼女たちの知り合いだったようだ。フレデリックが冷静にハムルスであることを確認する横で、ベルメリアがフランに詰め寄る。

「フラン！　どういうことなのですか！」

「襲ってきたから戦った。そしたら、魔剣のパワーアップに耐え切れずに自滅した」

「確かに外傷はないが……」

よかった、フレデリックは冷静だ。正直、ここで二人に詰め寄られたら面倒どころの話じゃないからな。部下の態度を見て、ベルメリアも自分が興奮し過ぎていると気付いたらしい。

「申し訳ありません。フランが悪いわけではありませんでしたね」

「知り合い？」

「知り合いも何も、同僚です！　アシュトナー侯爵家の内偵中に行方不明となっていたのですが……」

それはきな臭い。やはりあのアンデッドソードは、アシュトナー侯爵家が出所なのか？　そもそも、神剣の研究をしているのに、アンデッドソード？　あり得なくはないのだろうか？

「ですが、事態が尋常でないことは確かです。ハムルスほどの戦士を操ることが可能なアンデッドソードなど、前例がありませんから」

「……ハムルス。なぜ……」

ベルメリアがハムルスの遺体の顔にそっと手を添える。見開かれたままのハムルスの目を閉じさせてやろうとしているらしい。だが、その手が不意に止まった。

「これは……？」

「ベルメリア、どうした？」

「フレデリック、ハムルスの目を見て」

「目だと？」

「ええ」

「なるほど。この色……」

ハムルスの遺体を見たベルメリアたちが、何かに気付いたらしい。同僚の死を悼んでいたその顔が、一瞬で引き締められる。プロの表情だ。

そのまま、まるで検死官のようにハムルスの遺体を調べ始める二人。

目蓋を開けて目を見たり、歯茎を確認したり、口臭を嗅いだりしている。さらにベルメリアがハムルスの遺体に謝ると、その指先を軽く傷つけて血の色をチェックし始めた。

「どうしたの？」

「ええ。このハムルスの遺体……魔薬中毒者の症状が出ているのです」

「体がかなりボロボロだ。短期間で大量に投与されたのだろう」

魔薬といえばセルディオだ。アシュトナー侯爵家の使用人でもあるパーティメンバーに投与され、正気を失っていた。

アシュトナー侯爵家を内偵中に捕まり、魔薬を投与され、アンデッドソードの宿主にされたってことか？　魔薬で正気を失っていれば、実力者であってもアンデッドソードの支配には抗えないだろう。

それにしても、鑑定で魔薬中毒者なんて分からなかったぞ？　セルディオは魔薬常用者の称号があったのに。

いや、常用者と中毒者は違うか。どうやら中毒者は称号として表示されないらしい。

もしかして狂信状態は、魔薬中毒に関係がある？　だとすれば、セルディオたちも狂信状態だったことに説明も付くが……。魔薬中毒と狂信。いまいち結びつかないな。

そんなことよりも俺たちにとって最も重要なことは、この襲撃にアシュトナー侯爵家がどこまで関与し、何を知っているのかということであった。

フランがガルスを探していることを侯爵家に知られており、排除もしくは警告の目的だったのか？

それとも、ベイルリーズ伯爵の関係者と思われ襲われたか？

前者だとすると、ガルスのことが心配だ。

「フラン、怪我はないのですか？」

「ん？　ない」

「操られていた可能性が高いとはいえ、ハムルスほどの戦士を相手にして傷一つ負わないなんて……。本当に強いのですね」

台詞は褒めているんだが、その口調は暗い。フランを責めているというよりは、どこか自嘲の色があった。

「あなたくらい強ければ父上も……」

「ん？」

「いえ、何でもないのです」

そう言って首を振るベルメリアの表情はやはり冴えない。そして、そんなベルメリアをフレデリックが静かに見つめていた。

その目には、彼女を気遣う色がある。だが、口を開くことはなかった。何か事情がありそうだ。

「オン！」

「ウルシ戻ってきた。どうだった？」

「クゥン」

その後、剣を追っていったウルシが戻ってきたのだが、追跡は失敗したらしい。悄然《しょうぜん》として項垂れている。だが、空を飛ぶ相手は臭《にお》いも残り辛いから仕方ないだろう。
それにしても、あの目立つはずの魔剣はいったいどこに消えたのだろうか……。

第四章　侯爵の影

ハムルスの襲撃を退けた翌日。

ベルメリアと相談した俺たちは、予定通りオークションの会場へとやってきていた。ベルメリアには、そのままオークションへ参加するように頼まれたからだ。

アシュトナー侯爵家の思惑がどうであれ、今日一日は普通に過ごす方がベイルリーズ伯爵家の邪魔にならないという判断らしい。

俺たちが今日狙うのは魔石だ。

『一番最初は、ゴブリンキングの魔石だな』

「ん」

オークションでは、事前の鑑定によって魔石の持ち主であった魔獣の名前が分かっていることがほとんどだ。

ただ、さすがにスキルまでは分からない。当然だけどね。普通の人にとっては意味のない情報だし、そもそも知ることも難しいだろう。天眼スキルを持った俺の鑑定だって、魔獣の種類くらいはなんとか視えるが、その魔石に封じられたスキルは分からないのだ。

もしかしたら、それを解析したりできるスキルがある可能性もあるが、聞いたことはない。手に入ったら便利そうなんだけどね。

そこで、俺たちが狙うのは脅威度C以上の魔石。もしくは人型魔獣の魔石であった。

やはり人型をしていると器用だし、鍛錬などをして新スキルを覚える可能性が高い。今までも、ゴブリン、オーク、悪魔など、人型に近い魔獣は多くのスキルを持っていることが多かった。しかも、同じ人型であるフランに使いやすいスキルが多い傾向にあるのだ。これを狙わない手はないだろう。

理想は午前の部の終盤に出品される悪魔の魔石だが、どうだろう。狙ってる参加者は多いだろうし、厳しい戦いになるはずだ。

いや、獣人国で稼いだから手持は二〇〇〇万ゴルドもあるし、落札するだけなら問題ない。ただ、相場の何十倍もは出したくないし、あまり相場を無視すると他の参加者やオークション主催者に睨まれるかもしれん。

最悪、それで目立ちすぎてアシュトナー侯爵家に目を付けられたりする可能性だって、ゼロではないかもしれない。

なので、あまりにも値段がつり上がるようなら諦めるつもりだった。

「では行きましょうか」

「ん」

『フラン、今日はコダートの言う事、大人しく聞くんだぞ？』

(わかってる)

実は、今日は俺たちだけではない。

目立たないように、冒険者ギルドで代理人を用意してもらったのだ。

フランのような子供が高額な魔石に入札したら絶対に注目されるし、いくつも落札したら絶対に身元を探る奴が出てくるだろう。

してくれたのだ。
それを懸念した俺たちがエリアンテに相談すると、冒険者の中でもオークションに詳しい者を紹介

コダートというランクE冒険者なのだが、なんと鑑定スキルを持っており、元々オークショニアをやっていたという異色の経歴の持ち主だった。しかし長年冒険者に憧れており、貯めた資金で装備を調えギルドに登録したという変わり種冒険者である。

それ故、三五歳という若いとは言えない年齢でありながら未だにランクEに上がったばかりという、遅咲きの冒険者でもあった。彼自身は雑魚魔獣の退治や、王都内での雑用などを楽しくこなしているらしい。

また、強い冒険者への憧れも持っており、フランに対しても凄まじく丁重な態度であった。若くして異名を付けられたフランを、心の底から尊敬しているのだ。

エリアンテはそういった部分も加味して、コダートを紹介してくれたんだろう。

「では、こちらのリストに載っている物を落札ということで構いませんね？」

「お願い」

隣に座りつつ、入札はコダートが行うことになっている。予め入札する商品はカタログを見て決めてあり、上限もコダートと相談して設定してある。コダートにはその上限内で落札をしてもらう予定だ。

もし上限を超えそうな場合でさらに入札を続行する時は、フランが風魔術でこっそり声をかけ、いくらまでなら超えていいか指示することになっている。

他に欲しい物が新たに出たら、自分たちで落札すればいい。オークション会場にやってきて何も入

札しないのはむしろおかしいからな。

カタログに載っていない当日出品や、スキル持ちの鑑定人ですら判別できなかった謎の魔石などが出品されるコーナーがあるらしいので、俺たちはそれを狙っている。

「特別席でよろしいですか？」

「ん」

あそこなら飲み食いも許されているのだ。フランが飽きるまでの時間を、食べ物で少しでも長くしないとね。

そして、コダートと一緒に、特別席の一角に陣取る。あとは彼に任せるだけだ。

普通だとこういう場合、代理人には上限金額と落札金額の差額から何割とか、歩合制で報酬が支払われるはずだが、コダートはかなり格安で引き受けてくれていた。

その代わり、フランに一度でいいから訓練に付き合ってほしいと提案してきたのだ。その分、報酬は格安で良いという提案だったので、俺たちはその条件でコダートを雇っていた。

今日の早朝、早速コダートと訓練をしたばかりだ。

正直、三〇歳から冒険者を始めたということで、あまり筋は良くない。ただ、非常に真面目だし根性もあるので、訓練を続ければもう少し上にはいけるだろう。

特に今日は、武技を使う感覚を指導してやっていた。フランが武技を放つ姿を見せたり、その技を構えた剣で受けさせたりしただけだが、コダートはかなり感激していたな。

遥か高みにいる冒険者が真面目に指導してくれたのが嬉しかったらしい。何度フランに転がされても、嬉しそうに笑っていた。

「では、後はお任せください」

「ん」


一時間後。

「なんとかゴブリンキングは落札できましたね」

「もぐもぐ」

「次は午後の序盤に登場する悪魔の魔石ですか」

「もぐもぐ」

コダートの言葉を聞きながら、フランが両手に持ったおにぎりを交互にほおばっている。匂いが強い食べ物を出すのはさすがにまずいと思ったので、フランにはおにぎりやサンドイッチを食べるように指示してあるのだ。

因みにおにぎりの具は艦砕マグロの身で作った自家製ツナマヨと、昆布に似た海藻の甘辛煮である。

それにしても、ゴブリンキングの魔石があんなに高額になるとは思いもしなかった。

オークショニアが入札開始時の説明で「生命魔術で無限に再生を続け、冒険者を苦しめたゴブリンの王の魔石です！」なんて言うからどうしても欲しくなって、いきなり予定の倍までなら使っていいという指示をコダートに出すことになってしまったのだ。

その落札額二〇〇万。ゴブリンキングの魔石の相場の四倍以上である。

どうやら魔石マニアが競ってきたらしかった。

どんな世界にも蒐集家《しゅうしゅうか》というのはいるもので、魔石の世界にもそれらをコレクションするマニアが存在しているらしい。彼らが求めるのは珍しい魔石。もしくは形が美しい魔石であるそうだ。

魔石というのは同じ形の物がなく、ほとんどが歪《いびつ》な形状である。だが、ごく稀にカットを施した宝石のように、整った形をした物が存在している。

魔石は研磨ができない。いや、研磨はできるが、傷つけば魔力が大きく失われてしまう。それでは魔石としての価値が失われてしまうのだ。

その関係で、形の綺麗な物は非常に希少だ。特に、高ランク魔獣の魔石で、かつ美しい形の物は値段がつり上がる傾向にあるという。

別にコレクションとして飾るだけなら魔力なんか関係ないと思うんだが、魔石コレクターたちはそうは思わないらしい。あくまでも強力な魔石であり、なおかつ美しい物が好まれるそうだ。今回のゴブリンキングの魔石はまさにそれであった。

オークションに出品されるような魔石は逸品揃いであるため、ランクだけでは落札額を想定できないらしい。実際、脅威度Eの魔獣の魔石が、脅威度Dの魔石を超えるような値で落とされることも珍しくないそうだ。

事前にコダートにもそう言われていたんだが、改めてオークションの難しさを思い知った。

『午後の悪魔の魔石……。どうなることやら』

不安がムクムクと鎌首をもたげるが、悩んでもどうしようもない。

せいぜい祈るとしよう。

それに、魔石は悪魔の物だけではないのだ。

魔石オークションの午前の部の最後。当日持ち込みや、鑑定不能品などが出品される、掘り出し物ゾーンである。

その中にも、いくつか面白い魔石の出品が確認できた。

「お次はこちら！　鑑定しても全てが不明と出てしまう、謎の魔石！　出品者である冒険者も、盗賊のアジトから押収したため、この魔石の持ち主であった魔獣に関しては一切の情報がありません！」

運ばれてきたのは、小振りな魔石である。しかし、その形はそれなりに整っており、魔石と言うよりは宝石としての価値を期待して出品されたらしい。

「最初は一万から！」

オークショニアが宣言するが、会場の盛り上がりはいまいちだった。その証拠に、パラパラと入札は入るが、その数は多くない。

魔石の持ち主だった魔獣の名前が分からないというのが、ネックなのだろう。だが、俺はそれを絶対に落札する気であった。

『フラン！　あれ！　あれ欲しい！　絶対落としてくれ！』

（ん）

フランに頼んで、入札してもらう。

なぜかジト目に見えるが気のせいだろう。それよりも魔石だ！

そのまま競合し続けること三分。

俺たちは謎の魔石を一二万で落札することに成功した。

（落とした）

『おう。サンキューな！　うひゃひゃひゃ！　これでイビル・ゴブリン・ジェネラルの魔石が手に入ったぞ！』

（ん……）

『どんなスキル持ってんだろうな？　楽しみだな！』

（……）

そう、謎の魔石はゴブリンの上位種。イビル・ゴブリン。それもジェネラルの物だった。

イビル種はより邪気が強いせいで、鑑定しても不明って出るからな。誰も分からなかったんだろう。

しかし、俺の場合は天眼スキルのおかげで名前程度なら読み取ることができる。

邪人の魔石では、俺の中の謎の魂さんの回復には役立たないから申し訳ないんだが……。ジェネラルならスキルを期待できるからな。絶対にゲットしとかねばならないのだ。

その後は、コダートが順調に魔石を落札してくれた。最初から狙っていた八つ中、七つをゲットである。

唯一失敗したのが、ケットシーという妖精種の魔石であった。

脅威度Cの魔獣なうえに、数も少ない。さらに色も形も最高峰ということで、相場の一〇倍以上に値段が吊り上がってしまったのだ。特殊スキルなども期待できそうだったが、さすがに仕方ない。

最も欲しかった悪魔の魔石はなんとか落とすことができたし、コダートには感謝である。今日一日で一〇〇〇万ゴルド以上散財したが。まあ、お金は使わないとね。

俺たちはオークション会場の前でコダートと別れ、宿に向かう。

『なあなあ！　早速宿に戻って、吸収しようぜ！　な？』

「ん」

『いやっふー！』

いやー、テンション上がるわー。なにせ、邪人の魔石を除けば、一番安い物でも脅威度D。脅威度Cの魔石も三つゲットしている。しかも悪魔の魔石は伯爵級。つまりアレッサで倒した悪魔と同じ脅威度Bだ。

これだけ質の高い魔石を一度に吸収できる機会なんてそうそうない。

早く宿に戻って、吸収したいのだ！

『早く帰ろう！　すぐ帰ろう！』

（わかった）

『マッセッキ！　マッセッキ！』

（師匠、楽しそう）

なんてやっていたら、後ろから誰かが駆け寄ってくる気配を感じた。一瞬身構えかけたが、すぐに警戒を解く。相手が完全に素人だと分かったからだ。

気配も消さず、それどころか走る音が普通に響いている。その動きは駆け出しの雑魚冒険者未満。完全に一般人だろう。

「お待ちください！」

走り寄ってきたのは、初老の男性だった。仕立ての良いゆったりとした服を着た、文官風の男である。走るたびに腹の肉が揺れている。運動不足だねオッサン。

「お、お時間宜しいですか？」

「ん？」

フランが自分を指さして、小首をかしげる。すると男は、意を得たりとばかりに笑顔でうなずいた。

「そうあなたです！　耳寄りなお話がございまして！　絶対に損はさせませんよ？　ぜひ聞いてはいただけませんか？」

(師匠？)

『まあ、少しだけなら』

本当は早く宿に帰りたいけどね！

「ちょっとだけなら」

「おお！　では、あちらへ。ささ、どうぞどうぞ」

なんと馬車を用意していたか。準備がいいな。だが、こいつ馬鹿なのか？　自分の名も名乗らず、いきなり馬車に乗れ？　それで馬車に乗る阿呆がいたらお目にかかりたいものだ。

いや、子供のフランを侮っているのだろう。つまり、フランの素性は調べていないらしい。いったい何のつもりだろうか？　耳寄りな情報とか、損はさせないとか言っているが、詐欺師にしか見えん。

男を鑑定してみると、悪人という感じではないが……。

一応貴族だ。男爵となっている。

「名前は？」

「え？　ああ、申し遅れました。私、ベッケルトと申します」

貴族が家名も名乗らず、へりくだっている。ますます怪しい。

「話って何？」

「えー、何分長くなりますので」

「ここでいい」

怪しい人に付いて行ってはいけないのだ。

「しかしですね……」

「じゃあ、聞かない。帰る」

「ああ！　お、お待ちを！　後悔しますよ！」

「……脅すつもり？」

「ち、違います！　ああ、そんなつもりではないのです！　ちょ、ちょっとお待ちください！　おい！　出てこい！」

フランが踵《きびす》を返すと、男が慌てた様子で馬車の中に声をかける。すると、中から屈強な男たちが二人降りてくる。

気配で分かっていたが、明らかに馬車の中でフランを脅すか、襲うつもりだったよね？

しかしフランが馬車に乗るのを断固拒否したため、こちらに威圧感を与える為に急遽《きゅうきょ》出てくるように指示したらしい。

男二人が、フランを囲むように仁王立ちする。

これ見よがしに腰の剣を鳴らして見せたり、怒っているかのように顔をしかめる様子は、一般人なら恐怖を感じるだろう。

こういった仕事を生業《なりわい》としているようだ。その動きは手慣れている。

だが、実力的には大したことがなかった。

見せかけの筋肉と、ファッションにしかなっていない武器。剣術よりも、演技スキルの方が高いのがいっそ滑稽だ。

昨晩ベイルリーズ伯爵家にいた一般兵士たちなら、一人でもこいつらを制圧可能だろう。

当然、フランにもこのエセ冒険者たちを恐れる要素がない。

「それで、話って？」

「え？　それはですね」

全くビビッていないフランに、逆にベッケルトが驚いている。しかし、彼も目的を思い出したのか、その場で声を潜めながら自分がフランに声をかけた理由を話し始めた。

「実はですね。我が主があなたの背負っている剣を所望しているのです」

「主？　誰？」

「それは明かせないのですが……。あなたの剣を譲っていただけるのであれば、五〇〇〇万ゴルド支払います」

「剣って、この剣？」

「いい話でしょう？　ささ、剣を渡していただけますね？」

断られるとは思っていないのか、ベッケルトが手を差し出す。ここで渡せってか？

そりゃあ五〇〇〇万は大金ではある。多分、庶民が一生遊んで暮らせる額ってやつだろう。しかし、この胡散臭《うさんくさ》い男から後払いで五〇〇〇万ゴルドも支払われると信じる人間、この世にいるか？

フランを侮っているというか、完全に馬鹿にしてないかね？　それとも、よほどお金に困ってそうに見えるのか？

しかし五〇〇〇万ゴルドか。まあまあの評価じゃね？　剣の値段としては、かなりのものだろう。

我ながら、悪くない金額だ。

まあ、フランが俺を売るわけないけどさ。え？　売らないよね？

「剣は売らない」

ほらね！　俺は信じてたよ！

「は？　今なんと？」

「売らないって言った」

「ははは！　御冗談を」

「冗談じゃない」

「五〇〇〇万ですよ？　これほど良い話はないと思いますが？　普通の冒険者が一生かかっても稼げない額ですよ？」

驚愕した様子のベッケルト。これで分かったが、こいつはフランの情報を何も知らないな。三下なのか馬鹿なのか。

フランがあの黒雷姫だと知っていれば、もっと違う対応があったはずなのだ。

フランはベッケルトから完全に興味を失い、踵を返して歩き出す。お話にならない相手であると悟ったのだろう。

まあ当然、威圧役の二人が逃がすわけないのだが。

「ちょっと待ちな」

「少し生意気すぎるな」

ニヤニヤと笑いながら、フランの前に立ちふさがろうと足を踏み出し――。

「がっ……！」

「ふぐ……！」

動けなかった。

俺が念動で両者の首を思い切り締め上げているからだ。イメージ的には、力持ちの大男に首をガシッと掴まれ、少しだけ持ち上げられている感じだろうか？

身動《みじろ》きもできない二人は足を軽くバタバタさせ、何とか逃れようともがく。しかし、こいつら程度が俺の念動から逃げる事などできるはずもなく、ほぼ同時に意識を失うのだった。

「え？　な、何をした！」

「私は何もしてないよ？」

そう言って、ジッとベッケルトを睨みつけるフラン。その視線を受け、まるで次はお前だとでも言われている気分になったのだろう。

冷や汗を垂らしながら、口を開く。

「くっ……。分かりました！　六〇〇〇万支払いましょう！　これで十分でしょう！」

「幾ら積まれても売らない」

「では一億！　一億ならどうです！」

虚言の理で判別した結果、完全に嘘だった。いや、五〇〇〇万の時点で嘘なんだけどね。

あえて売られて主の正体を突き止めることも考えたんだが、謎の魔剣がまだ発見されていない状況では、フランの下を離れたくはない。

それに、魔剣の輸送に際して、いきなり魔力を封じられる可能性もある。封印無効スキルはあるが、それでも防げない方法で魔力を無効化する方法がないとも限らない。ここで博打をする必要性が感じられなかった。

「？　耳が聞こえないの？　売らない。お金なんかに代えられる存在じゃない」

「ちょ、ちょっと待ちなさい！」

粘るね。だが、フランはもうベッケルトに興味を失ったらしい。焦った表情で叫んでいるベッケルトに背を向ける。

その態度が男の気に障ったようだ。

「こ、この……。下手に出てやっていれば調子に乗りおって……。その薄汚い剣を買い取ってやると言っているんだぞ！　あり難く差し出すのが貴様ら平民のあるべき姿だろうが！　とっととその剣を渡せ！　力ずくで奪ってもいいんだぞ！」

化けの皮がはがれたな。しかし、憐れな奴だ。

「……おい」

「ひっ……！　な、何を……！」

「薄汚い？　師匠が薄汚いって言った？」

「ひ、ひぃいいいいいっ⁉」

「それに、私から奪う？　そう言った？」

ベッケルトはフランの地雷を踏み抜いた。

俺はフランに愛されているからな。俺を貶《けな》して、あまつさえ奪うと言ったベッケルトが、無事に主とやらの下に帰ることのできる未来はその瞬間消滅したのである。

「お前ごときが、師匠を奪う？」

フランがベッケルトに王威スキルを発動した。

まずは心をへし折ろうというのだ。しかも怒りが深いせいか、王威スキルを周囲に撒き散らすことなく、ベッケルトだけに集中させることができていた。

これだけ完璧な制御に成功したのは、初めてじゃないか？

怒りのあまり周囲を巻き込んでしまうどころか、怒りのおかげで制御に成功するとは……。フランらしいと言えば、フランらしいのかもしれん。

「あ、あ……あぁぅ……」

あー、ベッケルトのやつ、もしかして漏らしちゃってないか？　服の下半身に黒い染みが広がっていく。

あ、フラン、そんな近づいたらばっちいぞ？

「……ふん」

「げぎゃぁ！」

だが、フランはベッケルトの醜態を気にする様子はなく、その前に立つと手をそっと伸ばした。まるで倒れたベッケルトに手を差し伸べてやるかのように、その手を握りしめる。握手しているようにも見えるが、当然握手なわけではない。

「あばばばば！」

その姿からは想像もできない超握力を誇るフランに力いっぱい手を握られ、その手は中身の入っていないゴム手袋のように、潰れて変形した。

痛みと恐怖でまともな思考ができないのだろう。ベッケルトが口から泡を飛ばしつつ、耳障りな悲鳴を上げている。

フランが手を離すと、ベッケルトがその場にドサッと倒れ込んだ。一度はボッキボキに握りつぶした手はすでにヒールで治療済みなので、証拠は残っていない。

そこにいるのは、公衆の面前で失禁したあげく、手を差し伸べてくれた少女の手を握りながら絶叫を上げて、最終的には蹲ってしまった変態デブ貴族である。

いつの間にか周囲に集まってきていたやじ馬たちが、軽蔑の表情でベッケルトを見ていた。

野次馬とはいえ、その多くは商人や貴族たちだ。こいつの噂は、あっという間に上流階級に広まるだろう。

ベッケルトの貴族生命、終わったんじゃね？

『こいつどうしよう』

(主を聞き出す)

『聞き出してどうするつもりだ？』

(当然ぶっとばす)

うん、だよね。でも、それはぜひ止めてもらいたいんだけど。

相手は貴族だし、後々厄介な事になるだろう。でも、放置していっていいのか？　いやでも……。

あーもう！　面倒だな！　早く宿に戻りたいのに！　もうこのままここに放りだしてっちゃおうかな？

俺たちがベッケルトの処遇に悩んでいたら、新たに近づいてくる気配があった。フレデリックだ。

あえて気配を消さず動き、こちらに自分の存在を知らせてくれているらしい。

「黒雷姫。その男たち、こちらで引き取ろう」

「でも……」

フランはこいつを尋問して、その主とやらに落とし前を付けさせる気満々だ。だが、ベッケルト如きにこれ以上時間を使うのは勿体《もったい》ない。そもそもフレデリックたちの方が尋問は上手いだろう。むしろ、こういう奴に対処してもらうために、監視兼護衛についていてもらったわけだからな。

『いや、フラン。フレデリックの言う通りにした方がいい。絶対に』

（そう？）

『ああ！』

「わかった。任せる」

「ああ、こちらで背後関係などを洗い出す」

ベッケルトはフレデリックに任せておけばいいだろう。いい所で来てくれたぜ。

『じゃあ、こっちは解決したし、さっさと宿に戻ろう！』

（師匠）

『なんだ？』

（自分が早く帰りたいから、フレデリックに押し付けた？）

『ギクッ。いやいや、そんなことないよ？』

（……宿に戻る）

『そうそう！　そんでもって魔石の吸収だ！　ひゃはー！』

フランがちょっと呆れたような顔をしているように見えるが、気のせいだよね？　今日、何度か似た顔を見た気がするんだが？

その後、さすがにトラブルが連続で起きるはずもなく、俺たちは無事に宿へと帰りつくことができていた。

『ふっふっふ、ついに来ましたねー？　来ちゃいましたねー？』

「ねー？」

『ささ、フランさん。魔石を並べてしまいなさい！』

「……ん」

あっれー？　フランがまたジト目をしてる？　まあ、いいや。それよりも、今は目の前に並べられた魔石ちゃん達である。

『じゃあ、いっただーきまーす！』

「……」

『ひゃはははー！　魔力が流れ込んでくるぜ！　おほー！　いい！　いいよ！　たまらん！　たまらんねー！　はあー……ゴ・ク・ラ・ク……』

「……師匠楽しそう」

「……オン」

フランに加えて、ウルシまでジト目？　なぜ？

『おほーっ！』

「……ん」

「……オフ」

『うほほーい！』

魔石の吸収を開始してから一〇分後。

『あー……すんません』

「何で謝る？　師匠は何も悪いことしてない」

「オン」

『じゃあ、なんでそんな目で見てるんだよ！』

「べつに……」

「オフ……」

そりゃあ、さっきまでの俺のテンションが、ちょーっとばかし変だったのは確かだよ？　でも、そんな呆れた目で見なくてもいいじゃんかよー！

そんな俺が保護者の威厳と引き換えに手に入れたものは、大量の魔石値とスキルであった。

魔石値は全部で１４２０。スキルは新規のものを一一個。しかもユニークスキルを二つも入手してしまったのだ。

そのスキルの中に、フランたちのジト目をどうにかしてくれるスキルはないけどね！

しかし、面白そうなスキルはいくつもあった。

その筆頭が生命魔術だろう。これで雷鳴魔術、生命魔術、砂塵魔術、溶鉄魔術、樹木魔術、氷雪魔術という、複合属性六種をコンプリートしたことになる。

ちょっと期待していたんだが、やはりフランが称号をゲットすることができていた。その名も『属性究めし者』である。

魔力の制御力と、魔術運用時の処理能力の上昇という、魔術師にとっては喉から手が出るほど欲しい能力を有していた。フランの称号だから俺には効果はないが、今後はフランが魔術を使う際の助けになってくれるだろう。

さらに職業、魔究師を選ぶことができるようになったらしい。名前からして、魔術師の上位職だと分かる。

他には、あまり役に立ちそうもないスキルとして歌唱、舞踊、木工、大工かな。いわゆる技能系のスキルだった。

役に立ちそうなスキルとしては、通常スキルである腐敗無効、重量超加、死霊退散、動物知識。ユニークスキルは捕食吸収、共食いを入手していた。

腐敗無効はその名の通り、腐敗攻撃を無効化する耐性スキルだ。腐敗は生物であれば肉を腐らせ、無機物であれば腐食状態にしてしまう属性である。

俺にもフランにも使える耐性だと言えるだろう。

重量超加は、すでに所持している重量増加の上位互換スキルであるらしい。自身と、自身の装備品の重量を増加させるスキルだ。攻撃時に使用すれば、より威力を増すことができるだろう。

死霊退散は、弱いアンデッドなら倒し、強い相手も怯ませることができる浄化魔術に似たスキルである。動物知識はそのまんまだね。まあ、持っていて損はないだろう。

気になるユニークスキルだが、捕食吸収は食事から得られる経験値などが上昇するスキルだ。ウルシが所持しているが、このスキルの効果によって得たと思われるスキルもあるので、地味に役立ってくれると思う。

そして共食い。うーん。これだけは微妙な感じである。自分の同族を殺すと、その力の一部を吸収できるというスキルだ。あのゼロスリードが所持しているスキルでもあった。あいつがあれ程急激に強くなっていたのは、このスキルで邪人の力を吸収しまくったからだろう。

ただ、俺の場合はどうだ？　同族って、神剣なのか、インテリジェンス・ウェポンなのか。それに、殺すと言われても相手は武器なわけだし、破壊したことで殺したことになるのか？　正直言って、発動する可能性が限りなく低そうなスキルであった。フランが黒猫族を殺すわけもないしね。

まあ、装備しておいて、発動したらラッキーと思っておこう。ああ、因みに魔道具や魔剣は同族と認識されなかった。宿の近くにある武具屋で魔法武器を買ってきて、すでに実験済みである。

結果としては、お高い魔法武器を無駄に破壊するだけとなってしまったのだった。

他にも大量のスキルを吸収したが、その全てが上位スキルに統合されてしまっている。いや、俺の処理能力を考えたらその方がいいんだけどね。今まではスキルの数を増やそうと頑張ってきたからな。まだ慣れていないのだ。

その後、宿の中庭で新スキルの効果を試したりしていると、あっと言う間に夜が来る。

ベイルリーズ伯爵は一日でガルスの居場所を突き止めると言っていたが、さてどうなったのか。

「師匠」

『ああ、来たみたいだな』

宿の入り口付近に見知った気配があった。こちらに訪ねてきたことを知らせるために、あえて大きな気配を発しているのだろう。

気配の持ち主たちはそのまま宿を抜け、俺たちのいる中庭までやってくる。

ベルメリアたちで間違いないな。

フランは風魔術で防音処置を施すと、ベルメリアたちにベンチに座るように告げた。

ベルメリアは感心したようにフランの手際を眺めている。

「流れるような魔術の発動。さすがです。しかも、紹介状なしでは泊まる事さえできないこの宿に滞在しているとは」

「ん。エリアンテの紹介状を見せたら普通に泊まれた」

「ギルドマスターの？　仲が良いのですか？」

「普通？」

「ふ、普通ですか……」

ベルメリアは相変わらず余所余所《よそよそ》しい。どうもフランのようなタイプが苦手みたいだった。無表情で予想外の言葉を発するフランを、どう扱えばいいのか分からないらしい。

「ま、まあいいわ。それよりも、いくつか報告があります」

「ん」

「まずは、あなたが見たという魔剣について。こちらでも色々と調べました」

仲間を操り、死なせたと思われる相手だ。ベルメリアたちも魔剣に対してかなりの関心があるのだろう。

別れ際に特徴を詳しく聞いて帰った彼女たちは、今日の内に調査を進めていたらしい。

「まずは目撃証言ですが、フランが癒やした人々は当然その姿を見ていました」

「ん」

剣に襲われたのだから当然だろう。

「ですが、その行方は見ていなかったようです。その後の足取りは追えませんでした。目撃証言はあるものの、住宅街の上空で忽然《こつぜん》と姿を消したという証言ばかりでした。現在の居場所は不明となっています……」

魔力を噴き出しながら夜空を進む謎の飛行物体だ。メチャクチャ目立つと思うんだけどな。まあ、サイズはさほどでもないし、一旦姿を隠してしまえば中々見つけるのは難しいのだろう。

「アンデッドソードである可能性が高いということでアンデッドサーチの術を使える冒険者なども動員しましたが、やはり発見には至っておりません」

「残念」

「また、その形状から情報を入手できないかと考え、魔剣の情報も収集しました。しかしこちらも空振りに終わっています。数年前からアシュトナー侯爵家が魔剣を収集しているという情報があったので、その売買記録の中に含まれていないかとも考えたのですが……。どうやらその線でもないようです」

結局手がかりはなしってことらしい。

「次いで、本日あなたに接触してきた男の情報です。名前はベッケルト・フース男爵。アシュトナー侯爵の配下の人間でした」

「アシュトナー侯爵？　何が目的？」

こっちもアシュトナー侯爵家の関係者かよ？　どこにでも名前が出てくるな。

もしかして、俺を買う云々は口実で、フランを呼び寄せて始末しようとしていた？

そう思ったが、それも違っていたらしい。

「それが、どうも侯爵本人から、あなたの魔剣をどんな方法を使ってでも入手するように命令されていたようです。ただ、その指示の仕方が、強い黒猫族の少女剣士が所持している、狼の意匠の付いた魔剣を入手しろという命令だったらしく……」

本当に剣――つまり俺を狙っていたようだ。

だが、メチャクチャ曖昧な命令の仕方だった。例えばガルスの鞘の事がばれていて、戦力の低下や嫌がらせを目的にしているなら、冒険者のフランの魔剣を奪えという命令になるはずだ。

「侯爵がフランの事を正確に認識しているのかどうか、判断できません。もしかしたらあなたの噂を半端に聞きつけて、その魔剣を欲しただけの可能性もあります」

つまり、ガルス関連とは関係のない、魔剣の所持者を狙っただけの命令だったのか？　侯爵家は魔剣を集めているという話だしな。

「現在はさらに締め上げていますので、新しい情報が判明したらお伝えしますね」

「わかった」

なんか、全ての悪事がアシュトナー侯爵家の陰謀に思えてきた。この世の全ての悪事は、アシュトナーのせいなんじゃないか？

しかも、この後にはその侯爵家に関する報告がまだ残っているのだ。

「では、最後にガルス師の情報についてお伝えします」

「ん！」

「あなたに提供していただいた情報の裏が取れました。確かにガルス師の姿がオルメス伯爵別邸で目撃されていたようです」

ベルメリアが難しい顔でそう告げる。だが、その表情を見れば、それほどの進展がなさそうだということが分かる。

「我々の手の者が目撃したということですので、間違いないかと。ただ――」

「ただ？」

「園丁として潜入していた者からの報告ですので、邸内のどこにいるかまでは分かりませんでした。さらに言えば、現在も別邸にいるかどうかも不明です」

普段は隠し部屋であるとか、地下室であるとか、そういった場所に押し込められている可能性が高いんだとか。しかし、何らかの理由で一階の広間に連れ出されたところを偶然目撃しただけであるらしい。

「つい先日の事だそうです」

「わかった」

ベルメリアの言葉に頷いたフラン。

だが、すぐに慌てたようにベルメリアが言葉を続けた。

「今、ベイルリーズ伯爵家の権限において、オルメス伯爵別邸への立ち入り捜査の準備を進めています！　早まった真似はしないでください！」

知らず知らずの内にフランから立ち上っていた闘気を感じ、このままでは単身突っ込みかねないと考えたのだろう。

実際、フランはそのつもりだったと思う。ただ、俺としてもフランだけで伯爵邸に突っ込むのは反対だった。悪事を働いているとはいえ、貴族なのだ。

絶対にこちらが悪者にされてしまうだろう。ガルスを救出してそのまま国外に脱出する覚悟でもあれば別だが、俺にはそのつもりはない。

また、ガルスを確実に救出できるかどうかも分からないのだ。

「アシュトナー侯爵邸への立ち入りは難しいですが、オルメス伯爵への捜査という名目であれば許可が下りるはずです。絶対に。数日内に、必ず我々が動きます。その時にフランにも声をかけるので、それまでは様子を見てください」

ベルメリアが懇願するようにフランを見つめてくる。

『フラン、ここは領いておけ。ガルスの居場所を詳しく調べてもらった方が、救出できる確率は上がる』

「ん。わかった」

「あ、ありがとうございます」

ホッとした様子で胸をなでおろすベルメリア。フランとしては多少不満そうだが、ここはもう少し我慢してもらおう。

ただ、一度やる気になったことで戦闘スイッチが入ってしまったらしい。その体からは。闘気が滲むように漏れ出している。

それをフレデリックも察したのか、ここまでずっと閉じていた口を開いた。

「ベルメリア、黒雷姫に稽古を付けてもらったらどうだ？」

「え？　フレデリック？　何を言ってるのです？」

「格上との稽古は、得る物が多い。鉄爪との稽古でもそうだっただろう？　それに、黒雷姫も体を動かしたいのではないか？」

「ん！」

フレデリックの提案に、他でもないフランが最も乗り気だ。フレデリックの言葉を聞いた直後にはベンチから立ち上がり、俺を抜き放っている。

上がってしまったテンションの解消というだけではなく、純粋にベルメリアの技量に興味があるらしい。

「ベルメリア、やる」

「……わかりました」

ベルメリアもフレデリックの言葉を聞いて、フランのやる気をここで発散させるべきだと気付いたのだろう。フランの誘いの言葉に素直に頷く。

いや、それだけではなく、ベルメリアも意外と乗り気であるようだ。彼女もまた、戦いの中に身を置く人間だった。

二人が笑みを消し、中庭の中央で向き合う。

「抜かなくていいの？」

「はい。私の構えはこの状態です」

「分かった」

ベルメリアは手に何も持たず、一見無手の状態でフランと向き合う。だが、それは素手での戦いを得意としているという訳ではない。

鑑定で確認すると格闘術も使えるが、それ以上に短剣術、暗器術、投擲のレベルが高い。消音行動や気配遮断と組み合わせた、暗殺者チックな戦いが得意に違いなかった。

その時々で暗器などを出し入れして戦うのだろう。

まあ、フランにはあえて伝えないけど。その方がフランも楽しいだろうし、フランの特訓にもなる。

さて、フランは初見でどこまで対応するかな？

フレデリックが周囲を闇で包む術を使い、二人の姿が外から見えないようにした。それを合図に、模擬戦が始まる。

先に動いたのはベルメリアだ。

これは正しい選択だと思う。軽装なうえに、意表を突く戦法のベルメリアが格上であるフランの攻撃を待つ意味がない。それに、暗器で急所を上手く突けば、自分よりも強い相手でも倒せる可能性があるのだ。

暗器術のスキルを持たない俺から見ても、相当手慣れた手付きで何かを打ち出すベルメリア。どうやら、袖に仕込んであった鏃《やじり》のような物を投擲したようだ。

事前の殺気や気配を上手く抑えているし、挙動もほぼない。

しかし、少々焦り過ぎだったな。

フランに近づかれる前に攻撃を仕掛けようと考えすぎて、攻撃を放つ間合いが遠すぎだ。

普通のランクC冒険者であれば動揺を誘う事ができたかもしれないし、上手くいけばダメージを与えられたかもしれないが、フランには通用しなかった。

この距離であれば、フランなら見てから反応できるのだ。

軽く首を傾けるだけで、ベルメリアの投げた鏃をかわすフラン。そして、そのまま一気に踏み込むと、前蹴りの要領でベルメリアの鳩尾《みぞおち》を蹴りつけた。

「しっ」

「がふっ……！」

「へえ」

『ほう』

手加減しているとはいえ、今の蹴りを後ろに跳んでいなしたか。ダメージを食らってはいるが、動きが止まる程ではないようだ。

ベルメリアの基礎力は侮れないものがある。戦闘経験をもっと積めば強くなれるだろう。

それに、精神力も中々のものだ。

痛みをこらえて、前に出てくる。

「このまま終われるか！　はぁぁ！」

「む！」

両手に短刀を構えたベルメリアが、フランに躍りかかった。

直前に煙幕を発生させたうえ、ネットのような物を投げつける念の入れようである。本気になったということなのだろう。

フランは風魔術で煙と網を吹き飛ばしたが、その時にはすでにベルメリアが真横にいた。その姿を見て考え方を改める。

奇襲狙いの暗殺者タイプかと思っていたが、その短剣の技量は相当高かった。

しかも、かなりトリッキーなのだ。体の軽さや、短刀の攻撃力の低さを遠心力で補うためなのだろう。クルクルと独楽《こま》のように回転しながら、両手の短刀をフランに叩きつけている。しかもその一撃はほぼ全てが急所狙いだった。

『なるほど、これなら決まりさえすれば一撃で形勢逆転もありえるな』

彼女の師は、格上相手でも勝つ可能性がある戦いを仕込んだのだろう。

勝てない相手には逃げることが一番だと思うが、逃げられない場面、逃げてはいけない場面というのがあるからな。

とはいえ、やはりまだ経験不足。急所狙いが露骨すぎて、フランに攻撃の軌道を読まれてしまっていた。短刀での攻撃は俺で弾かれ、蹴りや拳をくらって度々吹き飛ばされてしまう。

しかし、ベルメリアの顔から戦意は薄れない。水色のポニーテールを振り乱しながら、フランに向かってくる。心もきっちり鍛錬を積んでいる証拠だろう。

「……」

そんな少女を、フレデリックが優しい顔で見つめている。

ベルメリアに戦い方を教えているのはフレデリックなのかな？　まるで父や兄のような表情だ。

その顔は、ベルメリアが立ち上がれなくなって模擬戦が終了するまで、全く変わらなかった。

だが、二人が戻ってくると、その顔は厳めしくしかめられる。

「まだまだ甘いな。修行のし直しだ」

「そうですね……。すべての暗器を防がれるとは思っていませんでした」

この二人の関係もよく分からない。ベイルリーズの姓を持つベルメリアと、その彼女にため口をきくフレデリック。一応、ベルメリアの部下扱いになっているようだが……。

種族も半竜人同士だし、何か事情があるのだとは思う。ただ、それを聞いていいものかどうか迷うのだ。貴族のドロドロした内情に首を突っ込みたくはないしな。

しかし、空気を読めない人がいたね。

「ねえ、ベルメリアとフレデリックはどんな関係？　同じ半竜人なだけ？」

うちのフランさんです。

ベンチに座ってジュースを飲みながら、世間話のテンションで普通に聞いている。

すると、ベルメリアは意外とあっさり答えてくれた。俺が思う程秘密の話ではなかったらしい。

「どんな関係と言われると難しいけど、守役に近いのではないのでしょうか？　元々は私の母に仕えていた警護役だそうだけど、父が私を引き取る時に、一緒にこの国へ来たそうです」

「じゃあ、お母さんはこの国にいない？」

「ええ。父は――私の父上は先日フランも会ったベイルリーズ伯爵です。母とはゴルディシア大陸へ派遣されていた時期に出会ったそうですね」

ゴルディシア大陸というと、大陸を呑み込むほど巨大な魔獣にそのほとんどを覆われた場所だったはずだな。確か、竜人の帝国があったという話も聞いたことがある。

「私の母は、父の世話役であったと聞いています」

そこで伯爵とベルメリアの母は男女の仲になり、ベルメリアが生まれた。

しかし、伯爵は派遣期間が終わって国に帰還せねばならなくなり、その時にベルメリアは伯爵に引き取られたそうだ。

無論、伯爵には妻子がいたが、貴族ということでその点は問題にはならないらしい。

「お母さんは、まだゴルディシア大陸？」

「ええ。母には何かお役目があり、ゴルディシア大陸を離れられないそうです」

「寂しい？」

「さて、どうなのでしょう？　記憶も殆どありませんし、そこまで会いたいとも思いませんが……。まあ、会えるのならば、会ってはみたいですかね？」

そう告げるベルメリアは、結構あっさりした様子だ。幼い頃に引き離されて、会わずに育ったのであれば、そんなものなのかもしれない。

むしろ辛そうな顔をしているのはフレデリックだった。肩をすくめるベルメリアをみて、悲しげに目を伏せている。母親の記憶がないベルメリアを憐れんでいるのかね？

ベルメリアとの模擬戦を行った日の夜。

「師匠！」

「オン！」

フランとウルシが高級宿のフカフカベッドから跳ね起きた。

『ちっ！　フラン、障壁！』

「ん！」

そして、俺は即座に転移を発動する。少しでもこの場から離れるために。フランはすでに障壁を全力で張り巡らせ、ウルシは影へと逃げこんでいる。

ドゴオオォォォォン！

俺たちが中庭の上空十数メートルへと転移した直後、フランが泊っていた部屋を中心に大爆発が起きていた。火炎魔術を叩き込まれたのだ。

障壁に防がれて俺たちには届かないが、障壁がなければ凄まじい熱量に襲われていただろう。相当高位の術だ。

『他の客だっているのに、無茶しやがる！』

「師匠、あいつ！」

『ああ！　ここからでもビンビン感じる。あの魔剣だ！』

中庭の中央に、その無茶を行った人物が静かに立っていた。何を考えているのか分からない無表情と、その右手に握られた半壊状態の剣。

あの姿を見間違えるわけがない。

それ以上に、自らの内から湧き上がってくる嫌悪感が教えてくれている。

あれは、奴だと。

『ベルメリアとフレデリックは無事か……？』

「わからない」

ベルメリアたちは隣に部屋を取っていたはずなのだが、気配がない。

敵襲を察知して気配を消したのか、それとも命を失ったせいで気配がないのか。

前者だとは思うんだが……。

『ウルシ、二人の安否を確認しろ！』

「オン！」

その間、俺たちは奴らの相手だ。これ以上魔術を連発されては、ベルメリアたちの安否を確認する前に宿が消滅する。それは防がねばならないのだ。

「――」

男は一切の感情を失った表情で、こちらを見上げている。

「あの剣、今度こそ倒す！」

『まずは退路を塞ぎたいところなんだが……』

追いつめても、空を飛んで逃げられては昨晩の二の舞いだ。

使えそうなのはグレート・ウォールかな？

だが、この狭い中庭では使えない。四方をあの術で作った巨壁で覆ったら、四畳半くらいの空間しか残らないだろう。それでは戦闘どころではない。

薄くしたら強度が足りなくて簡単に破壊されてしまい、あっさりと逃げられるしな。

宿ごと囲ってしまうことも考えたが、それをすると宿にいる人間が逃げることもできなくなる。結局、逃げられないように注意を払うしかないってことか。

『フラン、逃がすなよ！』

「ん！　任せて！　はぁ！」

再び魔剣の装備者が放ってきた火炎魔術を、同じように火炎魔術を放って相殺するフラン。そのまま眼下にいる男に向かって一気に駆け降りた。

「はぁぁぁ！　覚醒！」

覚醒したフランは空を蹴って加速すると、魔剣を手にした男に全力で斬り掛かる。

そこらの剣だったら、使用者ごと叩き切るだけの威力があったはずだ。

だが、男は魔剣を使ってその一撃をいなしてしまう。

魔剣が頑丈というだけではない。こいつ自身、かなり腕が立つな！

男を鑑定してみたが、剣聖術が5とハムルスよりも高い。各種スキルのレベルも高いうえ、剛力、腕力強化、高速再生といった強力なスキルを有している。明らかにハムルスよりも強かった。

そして、ハムルスと同じ『狂信』と『潜在能力解放』状態である。

だが、少しだけ気になる事があった。

ハムルスは潜在能力解放時に、再生、筋肉肥大、格闘術のスキルが追加されていたはずだ。しかし、目の前の男――ゴードンにはそれらのスキルがない。再生は高速再生があるので統合されたのかもしれないが、他の二つはどうしたのだろうか？

あの三スキルは剣が与えた物ではなかったのか？　潜在能力解放で、ハムルス自身の眠っていた才能が開花したことで得たスキルだったのかね。

まあ、剣を破壊してから考えればいいか。

『できればゴードンは生かして捕らえたいところだ』

「ん」

上手く話を聞ければ、背後にアシュトナー侯爵がいるかどうか、明らかにできるだろう。魔剣を逃がさず破壊して、ゴードンは殺さず捕獲する。

『高速再生があるから、多少は傷つけても平気だが……』

潜在能力解放状態である以上、もたもたしてたらすぐに死んでしまう。今も、生命力が減り続けているのだ。

その前に剣を破壊して、普通状態に戻さねばならなかった。

「はぁ！」

「――」

フランの狙いはゴードンの手首だ。まずは魔剣とゴードンを切り離し、その後魔剣に大火力を叩き込む。そう考えたのだろう。

ゴードンは高速再生を利用して、多少無理矢理でもガンガン攻めてくる。しかし、剣の腕で勝るフランは、ゴードンの動きをしっかりと誘導していた。

少しずつ自身の剣速を下げていき、ある時点で急激に加速したのだ。

ゴードンは突如上がったフランの剣速に付いてこられず、剣での防御が遅れてしまう。

フランの突きはゴードンのかざした魔剣をすり抜け、その手首に襲い掛かったのだが――。

「――」

ゴードンはギリギリで反応してみせた。

だが、回避したとか、突きを弾いたとかではない。なんと、ゴードンがあえて前に出て突きにその身を晒したのだ。

「っ！」

ゴードンの鳩尾を、俺が深々と貫いた。するとゴードンは魔剣を手放し、両手で俺の柄に掴みかかってくる。剛力と腕力強化スキルのせいで、かなり力が強いな。

俺も抜け出そうとするのだが、ゴードンが全身の筋肉を締め付けて俺を逃がさないように固定していた。本気を出せば振りほどけるが、この状態で暴れるとゴードンを殺してしまうかもしれない。

「汚い手を師匠から離せ！」

「――」

「はぁ！」

「――」

「あうっ！」

フランが俺の柄を握ったまま、ゴードンに蹴りを入れた。ゴードンの足やあばらがへし折れる音が響く。しかし、その程度ではゴードンはビクともしなかった。それどころか、ゴードンの足元に落ちていた魔剣の魔力放出に吹き飛ばされ、フランが俺から手を離してしまう。

『フラン！』

「くっ！　師匠！」

よかった。無事か。しかし、その後のゴードンの行動は俺たちの予想を超えていた。なんと背を見せてフランから逃げ出したのだ。

『こいつ……フランじゃなくて、俺が狙いだったのか！』

「待て！」

フランが追いかけようとしたところに、魔剣が立ちはだかるのが見えた。俺とフランを分断する気だ！

『させるかよ！』

「――」

俺は念動を使って、ゴードンの足をもつれさせる。そのまま片膝をついたゴードンの片足を、風魔術で破壊した。それでも俺を離さない。転移を使えば逃げられるんだが、それではゴードンが逃げるかもしれない。

このまま俺はゴードンを確保して、魔剣をフランに任せるか？

『だが、武器無しで魔剣の相手は……』

戻るかどうするか逡巡していると、高速で突っ込んだ魔剣の攻撃をフランが防いでいるのが見えた。障壁を集中させた拳で、受け流している。

いくら速くてもあれだけ直線的な攻撃では、フランを捉えきることはできないだろう。フランの拳が多少傷ついてしまったが、その軌道を大きく逸らすことができている。

その直後だった。

キィィン！

『我ニ従エ！』

機械で合成して作ったかのような、無機質で甲高い声が俺たちの頭の中に鳴り響く。

感覚で理解できる。フランの耐性スキルが発動し、何かを弾いたことが。

前は全てをスキル任せであったが、魔力の流れを操る訓練をした今なら、どの耐性スキルが発動したのか理解できる。

精神異常耐性と支配無効だ。

『フラン、大丈夫か！』

「ん？　今の声なに？」

大丈夫だな。鑑定しても異常はない。

だが、奴に確実に精神支配系の能力を使われたことは確かだ。ハムルスやゴードンの姿を見れば、人を操る能力があることは間違いない。斬った相手にもその効果を発揮できる可能性は十分にあった。

俺にも声が聞こえたのは、フランと繋がっているからだろう。

『我ニ従エェ！』

「うるさい」

『フラン、奴に斬られるな！　精神支配系の能力を持っている！』

「わかった」

地面に落ちている剣が、身じろぎするかのように微かに震えた。

支配できなかったことに驚いているように思えるのは、俺だけか？

いや、今は一刻も早くフランの下に戻ろう。耐性スキルが支配を防いでくれているが、何度も食らいたくはない。

俺は取りあえずゴードンを大地魔術で拘束することにした。これだけ強い相手ではそんな長く捕まえてはおけないだろうが、放置するよりはましだろう。

ゴードンの姿が岩の蔦に覆われて、呑み込まれる。その様子を見届けると、俺は転移でフランの手元に戻った。

『フラン、ただいま』

「師匠！」

『大丈夫か？』

「ん！」

転移でフランの下に戻ると、フランが抱きしめて出迎えてくれる。数秒間とは言え、俺を意図せず奪われた事が余程痛恨だったのだろう。

「許さない……！」

フランが、憎々し気な声で呟いた。

ここまで怒るフラン、久々に見たかもしれない。

「――」

このまま逃走するか、再度フランに襲いかかるか迷っている様子の魔剣。その挙動は、本当に感情があるように見える。

フランはそんな魔剣に対し、殺意をまき散らしながら斬りかかった。

「はぁぁぁ！　閃華迅雷！」

神速で距離を詰め、俺を振り下ろす。

だが、魔剣はその直前に大きく飛び退いていた。

『逃げる気か！』

いや、違っていた。

魔剣はフランから距離を取ると、魔力を撃ち出す。だが、フランに向かってではない。ゴードンが捕らえられていた岩の檻を吹き飛ばしたのだ。

少々手荒な方法だが、これでゴードンが解き放たれる。

魔剣はやはり長時間の単独行動が得意ではないのだろう。戦闘を継続するには使い手が必要なのだ。

魔剣が、手を伸ばすゴードンに向かって飛翔する。

『させるかよ！』

「はぁ！」

俺たちは、風魔術でゴードンを吹き飛ばして体勢を崩した。

そして、転移して魔剣に斬り掛かる。

俺が念動で魔剣の動きを封じ、フランが剣王技で攻撃。そのつもりだったんだが――。

『転移を察知された！』

魔剣は急加速してすでに俺たちの目の前にはいなかった。察知能力にも優れているらしい。そこに、起き上がったゴードンが突っ込んできた。魔剣を握っているわけでもなく、無手だ。

だが、こいつは格闘術も拳闘術もないのに、何をするつもりだ？　そう思っていると、そのままフランに覆いかぶさってきたではないか。それほど鋭い動きではないが、捕まってしまうとその膂力《りょりょく》によって大きなダメージを負うだろう。

しかし、フランも俺もこいつを攻撃することを躊躇ってしまった。すでに生命力が残りわずかだったのだ。ここで下手に攻撃したら殺してしまうかもしれない。

大きな手掛かりが失われてしまうのだ。

フランは咄嗟に後ろに飛び退いて、襲い来るゴードンをかわす。

その瞬間だ。

ドバン！

ゴードンの胴体が鈍い音を立て、内側から爆《は》ぜた。いや、違う。いつの間にか魔剣がゴードンの背後に移動し、真後ろから突進してきたのだ。

魔剣は自らに纏った魔力刃をあえて丸めてハンマー状にし、ゴードンの体を貫通するのではなく、その肉体が破裂するように仕向けたらしい。いくら高速再生を持っていても、上半身を粉々に破壊されてはさすがに即死だ。

『こいつ！　自分の使い手を殺しやがった！』

その所業に怒りが湧く。

『同じ魔剣として、こいつだけは許せん！』

存在そのものが不愉快だった。

俺の剣としての矜持みたいなものまで、穢《けが》されたような気がしたのだ。

魔剣は飛散するゴードンの血肉を目くらましにしつつ、魔力刃で攻撃してくる。その形状は再び変形し、複数に枝分かれした魔力刃がそれぞれ違う方向からフランに迫ってきた。

精神支配を警戒し、転移で距離を取る俺たち。

魔剣は追撃をかけてこなかった。むしろ、こちらが逃げることを予期していたようだ。一切速度を落とさず、超高速で俺たちの脇を抜けて宿の方へ向かって飛んでいく。

『やられた！』

「逃げる気？」

『違う！』

魔剣が飛翔する先に、人影があったのだ。

「逃げて！」

「くっ！」

「ベルメリア！」

それは、ウルシによって助け出されたベルメリアとフレデリックだった。宿の中で息を潜め、俺たちの戦いを見守っていたのだ。しかし、魔剣はその姿をしっかり捉えていたらしい。

フランの警告が聞こえたのか、ベルメリアが慌てて踵を返すが、遅かった。

あわやベルメリアが魔剣に斬られる寸前、隣のフレデリックがベルメリアを吹き飛ばす。

ベルメリアの体を貫くかと思われた魔剣の刃は、フレデリックの腕を深く切り裂いていた。

「ぐぁぁ！」

「フレデリック！　大丈夫？」

「だい、じょうぶだ！　しかし、この声は何だ？　俺を従わせたいなら、相応の力を示してみせろ！」

そうか、フレデリックたちを新たに支配して使い手にしようと画策していたのか！

だが、失敗したらしい。フレデリックは精神耐性を持っている。それが奇跡的に魔剣の支配を防いだのだろう。

だが、ベルメリアにその手のスキルはない。彼女が攻撃される前に決着を付けなくてはならなかった。

『跳ぶぞ！』

「ん！」

目を閉じて静かに力をためているフランを、転移で一気に魔剣の前へと送り込む。

転移を察知されるのは、すでに織り込み済みだ。

転移で室内に現れたフランに対して魔剣が魔力放出を放ってくるが、ディメンジョン・シフトでその攻撃を透過していた。

驚いた様子で体を震わせる魔剣に対して、フランは攻撃を受けても一切の動揺を見せなかった。

その集中力に、僅かな乱れもない。俺が、絶対に攻撃を防ぐと信じてくれているのだろう。

そして、カッと目を見開いたフランが、上段から俺を振り下ろした。

「……剣王技・天断」

『ギイイアァァァァ！』

すでに半ばから折れていた魔剣の刀身を、フランの放った剣閃がさらに切り落とす。同時に、甲高い悲鳴を上げる魔剣。

明らかにダメージは負っているが、その中に渦巻く薄気味悪い魔力は未だに失われていなかった。

核のような部分を潰さなくては倒せないのか……。

もう一発だ！　そう叫ぼうとした俺は、声を上げることができなかった。

『っ……！』

「師匠？」

『くうぅぁう！』

大きな力が流れ込んでくる感覚を前に、呻き声を上げることしかできなかったのだ。

どうやら、この魔剣を切ったことで共食いのスキルが発動したらしい。

強大過ぎる力に押しつぶされそうであるとか、暴走しそうであるとか、そういった事ではない。魔剣の魔力が流れ込んできたことで、嫌悪感で何も考えられなくなってしまったのだ。

少々汚い表現で申し訳ないが、汚物と生ゴミとくさや汁を混ぜて、それを全身に塗り込まれているような感覚とでも言おうか。とにかく、気持ち悪くて仕方なかった。生身があったら絶叫して転げ回っていただろう。

『ううおぉぉぉぉぉぉ！』

「師匠！」

魔剣がその隙を見逃すはずもなく、一気に加速して部屋から逃走していた。

「ウルシ！　追って！」

「オン！」

『ぐううぅぅ！』

三分後。

『……すまんフラン。もう大丈夫だ』

（ほんとに？）

『ああ』

俺が呻いている間に、またもや魔剣に逃走されてしまった。ウルシが何か情報を持って帰ってくればいいんだが……。

しかし、どうして共食いが発動したのか分からない。同種の相手を殺したら、力を吸収する能力のはずなんだが……。

俺たちは無機物で、すでに命がない。つまり死んでいるから攻撃してダメージを与えれば、即発動するってことか？　もしくは切断したことで、一部を殺した判定？　もしくは他の理由なのか。

それに、共食いが発動したのに、魔剣はなぜ動けた？　死んだんじゃないのか？

どちらにせよ、今後あの魔剣と戦う際は共食いを外しておかないと危険だな。また、あの感覚を味わうとか、勘弁してほしい。

だが、相手の力を吸収するということは、俺が強化され、魔剣が弱体化するってことだ。だったら嫌悪感は我慢して、共食いを使っていった方がいいかもしれん。うーむ……。

「フラン、大丈夫ですか？」

「ん？」

「途中で急に動きが鈍ったようでしたが……」

「あの剣は斬った者の精神を支配する力があった。影響はないのか？」

応急手当てを終えて近寄ってきていたベルメリアたちが、心配そうに聞いてくる。フレデリックはすでにベルメリアの所持していたポーションで傷を癒やしてはいるが、その顔は僅かに顰《しか》められている。

精神耐性で防いだとはいえ、支配スキルを食らったフレデリックだ。その恐ろしさは理解しているのだろう。

また、フランが操られてしまった際には、自分たちでは勝てないということも分かっている。それ故、警戒するようにフランの事を見つめていた。

フレデリックは、いつでもベルメリアを庇えるような位置取りだ。

「耐性スキルがあるから平気」

「そうか」

「よかったです」

どうやらその言葉に嘘がないと理解したのだろう。

ホッと胸をなでおろす二人。

その後、俺たちは宿の人間の救助に向かう事にした。あの爆発だ、しかもまだ宿の一部が延焼中である。これをどうにかしないとまずいだろう。

消火活動は水魔術の得意なベルメリアに任せて、俺たちは逃げ遅れた人間を探す。だが、怪我をして動けない人間は意外と少なかった。

元々が高級宿ということで、宿泊客が少ないのだ。さらに、ランクC以上の冒険者御用達の宿だったこともあり、半数が自力で逃げ延びていた。即死していなければ、何とかなったようだ。

勿論、一般の金持ち客もいたが、彼らには護衛などがおり、すでにその手を借りて避難を済ませていた。

結局、俺たちが救出したのは逃げ遅れた従業員一人だけである。その青年も、ヒールで傷を癒やしたうえで宿の外に誘導済みだ。

『一度中庭に戻ろう』

「ん」

『ゴードンの遺体を確保しないと』

この騒ぎだと、すぐに兵士たちがやってくるだろう。当然、ゴードンの遺体を見たらその不自然さから、事件に関係があるものと疑われるはずだ。遺体も押収されるに違いない。

『その前に、手がかりとなる遺体を押さえたい』

「ん」

俺たちが中庭に戻ると、すでにフレデリックがゴードンの遺体を検分しているところだった。

胴体は破壊されてしまったが頭部は残っているし、魔剣の正体に繋がる手がかりが残っている可能性はあるだろう。この場では難しいだろうが、もっと詳しく調べたいところだ。

「何か分かった？」

「多少は」

ほう？　それは聞き捨てならないな。

少し見ただけで、何か分かったと？

「教えて」

「まずこの男の素性だが、間違いなくベイルリーズ伯爵家の配下であった、ゴードンという男で間違いない」

「ハムルスと同じ？」

「ああ、内偵中に行方不明になっていた」

ゴードンも、ハムルスと同様にフレデリックたちの同僚だったらしい。顔には哀悼の色が浮かんでいるが、その中にはやや訝《いぶか》し気な表情もあるように思えた。

「だが――」

「だが？」

「ゴードンは我らやハムルスのような実働部隊ではなく、監視などを担当する部署だった。当然鍛えてはいるが、戦闘力は低かったはずだ。短時間であっても、黒雷姫と正面からやり合えるような実力はなかったはず」

「魔剣の力で潜在能力が解放されてた」

「ふむ。それはそうなのだろうが……」

潜在能力が解放されていたことで、実力が底上げされていたってことだろう。しかし、フレデリックには違和感が残る点があるらしい。

「ゴードンは剣で戦っていたな？」

「ん」

「だが……ゴードンは槍使いで、剣の腕は大したことがなかったはずだ」

潜在能力解放は、元々持っている能力が増大する状態である。再生や筋肉肥大といった肉体強化系のスキルであれば、潜在能力が解放されたことで眠っていた才能が目覚めたという考え方もできるだろう。

だが、剣術の腕前だけが上昇するなんてことはあり得るか？　元々低レベルの剣術を所持していたとはいえ、剣聖術に変化するほど強化されるのはおかしい気がする。

しかも、より高レベルだったという槍術は変化した様子はなかった。

「それに、火炎魔術もそうだ。ゴードンは初級の土魔術が使える程度で、火魔術は一切使えなかった」

「でも、火炎魔術つかってた」

「ああ。俺も見た」

剣聖術に火炎魔術……。どちらもそう簡単にゲットできるスキルではないはずだ。それこそ、俺のような能力が無い限り。

「魔剣の能力？」

「……分からん。だが、使い手を操り、新たなスキルを複数与えるような規格外の魔剣が存在するのか……？　死霊でないことは、間近で見て確信したが」

フレデリックも、やつがアンデッドソードではなく、魔剣であるということは理解したらしい。それは、俺の共食いが発動したことからも確かだ。

それどころか、インテリジェンス・ウェポンである可能性が高まった。でなければ共食いが発動した理由に説明がつかないからだ。

「斬られた時に声がした」

「俺もだ。我に従え、そう言っていたな」

「ん。あの剣に、意思がある」

「っ！　インテリジェンス・ウェポンだというのか！　いや、だが確かにあの声は……」

フレデリックが目を見開いて驚いているな。

インテリジェンス・ウェポンは伝説級の存在であると言われている。それがこんな場所に存在して、破壊をまき散らしている可能性があるとなれば、驚くのは当然だろう。

だがフレデリックの驚きは、それだけではないようだった。

「まさか……ゴルディシア以外にも存在していたとは……」

「どういうこと？」

「ゴルディシア大陸には、一振りのインテリジェンス・ソードがある」

フレデリック曰く、なんとゴルディシアの悲劇の主人公でもあるトリスメギストスの愛剣が、意思を持った武器なのだという。天才的な錬金術師であったトリスメギストスが、自らの持つ知識を総動員して、苦心の末に作り上げたらしい。

神罰によって、自らが生み出した深淵喰らいを滅ぼすまで永遠に戦い続ける定めを負った彼は、今でもその愛剣とともにゴルディシアの地で戦い続けているそうだ。

もしかして、俺を作ったのってトリスメギストスだったりしないよな？

神級鍛冶師ではないようだが、基となる廃棄神剣などがあれば可能性はゼロじゃないんじゃないか？　何せ世界を滅ぼしかけるような天才錬金術師だ。

『ゴルディシア大陸……』

いずれ、行くことになるのだろうか？

魔獣に支配された、滅びの大陸か……。

俺がはるか遠い大陸に思いをはせる間にも、フランとフレデリックが検証を続ける。

「あと、手がかりになりそうなのはこれ」

「魔剣の欠片《かけら》か」

フランが取り出したのは、切り落とした魔剣の刀身だ。正体に迫れる可能性はあるだろう。魔力の大部分が抜けたおかげで、すでに嫌悪感は大分薄くなっていた。

『……うーん。素材は……俺の刀身に似ている気がするんだが……』

俺には鍛冶スキルがあるので、ある程度の見分けは付く。少なくとも鉄ではない。

ハッキリとこの金属の正体が分かるわけではないが、最も近いと思われるのは俺自身に使われている不思議金属であった。

確か、神級鍛冶師だけが使えるオレイカルコスという金属だったはずだ。

ただ、神級鍛冶師だけが扱えるというだけあって、通常の鍛冶スキルでは特別なものかどうかが分からない。あのガルスでさえ、俺の刀身の素材を理解できていなかったからな。それでも、俺と魔剣を構成する金属がとても似ているということは分かった。

だがそうなると話がよりややこしくなる。

何せ、あの魔剣が神剣の可能性さえ出てくるからだ。まあ、アースラースに見せてもらったガイアと比べたら遥かに弱い魔力しか感じなかったし、神級鍛冶師がオレイカルコスを使って作った、神剣未満の魔剣という可能性が高いと思うが。

そう考えると、俺が共食いを発動できたことも納得できる。神級鍛冶師が作った、同じ素材でできたインテリジェンス・ウェポン。同種と言っておかしくはないだろう。トリスメギストスが作ったというよりは、可能性が高そうだ。

「これを調べたいのだが、預けてもらえないか？」

（師匠？）

「調査が終われば、必ず返そう。フランの戦利品だからな」

まあ俺たちが持っていてもこれ以上は自力で調べられんし、貸し出すということなら構わないだろう。

『いいと思うぞ』

「ん。わかった」

ゴードンの遺体を前にフランとフレデリックが話をしていると、ウルシが戻って来た。

「オン！」

「ウルシ、おかえり。何か分かった？」

「オン！」

お、ウルシが自信満々だ。どうやら追跡は上手くいったらしい。

「……もしかして、アシュトナー侯爵の屋敷？」

「オン！」

フランの問いかけに、ウルシは大きく頷いた。まじか？　フランも、とりあえずアシュトナー侯爵の名前を出しただけだったんだが、いきなり正解だったとは。

「本当に？」

「オンオン！」

フランが疑わし気に聞き返すと、ウルシが必死に信じてちょうだいアピールをする。これは、本当にアシュトナー侯爵の屋敷に逃げ込んだらしい。

前回はわざわざ住宅街で気配を断って、後をつけられないように警戒していたのに……。今回はやけにあっさり逃走先を突き止められたな。

いや、フランの剣王技でダメージを負っていたせいで、追っ手を撒《ま》くような余裕がなかったのかもしれない。共食いで、俺に力の一部を吸収されているだろうし。

因みに、共食いの結果俺の保有魔力、耐久値が５０ずつ上昇していた。微妙な気もするが、魔剣の力を完全に吸収できればかなりの強化が期待できそうでもある。あの凄まじい嫌悪感に耐えられればの話だが。

「その狼が魔剣の逃げた先を突き止めたのか？」

「ん。アシュトナー侯爵の屋敷」

「本当か？」

「ん。信用できる」

「ガウガウ！」

フランに疑われた時には下手に出て「信じてくださいよ～」的な反応だったのだが、フレデリックの言葉に対しては「なんだと？　俺の言葉が信じられないのかテメー？」って感じの反応だった。ガンを飛ばしてフレデリックを睨んでいる。

犬サイズの状態でもそれなりに迫力はあるんだが、フレデリックは全く怯んでいない。さすがだな。

「睨まない」

「オン……！」

フランがウルシの頭をペシッと叩いて注意する。するとウルシは「だって！」という表情でフランを振り返った。しかし、フランはウルシを無視して話を進める。

「アシュトナー侯爵家にいく」

「いや、ちょっと待て」

「クゥン……」

うん、頑張れウルシ。

「ここで無理やり突入しても、断罪の証拠を発見できなければ、こちらが追及されて終わるだけだ。再度の捜査をするには、長い年月を要するだろう。慎重になれ」

「むぅ……」

「ガウ！」

ウルシが再びフレデリックを睨む。意訳すると「テメー、なに姐《ねえ》さんに意見してやがんだゴラァ！」だろうか？

「ウルシ」

「オフン……」

再びフランに頭をペンと叩かれ、ウルシは「ちっ。今回は見逃してやる」的な態度でフレデリックから視線を外した。この子、こんなにチンピラみたいな子だったかしら？

結局、このままここにいては再び襲撃を受ける可能性もあるし、場所を移動することにした。目指すのは貴族街にある、最初にベイルリーズ伯爵と出会ったあの隠れ家だ。

水魔術が得意なベルメリアとともに火を消すと、そのまま宿を後にする。

道中で、魔剣がアシュトナー侯爵邸へと消えたという話をすると、ベルメリアは納得した様子で頷いていた。

「やはり、関与していたようですね。アシュトナー侯爵家に立ち入るための理由が一つ増えた」

「あの狼が見た物が本当であれば、だ。裏取りをせねばならない」

「ガウ！」

フレデリックの言葉に反応したウルシが、「俺が嘘ついてるって言うのか！　ああ？」って感じに唸る。いや、普段はもう少し可愛いやつなんだが、フレデリックには妙に絡んでいくんだよな。

同族嫌悪なのかね？　スキル構成も似ているし、自分のポジションを脅《おびや》かしそうなフレデリックに対抗心を抱いているのかもしれない。

一応狼だし、集団での自分の立ち位置を気にしているのだろう。

『同族嫌悪か……』

俺があの魔剣に対して感じる嫌悪感も、同じものなのだろうか？

強大な力を持った魔剣であり、独立した意思を持って独自で行動が可能。さらには使用者にスキルなどを与えて、通常ではありえない程強化することができる。

勿論、これらの情報が確定している訳ではないが、現状では俺に似た力を持ったインテリジェンス・ウェポンである可能性が高かった。

あまりにも似通っている。似すぎている。

俺はあいつのやり方に怒りを覚えた。だが、ハムルスは潜在能力解放状態が長く続いたせいで死んだのだ。それは俺たちにだって起こり得る話だった。俺も奴も、使い手に死をもたらす可能性がある危険な剣である。

認めたくはないが、そんなところまでソックリだった。

『うーん』

（どうしたの？）

『いや、ちょっとな……。あの魔剣と俺、似ているのはなぜかと思っただけだ』

（似てない）

『いや、外見は似てないが、能力はかなり似てるだろ？』

良いところも悪いところも、似すぎている。

しかし、俺の言葉をフランがいつになく強い声で否定した。

（似てない！　あいつは使用者を殺した！）

『だが、潜在能力解放を使い過ぎれば命を落とすのは、俺たちも同じだ。途中で止めたかどうかの差でしかない。まあ、ゴードンを殺したのは確かだが……』

（似てない！　あいつは自分で使用者を殺した。師匠はいつも私のこと考えてくれてる。全然違う）

『……そうか？』

（ん！　あいつは悪い剣。師匠は善い剣）

正直、俺としてはあいつと俺にそこまで大きな差は無いように思える。使い手に対するスタンスの差だけだ。だが、フランが違うと言ってくれるのなら、きっと違うのだ。

そう思う事にしよう。

そんな風に考えただけで、心のもやもやが晴れるのが分かった。我ながら現金なものだ。

『……ありがとな』

「ん！」

第五章　狂信の兵士たち

魔剣の襲撃を撃退した後、俺たちは貴族街の屋敷へと退避してきていた。ベイルリーズ伯爵と初めて出会った、あの屋敷だ。

本当ならベイルリーズ伯爵に色々と報告して、フレデリックたちと今後の動きを相談したかったんだが……。

『フラン、そろそろ起きよう』

「うにゃ……」

『ほら、伯爵と今後の相談とかもしないといけないし』

「にゅむ～……」

昨晩はフランの眠気が最高潮すぎて、全く話ができなかった。ベイルリーズ伯爵がわざわざ出迎えてくれたのに、立ったまま寝てたからね。

伯爵が大らかなタイプで本当に良かった。笑って許してくれたのだ。とはいえ、さすがに今日も待たせる訳にもいかない。

『ほら、起きて起きて』

「む～……」

『はい、顔拭くぞー』

「むゆー」

『寝癖直すからちょっと動くなよ』

「うぁ〜」

なんてやり取りをすること一五分。

「おはよう師匠」

『おう。おはよう』

フランはなんとか目を覚ましたんだが、次はお腹をさすりながら切なそうな顔をしている。

「……お腹減った」

『はいはい。とりあえずこれでもお腹に入れておけ』

昨晩は戦闘の後、ろくに食事もせずに眠ったからな。絶対に朝からハラペコ状態なのは予測していたのだ。

おにぎりやサンドイッチなどの軽食を取り出して、フランの前に並べる。

屋敷でも朝食を用意してくれているだろうが、フランの食い意地には対応しきれんだろう。先に小腹を満たしておいた方がいい。

『ウルシも喰っとけ』

「オン！」

「もぐもぐ」

そんなこんなでさらに一五分後。

「オフオフ！」

「むぐむぐ」

フランとウルシがベイルリーズ伯爵邸の食堂で、二度目の朝食を貪っている時だった。

「どういうことなのですか！」

「——……」

「私が外されるなど、納得がいきません！」

「——……」

大きな怒声が二階から聞こえていた。

『ベルメリアの声だな』

「ん」

誰かと口論しているようだが、相手の声は聞こえない。ベルメリアが余程大きな声で怒鳴ったのだろう。

「失礼します！」

ベルメリアの声とともに、扉が乱暴に閉められるバンという音が響く。

次いで階段を駆け足で降りてくる音が聞こえた。やはり食堂に駆け込んできたのは、顔を紅潮させたベルメリアだ。

「もぐもぐベルメリア？」

「フラン……」

「どうしたの？」

「いえ、なんでもないのです……。すみません」

フランと顔を合わせたベルメリアは、一瞬その動きを止める。だが、すぐに俯くと、小走りでその場を去って行ってしまう。

(ベルメリア、泣いてた)

『ああ』

一体何があったのだろうか？　充血した目の端に涙を浮かべ、歯を食いしばるベルメリアの姿は、今にもその場に崩れ落ちそうな儚さを感じさせた。

あのフランが食事する手を止めて、ベルメリアを追うかどうか悩んでいる。そのくらい、弱々しかったのだ。だが、フランがベルメリアの後を追うことはできなかった。

新たに食堂に入ってくる人物に、呼ばれてしまったのだ。

「黒雷姫、シドレ様がお呼びだ」

「ベルメリア、どうしたの？」

「……気にするな」

「気になる」

「……俺が話すことはできん」

口が堅そうなフレデリックが言えないという以上、追及しても教えてはくれないだろう。

『フラン、ここで言い合っていても話が進まない。とりあえず伯爵のところに行こう』

「……わかった」

フレデリックがどこかホッとした様子でフランを案内する。

通された執務室の中では、疲れた表情のベイルリーズ伯爵がソファに座り込んでいた。全体重を後ろに預け、驚くほど無防備だ。よほど、ベルメリアとのやり取りで精神的に参ったのだろう。

しかし、すぐに居住まいをただすと、ぎこちない笑顔でフランを出迎えた。

「来たか、黒雷姫。早速今後の予定を話し合いたい。いいかな？」

「ん」

「まず、様々な情報を感謝する。おかげでオルメス伯爵の別邸への立ち入りは問題なく許可が下りた。侯爵家と言えど、王命には異を挟めんからな」

オルメス伯爵別邸は、今ではアシュトナー侯爵家の所有物だが、事件の捜査という名目には逆らえないのだろう。いや、以前であれば逆らっていたのかもしれない。しかし、失態を繰り返したことで権勢が衰え、逆らえなくなったようだ。その派閥からは人が減り、発言力も低下した。

そのせいで、裏から手を回すこともできなくなったに違いない。また、侯爵本人が体調不良を理由にして登城しないこともあり、他の派閥からも侮られるようになってしまったそうだ。

「さすがに侯爵邸への立ち入りはまだ許可が下りていないが、別邸の捜査で証拠が出れば、それを理由に本邸への捜査も可能になるはずだ」

「ん。私はどうなる？」

「君には今日の夜のオルメス邸への突入時に、力を貸してもらいたい。どうかね？」

今日？　メチャクチャ早かったな。フランもそう思ったらしく、驚いている。

「今日の夜？　早い」

「時間をかければ感づかれる恐れもあるからな。何かマズいかね？」

「ううん。それでいい」

「そうか。一応、コルベルトと同じ外部から雇った協力者という扱いになる。現場ではコルベルトの指示で動いてもらうことになるが、構わんかな？」

「ん」

「感謝する」

頷いたフランを見て、なぜかベイルリーズ伯爵が安堵した顔をしている。フランが待ちきれずに一人で突っ走らないか心配だったのか？

「君の実力は知っているが、この場合はコルベルトの方がやり方を分かっているからな」

今の言葉で分かった。ベイルリーズ伯爵は、フランがコルベルトに勝利した試合を見ているのだ。それ故、フランがコルベルトの指示に従う事が不服だと言い出さないか、不安だったのだろう。

コンコン。

「誰だ？」

「コルベルトです」

そこにタイミングよく現れたのが、そのコルベルト本人だ。しかし、その顔には困惑の色が浮かんでいる。

「あー、すいません。そこでベルメリア嬢ちゃんとすれ違ったんですが、何かありましたか？」

おお、いいぞコルベルト。俺たちが聞きづらかったことをサラッと尋ねた！

「……少しな。今夜のオルメス伯邸の捜査から外すと告げたのだが、納得がいかなかったらしい」

「ベルメリア嬢ちゃんを外す？　なぜです？　あれで、腕は確かだと思いますが？　少なくとも、斥候としての腕は俺以上だ」

「それは買いかぶりだよ。多少腕は立つようになったが、まだまだ未熟。お前たちのような強者には及ばない」

戦闘力だけを比べたら確かにそうだろう。伯爵の言葉は正しい。

だが、ベルメリアの真骨頂は、コルベルトの言う通り斥候技能にある。むしろ屋敷内の捜索に関しては適任だ。それが分からない伯爵ではないと思うが……。

何か他に理由があるのだろうか？

「ベルメリア、泣いてた」

「む……」

「連れて行っちゃダメなの？　ベルメリアは役に立つ」

「……分かっている。だが、未熟者を連れて行けるほど、甘い現場ではないのだ」

フランの言葉に弱い口調で答える伯爵。だが、嘘だな。それはコルベルトにも分かったらしい。鋭い目で伯爵を見つめている。

「伯爵。ベルメリア嬢ちゃんが可愛いのは分かりますが、あいつはもう一人前です。いつまでも危険から遠ざけておくわけにはいかんでしょう？」

「……むぐ」

色々ともっともな事を言いつつ、単に過保護なだけだった。伯爵の狼狽した表情を見れば、コルベルトの指摘が的を射ているということが分かる。

優秀な武人とは言え、親は親ってことなのかね。

「そう思ったから、フレデリックと組ませて経験を積ませているんじゃないんですかい？」

「と、とにかく！　今回の立ち入りにベルメリアは連れて行かない！」

その言葉にコルベルトが呆れたように首を振り、フレデリックが落胆したように肩を落とすのだった。

「こ、これは決定事項だ！」

「どうしても？」

「うむ！」

話は終わりだというベイルリーズ伯爵に部屋を追い出されたフランたち。

コルベルトが呆れた様子で溜息をついている。

「はぁ。フレデリック、ベルメリア嬢ちゃんを追わなくていいのか？」

「ああ。部屋にいるようだし、今はそっとしておく方がいい。今声をかけても、頑なになるだけだ」

「さすが、教師役なだけあるな。分かってるじゃないか」

ベルメリアの教師役はやはりフレデリックだったか。だからこそ気安い関係なのだろう。

ただ、俺は一つ気になることがあった。ベイルリーズ伯爵が過保護なのは分かった。過保護というよりは心配性って感じだったけどね。

だが、だとしたらどうして戦士や密偵として育てているんだ？　本当に心配だったら、深窓の令嬢として育てればいい。貴族の中には戦いのことなど知らない、日がな一日習い事をして過ごすような少女たちだって多いだろう。

妾の子供だとしても、認知しているようだし、それなりの教育を受けさせることも可能なはずだ。

フランがその疑問を口にすると、フレデリックとコルベルトが答えてくれる。

「色々と事情があるのだ……」

「ま、ここで立ち話もなんだ。下で茶でも飲みながら話そうぜ」

コルベルトの提案通り、食堂でお茶を飲みながらベイルリーズ伯爵家や、ベルメリアの事情を教えてもらう。

まず、なぜベルメリアに戦闘技術を教え、戦士として育てたのかという疑問の答えだが、それは単純に家風であるからだという。

「ベイルリーズ伯爵家は武の名門。男女問わず、騎士としての教育を受け、軍に入団する。妾の子と言えど特別扱いは許されん」

「むしろ、妾の子だからじゃないか？　これでベルメリア嬢ちゃんだけを特別扱いしたら、本妻よりも妾の方を愛しているに違いないなんて話になる」

「そうだ。そうなって最も傷つくのは、結局ベルメリアだからな。シドレ様も心を鬼にして、ベルメリアを鍛えていた」

「ま、あの奥方に睨まれたら最悪だからな。何度か会ったことがあるが、おっかねー人だったぜ？　冒険者なんか盗賊の親戚ぐらいに思ってるんだろうな。虫けらでも見るみたいな目で見てくるんだ。それでいて、それを取り繕う外面の良さも持っててよ。これぞ貴族の奥方って感じだったな」

なるほど、母親と遠く離れてベイルリーズ伯爵家で暮らすベルメリアにとって、本妻との仲というのは重要なことだろう。

「まあ、だからこそ妾の子であってもそれを理由に邪険にはしないんだろうがな。妾なんて貴族としては当たり前の話だし、妾腹としての分を弁《わきま》えた態度でいれば、目くじらを立てることもないだろう」

肩身の狭い思いをさせないようにと考えたら、むしろ厳しくせねばならないらしい。少なくとも、本妻の子よりも優遇することは、何があっても許されないに違いない。

ただ、そこでまた新たな疑問が生まれた。

「……ベルメリアは騎士じゃないの？」

ベイルリーズ伯爵家の人間は、騎士になるべく教育されるという。だが、ベルメリアは密偵として育てられている。妾の子でも、伯爵の娘であれば騎士にはなれそうなものだが……。

しかし、それは妾腹云々という話とは別の話であるらしかった。むしろネックになっているのは、種族であるという。

「種族？　半竜人？」

「ああ。クランゼル王国では、我らのような半竜人だけではなく、竜人自体が特別な身分を得ることが許されていない。そこには当然、騎士に叙勲されることや、公の組織の要職に就くことも含まれる」

「なんで？」

「竜人は忌種と言われているからな」

「忌種？　嫌われてるの？」

「ふふ。そうだな」

フランの不躾な言葉に、フレデリックは苦笑いする。

ただ、長年虐げられてきた黒猫族であるフランの言葉だからだろうか。気分を害した様子もなく、竜人が各国でどのような扱いを受けているのか丁寧に教えてくれた。

「ゴルディシアの悲劇を引き起こしたトリスメギストスは、竜人の王だった。それが最大の原因だ」

「でも、竜人全員が悪いわけじゃない」

「いや。神の裁きを受けたのはトリスメギストスだが、竜人は彼の王を熱烈に支持し、その後押しをした。世界を征服し、優良種たる竜人の下に世界を繁栄させるなどという下らぬ妄想を抱いてな」

トリスメギストス個人が悪いのだと思っていたが、実情はそうではないらしい。竜人族全体が、彼の野望と研究を歓迎していたようだ。

「そして、竜人族の傲慢と強欲の結果が、世界を滅ぼしかけた伝説の事件だ。竜人族の侵略に悩んでいた各国は、神罰を下されたということを理由に竜人族の排除に乗り出した」

神罰によって、厄介者を排除する口実を得たってことらしい。

「表向きは神罰を受けた罪深い種族であるとしていたらしいが、裏では種族として野心や向上心の強い竜人族を恐れていたのだろう」

「まあ、竜人族は種族として強力だからな。人間種からしたら目の上のたん瘤《こぶ》だったんだろうよ。今でも蟲人族、ハイエルフと並んで恐れられているしな」

竜人族が強いのは何となく分かる。何せ竜だし。だが、蟲人族とハイエルフ？　竜人に並ぶほど強いのか？　フランも知らないらしく、首を傾げている。

「嬢ちゃんは知らないか？　最凶の竜人。最狂の蟲人。最強のハイエルフ。そんな風に言われているんだぜ？」

竜人は、大陸一つを支配する程の軍事力と、個としての強さを兼ね備えた種族でありながら、自分たちも周囲も不幸にしたという意味で、最凶。

蟲人族は、個体差があるものの、戦士階級の者たちは圧倒的な能力を生まれつき備えているらしい。その戦闘力は、最低でもランクC冒険者レベル。さらに国家への忠誠心が強く、人間とは違う価値観を有しているため、人間から見ると狂っているとさえ見えることがあるそうだ。それ故、蟲人族には最狂という冠が与えられているらしい。

「半蟲人には会ったことがある。普通の人だった」

エリアンテだって半蟲人だが、どう見ても普通だった。だが、それは半分人種の血が混じっているからであるらしい。

「ああ、半蟲人はな……。純血の蟲人。しかも上位種は大分違うんだ」

蟲人は生まれた時から、指導者層の貴種。戦闘特化の闘種。文官のような役割の導種。他国で言う平民にあたる民種の四階層に分かれるそうだ。

しかも、貴種の子供だからといって貴種になるわけではなく、生まれる子の種族は完全にランダムであるという。民種の両親から貴種が生まれることもざらにあった。

そんな四階級の蟲人の中でも、貴種、闘種、導種は、生まれながらに王族への帰属意識と忠誠心が刻み込まれており、民種とくらべて理解し難い部分が多いらしい。

「民種になると、とたんに普通の人と変わらない感じなんだけどな」

「外見も能力もな」

面白いな。もしかして上位種は某ライダーのような外見なのだろうか？　非常に興味がある。いつか蟲人の国にいってみたいものだ。まあ、安全だったら、だけどね。

そして最後にハイエルフである。エルフというのは長寿であるが故に、非常にのんびりとした性格をしている。しかも年を取る程にその性質は強まり、三〇〇歳を超える頃には日がな一日寝て過ごすようになるそうだ。

だが、時にエルフらしからぬ好奇心と行動力を発揮し、齢を経ても自らを鍛え続ける個体が出現する。そんな特別なエルフが数百年かけて延々と成長し続けることで、進化を果たすのだ。

それがハイエルフ。全世界に数人しかいないものの、どの個体もランクSレベルの強さを有しているという。

ただでさえ魔力に優れたエルフが、数百年間成長し続けるのだ。その力が圧倒的であろうことは、想像に難くない。

「おっと、話が逸れちまったな。ともかく、クランゼル王国では竜人の血を引いている限り、騎士にはなれんということだな」

「だが、ベイルリーズ伯爵家で育てられる以上、ベルメリアを鍛えることはせねばならない。結果として密偵として育てられることになったのだ」

「将来的には正妻の息子たちに仕えて、ベイルリーズ伯爵家の役にも立つしな」

つまり、怖い奥方様に対して役立つことを示せるうえ、騎士の下に見られる密偵という存在になることで分を弁えてますアピールにもなるわけだ。

「とはいえ、伯爵からしたら唯一の娘だ。本当はベルメリア嬢ちゃんが可愛くて仕方ないのさ。本妻の手前、大声じゃ言えないんだろうがな」

「だから、危険な任務から外した？」

「ああ。そうだろう」

「ベルメリア嬢ちゃんは不服だったみたいだがな。親の心子知らずとは言うが、この場合は逆だろうな。明らかに過保護すぎる」

「……気持ちは分かるがな」


三〇分後。

ベイルリーズ伯爵家の事情を少しだけ聞いた後。ベルメリアが落ち着くのをお茶をしながら待っている時だった。

「……コルベルト。知り合い？」

「いや、殺気をまき散らしながらコソコソ近寄ってくる奴らは、知り合いにいないな。フレデリック？　伯爵の部下とかか？」

「ないな。俺はベルメリアのところに行く。お前たちは対処を頼む。できれば何人かは生かして捕えろ」

この会話の元凶は、殺気を発しながらこの屋敷を包囲しようとしている謎の気配たちであった。どう考えても敵の襲撃だろう。さらに言うのであれば――。

『フラン、魔剣かもしれん』

（ほんと？）

『こいつらの魔力にあの気色悪い魔力が混じっている』

離れていても、俺の内に湧き上がる嫌悪感に間違いはない。魔剣の発していた魔力と同種のものだ。

（わかった）

『ただ……』

（ただ？）

問題もあった。なぜかこの気持ち悪い魔力の発生源が複数あったのだ。最悪、あの魔剣が複数ある可能性があった。

（……全部壊せばいい）

フランがこともなげに言った。

その言葉に、力が抜ける。いや、いい意味でだよ？

『だな。魔剣が出たら正真正銘全力だ』

（わかった）

エリアンテ、すまん。ちょっと周りに被害が出るかも。だが、あの魔剣は放置できない。出たら確実に仕留めなくては。

だが、やる気満々のフランに、フレデリックが釘を刺してくる。

「いいか。正当防衛を主張するためにも、先に手を出すことはできない。そこだけは心得てくれ」

つまり受け身にならざるを得ないということか。伯爵の部下としては、そういった部分にも気を配らねばならないのだろう。

フレデリックがベルメリアの下に向かった数分後。

屋敷の中では警戒態勢が整っていた。兵士たちのレベルも高いこの屋敷内で、包囲を狭めてくる謎の気配たちに気付いていない者はいないだろう。

だが、襲撃者の初手は、彼らの想像の範疇《はんちゅう》を超えているものであったらしい。

ゴオオオオォォォォォ！

「い、いきなりデカい魔術ぶっ放しやがった！」

屋敷に複数の魔術が着弾したのだ。俺たちがいた部屋には影響はなかったが、赤い火炎の舌が伸びて、空間をオレンジに染めるのが窓越しに見えた。多分、インフェルノ・バーストを敷地の外から放った奴がいるのだろう。

それ以外にも、風魔術や土魔術が屋敷に穴を開けたようだ。コルベルトも驚いた顔をしている。

「王都の貴族街で派手な真似をするとは！」

「どういうこと？」

「あのな！　ここは王のお膝元だぞ！」

宿のあった商業地区とは違うのだ。周囲はすべて貴族の屋敷であるし、王城にも近い。

「貴族ばかりのこの場所で騒ぎを起こしたら極刑は確実だ！　たとえ侯爵でもな！」

だからこそ、屋敷の人間たちはこれ程目立つ騒ぎを起こすわけはないと思っていたらしい。屋敷に侵入してからの、近接戦闘での暗殺や制圧を狙ってくると考えていたんだろう。

その裏をかかれたことで、屋敷内の気配が揺らいでいるのが分かった。

後がなくなったアシュトナー侯爵家が、破れかぶれになったんだろうか？　どちらにせよ、敵は一筋縄ではいかないようだった。

「フラン嬢ちゃん、二手に分かれるぞ。俺は正面にいく。裏口を任せていいか？」

「ん」

「よし、行くぜ」

本当は魔剣のいる方向へ向かいたかったのだが、どうやっても気配の所在が掴み切れない。魔剣の魔力が消えたのではなく、弱い反応が複数存在していた。

『とりあえず目視して確かめよう』

「ん！」

『ウルシ、屋敷の周辺に怪しい奴がいないか探ってくれ』

「オン！」

そして、フランが裏口に到着した時、すでに敵は屋敷への侵入を果たしていた。

俺たちの前にいるのは二人。冒険者風の男たちだ。だが、その異様な姿を目にして、俺もフランも唖然としてしまっていた。

『こ、こいつら……』

「剣、刺さってる」

『セルディオたちと同じだ！』

背筋に沿うように、不気味なエストックが差し込まれている。ハンドカバーに苦悶する男の顔が彫り込まれた、異様な迫力があるエストックだ。

その状況も、刺さっている魔剣の姿も、セルディオたちの時の状況に酷似していた。

鑑定すると、この魔剣には鑑定が利いた。まあ、分かったのは名前だけなんだが。しかし、その名前はさらっと流すことができないものだった。

『疑似狂信剣？』

「狂信剣？　どっかで聞いたことある」

『ウルムットで、ルミナに見せてもらった巻物だ！』

ウルムットのダンジョンマスターにして、黒猫族のルミナが持っていた神剣の名前が記してあった巻物。そこに載っていたはずだ。

『狂信剣ファナティクス……』

「じゃあ、あれ神剣？」

『疑似ってことは、本物じゃない。多分、コピー品とかだと思うが……。絶対に油断するな！』

そう、疑似だ。本物ではない。しかし疑似とはいえ神剣。これは、いよいよきな臭かった。

「――」

「――」

『くるぞ！』

それにしても、こいつらも精神支配されているのか！　ハムルスやゴードンと一緒の顔をしてやがる。

当たり前のように狂信状態だが、相手の正体が疑似狂信剣となると、それも納得だ。

狂信剣は斬った相手の精神を取り込んで支配する能力があったはずなので、その対象にされてしまっているということなんだろう。

さらに潜在能力解放状態でもある。ステータスは非常に高く、スキルも豊富。屋敷の兵士たちですら太刀打ちできないだろう。

「覚醒！　閃華迅雷！」

しかしそれでも、最初から全力のフランの敵ではなかった。

ハムルスもゴードンも、様子見や捕縛にこだわり過ぎた。周りへの被害も気にしてしまったしな。

だが、今のフランはいい意味でも悪い意味でも、本気だった。

敵が神剣に関係あると聞いて、スイッチが入ったのだろう。

剣技を放とうとしていた右の男を、雷の速さで距離を詰めたフランの空気抜刀術が袈裟斬りにする。

男たちはフランの神速に反応すらできていなかった。

瞬きすら許されぬ速さで俺が振り切られ、遅れて体が斜めにずれていく。

『ちっ』

「師匠？　どうしたの？」

『いや、共食いだ』

今の一撃は、背中の疑似狂信剣も一緒に斬り落としていた。

その結果共食いが発動し、俺の中に気持ち悪い魔力が流れ込んできたのだ。

前回よりも吸収した魔力が遥かに少なかったことで、多少の嫌悪感を覚えただけで済んでいたが、やはり気持ちのいいものではない。

魔剣から吸収した力が少なかったということは、増加した俺の能力を見れば分かる。何せ、保有魔力が1増えただけだったのだ。ハムルスやゴードンを操っていた魔剣に比べて、この疑似狂信剣は力が弱いらしい。

『それよりも、もう一人だ』

「ん！　はぁ！」

「――」

仲間が瞬殺されたことがようやく分かったのか、男が剣を振りかぶる。しかし、その時にはすでにフランの準備は終わっていた。

男の剣が振り下ろされるより速く、繰り出された空気抜刀術によって男の両足が斬り飛ばされる。

『寝てろ！』

その男に俺が追いうちの念動を発動させたんだが……。

『何？』

一瞬男の背中の疑似狂信剣が輝いたかと思うと、男から魔力を吸い上げるのが見えた。そして、俺の念動が打ち消される。

『ならこいつは——魔術もか！』

大地魔術で拘束しようとしたんだが、それも打ち消されてしまった。

『ここまでウルムットの時と同じかよ！』

あの疑似狂信剣には、使用者。いや、寄生主？　装備者？　ともかく男の魔力を使って、魔術やスキルを打ち消す力があるのだ。

俺の形態変形や、剣術スキルはそのまま使えているので、外部に放出した魔力を何らかの方法で雲散霧消させているのだろう。

その間に、男の足が凄まじい速度で再生し終えてしまった。厄介な能力だ。異常再生と痛覚遮断で疑似的な不死身を発揮し、魔力を打ち消す能力で相手の攻撃力を封じる。

ウルムットでは非常に苦しめられたのだ。

だが、今の俺たちにはさしたる脅威ではない。

魔術やスキルが封じられたとしても、剣の腕前が落ちたわけではなく、フランの手には俺が握られている。

それで十分だった。

「はぁぁ！」

「――」

勝負は一瞬で決する。

いくら再生能力に優れ、痛みを感じなくても、両手両足を切断されれば隙ができる。すでに再生が始まっているが、根元から断ち切られた手足が元通りになるまでに一〇秒はかかるだろう。

『よし、今の内だ！』

「ん！」

俺たちの狙いは疑似狂信剣だった。フランが柄を掴み、男の背から剣を引き抜こうと試みる。

「むぅぅぅぅぅ！」

『頑張れ！』

俺も念動で加勢したいところだが、打ち消されてしまうからな。当然次元収納も試したが、男の装備品扱いになっているのか、疑似狂信剣をこの状態で収納することはできなかった。

「はあああぁぁぁぁっ！」

『よし、抜けた！』

かなりガッチリと食いこんでいたが、フランの腕力には抗えない。

三秒ほどで、疑似狂信剣が男の体から引き抜かれる。俺が即座に収納を試みると、今度は問題なく仕舞えた。ようやく、手がかりを得たな。

「――」

だが、喜んでばかりもいられない。背中から剣を引き抜かれた男が、直後に死んでしまったのだ。今回の襲撃者からも、話を聞くことは難しそうだった。

『まあ、話がシンプルにはなった』

「全員斬る」

『おう！』

疑似狂信剣を引き抜いても死ぬし、放っておいても潜在能力解放で死んでしまう。だったら捕縛などを考えず、全力で倒すことができるのだ。

『とりあえず屋敷に侵入した襲撃者を倒すぞ』

「ん！」

フランが気配を頼りに、屋敷の中を駆けていく。通路の突き当りにあるドアを蹴破ると、窓から侵入した男たちの姿があった。

フランが勢いを殺さず、斬りかかる。魔剣が刺さっているので、すぐに敵だと分かるのだ。

「たぁぁ！」

「――」

『うっ』

一瞬での決着。フランが襲撃者を疑似狂信剣ごと斬り捨てた。すると、その魔力が俺に流れ込んでくる。共食いが発動したのだ。

色々と仮説を立ててきたが、共食いが発動するのは当然だろう。相手は神剣ファナティクスの模造品。つまり、俺とは神剣モドキ、もしくは廃棄神剣仲間なのである。

いや、もしかしたら、神級鍛冶師に作られた仲間？　だとすると、神剣に対しても共食いが発動するかもしれないが……。あの超兵器たちを、俺が破壊できるとは思えん。

(師匠、平気？)

『大丈夫だ』

(共食い、外したら？)

『いや……たとえわずかだとしても、自己進化に頼らずに強化される機会を逃したくはない。このまま行く』

(……分かった。次の獲物さがす)

『おう』

(でも、無理しないで)

『ああ、分かってるよ』

ドオオォォン！　ドゴゴオン！

屋敷の中からは、魔術によるものと思われる散発的な破壊音と、人々の悲鳴が聞こえていた。全ての襲撃者たちが操られていて声を上げないと考えると、この悲鳴は全て屋敷の兵士たちのものということになる。

「――」

「しっ！」

「――」

『こいつも強い！』

襲撃者たちはどいつもこいつもかなりの実力者だ。ほぼ全員が剣聖術を所持し、しかも潜在能力解放状態。さらに魔術や放出系スキルを打ち消す効果がある。

狭い場所ではフランの速度も生かしきれず、必ず一撃で倒すとはいかなかった。魔術で遠距離狙撃ができれば楽なんだが、打ち消されるからな。

それなのに向こうはバンバン魔術を放ってくるのだ。かなり厄介だった。

「――ウィンド・カッター」

「はぁぁ！」

襲撃者の女が放った風魔術を掻い潜りながら、フランが一気に接近する。死角を取られながらも反応する襲撃者だったが、ここまで近寄ってしまえば純粋に剣術の腕前勝負だ。数合の斬り合いの末、襲撃者は倒される。

『再生能力まで持ってやがったな』

「ん。ウザい」

フランだからこそウザい程度で済んでいるが、兵士たちにはきついだろう。いくら鍛錬を積んでいて強いと言っても、それは兵士としてはってことなのだ。

「ぐあぁ！」

『フラン！』

「ん！」

近くの扉を突き破って、血まみれの兵士が吹き飛ばされてきた。受け止めた兵士にフランがとっさに回復魔術をかけてやろうとしたんだが、発動しない。

『だめだ！　疑似狂信剣を先に破壊しろ！』

「わかった！」

「――」

兵士を追うように斬り掛かってきた剣士の手から剣を搦めとって奪い、襲撃者の顎を全力で蹴り飛ばす。首の骨が折れて体勢を崩したところに心臓を一突きして命を奪い、さらにその首に一撃入れて疑似狂神剣を叩き斬った。

やはり一対一の斬り合いであれば問題ない。

俺は嫌悪感をこらえながら、兵士に回復魔術をかけた。

『よし、近くに疑似狂信剣がなければ魔術は使えるな』

瀕死だった兵士の回復は間に合ったようだ。フランが軽く頬を叩くと、目を覚ました。

「大丈夫？」

「う……あなたは……」

「傷は治した。痛いところはない？」

「ありがとうございます……。食堂の皆はどうなって……」

「任せて」

傷は癒えても、血を流し過ぎたせいで動くことができない兵士を残し、フランは彼が飛び出てきた部屋に入る。

兵士の言っていた通り、召使や兵士のための食堂であるようだ。広い部屋の中に、数人のメイドさんや兵士たちが倒れ伏しているのが見えた。

絨毯が赤いのかと思ったら、灰色の絨毯が血で染まってるようだ。

「――」

「む！」

襲撃者に斬りかかろうとしたフランだったが、相手が意外な行動に出た。なんと、足元で気を失っているメイドさんに刃を突き付けたのだ。明らかに人質にしている。

まさかこの襲撃者たちがこんな知能的な行動をとるとは思っていなかったので、驚いてしまった。

「――」

思考能力があるようには見えない。だが、こいつら自身は思考能力がないとしても、操っている者がいるのだろう。背に刺さった疑似狂信剣なのか。それとも、大元に本物の狂信剣がいて、遠くから操作しているのか。

「――」

襲撃者は何をするでもなく、ただメイドさんの首筋に刃を当てたままだ。これでは無駄に時間が過ぎてしまうだろう。多分、仲間が来るまでの時間を稼ぐつもりなのだ。

『フラン、俺がやる』

（わかった）

フランは俺の言葉に軽く頷くと、さり気なくその切先を襲撃者に向けた。

「――」

襲撃者は警戒するように、軽く身構える。だが無駄だ。

『どりゃぁ！』

俺たちの距離は大分離れている。大きな食堂の端と端だ。そのお陰で、魔力打ち消し効果がこちらまで届いていなかった。

となればやることはただ一つだ。

念動カタパルトで飛び出した俺が、襲撃者の頭と疑似狂信剣を粉々に砕く。潜在能力解放でパワーアップしていようとも、この距離の念動カタパルトには反応できなかったようだな！

スキルを打ち消せたとしても、最初に得た加速を止められる訳じゃないのだ。狙い通りである。

『こいつらの目的が分からないが、とりあえずベイルリーズ伯爵のところへ行こう！』

「わかった」

まだ息があったメイドさんを手当てした俺たちは、彼女を兵士に任せて二階にいる伯爵の護衛に向かうことにした。

伯爵自身がかなりの腕前なので大丈夫かとも思っていたんだが、敵が思った以上に強い。もしかしたら伯爵であっても危険かもしれなかった。

階段の上から魔術で狙ってくる襲撃者の攻撃を、壁と天井を足場にした三次元の動きで躱しながら距離を詰め、斬り倒す。

そうやって敵を排除しながらベイルリーズ伯爵の執務室に駆け込むと、そこでは伯爵が満身創痍の姿で膝をついていた。利き腕から血を流し、剣が握れないらしい。

しかも、襲撃者が今まさに追撃を仕掛けようとしているところである。

間一髪だったようだ。

『やべー！　助けないと！』

「ん！　はぁ！」

伯爵を囲む襲撃者の内、最も近い男に背後から近寄り、右肩から左脇までを奇襲で袈裟斬りにする。

さらにその場で反時計回りしながら、左側にいた男の胴を背後から水平に薙ごうとしたのだが、それは躱されてしまった。

『後ろからの攻撃を避《よ》けるのか！』

流れを重視するのであれば、右の男を斬った勢いを生かして時計回りで斬り掛かればよかった。最速で攻撃できただろう。ただし、それでは敵にとっては正面からの攻撃になってしまう。

それ故、あえて勢いを殺してでも反時計回りで背中から斬り掛かったのだ。しかし、襲撃者はその斬撃をバランスを崩しながらも身を捻って回避していた。

どうやらここにいる五人――今は四人だが――こいつら襲撃者の中でも特に腕利きであるらしい。

剣聖術のレベルが五。しかも身体能力も高かった。

「黒雷姫か！　助かった！」

「下がって！」

「ちっ。ポーションさえ使えれば俺も戦えるんだが」

伯爵が悔しげにつぶやき、足元の絨毯にできた水の染みを睨みつける。その近くには空のポーション瓶が転がっていた。

どうやら腕の怪我を治そうとしてポーションを振りかけたが、魔力打ち消し効果によって単なる水に変えられてしまったらしい。

『フラン！　こいつら全員魔術を持っている。伯爵を守りながら戦うのはキツイ！』

「ん！　一気に決める！」

フランは伯爵を背に庇うと、魔力を練り上げた。

「はぁぁぁぁ！　剣神化！」

実戦では久しぶりの剣神化だ。強烈な力が俺の中に宿ったのが分かる。同時に刀身が内側から軋み、カウントダウンが始まったのも分かった。

敵の数が不明な長期戦覚悟の戦場では、身を削るタイプのスキルは使い勝手が悪い。だが、ここはそうも言っていられないだろう。

それに、短期間しか使えないとしても、剣術の腕と威力が上昇する剣神化は、魔力打ち消し能力と相性が良かった。

圧倒的という形容詞が可愛く思えるほどの強者の気配を振りまきながら、フランが前に出る。

その内では凄まじい力が暴れ回っているだろう。体から吹き上がる魔力の濃さを見れば分かる。圧倒的な力の代償に、絶え間なく激痛が襲っているはずだ。

だが、フランの顔は落ち着いていた。

この襲撃者たちに怯えと言う感情があるのかは分からないが、フランが危険な何かに変わったということは理解できたのだろう。

軽く痙攣したかと思うと、一斉に襲いかかってくる。

「――」

「しっ」

「――」

「ふっ」

「――」

「はっ」

「――」

「ていっ」

そして、終わりだ。

なんか、凄く虚しい。それほどにあっさりと決着がついていた。

それぞれが剣聖術を持ち、死への恐怖がなく、仲間の為に平気で自分を囮にする相手。強敵だ。

だが、そんな相手を、四度剣を振っただけで倒してしまっていた。剣神化では神属性が付与されるらしいが、そんなもの必要なかっただろう。

それぞれの斬撃が剣王技に匹敵する威力であった。

だが、考えてみると当然なのだろうか？　剣王技は究極の斬撃だ。全てが揃った完璧な一撃。それが剣王技であると俺たちは思っている。

剣を真に極めて、繰り出す斬撃全てが完璧になれば？　何気ない斬撃さえも、剣王技並みになるのでは？　いや、剣王技がその斬撃を再現するための技なのかもしれないが。

本当に剣神がフランの体を動かしているわけではないだろうが、これこそが剣王術を超えた神の領域なのだろう。

まあ、だからこそ、俺たちへの負担が凄まじいわけだが。

自分たちの分を大きく超えた力を無理やり振るう代償は大きいのだ。

剣神化を解除した俺たちは、互いに深い息を吐く。フランが疲労をここまで表に出すのは、珍しい。

(師匠、平気？)

『なんとかな……。一回斬るごとに耐久値がバンバン減るし、生きた心地がしなかったぜ。フランはどうだ？』

(疲れた)

減った耐久値が全然回復しないし、フランの消耗もハンパない。一瞬使っただけでこれだ。やはり使いどころが難しいスキルである。

「ふぅ……。伯爵、だいじょぶ？」

「……」

フランは、片膝をついて荒い息を吐いている伯爵に回復魔術をかけた。

しかし、ベイルリーズ伯爵からの返答はない。呆けたような顔で、こちらを見上げている。

まだ意識が朦朧としているのか？

そう思ったが、違っていた。

「おいおいおい！　今のは……なんだったんだ？」

「ん？」

回復した直後、フランに詰め寄ってくる。どうやらフランが敵を殲滅する光景を見て、驚き過ぎたらしい。言葉もなかったようだ。

その後、少し間をおいて興奮が込み上げてきたのだろう。

「剣を振る姿を見ただけで鳥肌が立つなど、初めての経験だ！」

その顔には問い詰めるような色はなく、純粋に称賛と驚きがあるようだった。

「何があったか分からんが、凄まじいことが起こったのは分かったぞ！」

どうやら伯爵が朦朧としていたおかげで、剣神化を使ったことはばれていないらしい。

「さすが黒雷姫……。獣王陛下に気に入られるだけはあるな。いや、今はそれより――」

「む！」

伯爵の言葉を遮って、フランが俺を構える。

「また来たか！」

屋敷の中では未だに戦闘の気配があった。窓ガラスが割れた音や、魔術による爆発音が響いてくる。

「――」

「伯爵、下がって」

「俺も戦える！　くそ、皆は無事なのか！」


一〇分後。

襲いかかってくる襲撃者を二度撃退し、フランたちはようやく他の場所の救援に向かっていた。剣神化の後遺症によって戦闘力は低下しているが、相手が一人や二人であれば負ける要素はない。

「この部屋だ！」

「ん」

二人が向かったのはベルメリアの部屋である。中からは戦闘の気配はないが、ベルメリアたちの気配もない。

「無事か！」

「っ！　フレデリック」

部屋は凄まじい惨状だった。

ベッドや本棚の残骸が散乱し、壁や天井には深い傷痕が穿たれている。その中に襲撃者の死体が二つ。そして、フレデリックが倒れている。

その体からはおびただしい量の血が流れ、腹と背には剣が一本ずつ刺さっていた。その剣が邪魔をしているせいで、横を向いた少々歪な格好で倒れている。

「……」

『意識はないが、微かに呼吸があるぞ！　グレーター・ヒール！』

「少し、我慢して」

ギリギリ死亡してはいなかったらしい。回復魔術が効いてくれた。フランは急いでフレデリックに近づくと、その体から一気に剣を引き抜く。

ああ、これは単なる剣だ。疑似狂信剣ではない。

「がぁぁぁ！」

剣を抜かれたことによる激痛でフレデリックが覚醒するが、これが刺さったままだと回復し辛いのだ。ここは許してくれ。フランがちょっと乱暴だったのは否めないが。

俺たちはさらに回復魔術を重ね、フレデリックの救出に成功した。だが、血を失って体力の低下しているはずのフレデリックが、無理やり立ち上がって窓の方へ向かう。

「だめ、休んで」

「ベルメリアが……！　さらわれた！」

「何！　どういうことだ！」

「俺がついていながら、もうしわけ、ありません」

襲撃者の一人がベルメリアの意識を奪い、窓から逃走したという。

奴らの目的はベイルリーズ伯爵の命だと思っていたが、違っていたのか？　いや、それに失敗したから、目的を切り替えた？　ともかく、ベルメリアが連れ去られたのは一〇分以上前のことであり、追うことは難しそうだった。

『ウルシが戻れば……。いや、そもそもウルシなら気付いているかもしれん。それを待とう』

「……ん」

闇雲に追っても、追いつけるとは思えない。それに、まだ敵は残っているのだ。

「……まずは屋敷の敵兵を排除する」

「閣下！　ですが……」

フレデリックの言葉に、伯爵は悲痛な表情で答える。

「娘一人の為に、配下を見殺しにはできん！」

「くそっ！　俺が昔のように……！」

フレデリックを救命してから三〇分後。

屋敷の兵士たちに大きな被害を出しながらも、なんとか襲撃者たちを倒しきることができていた。

襲撃者は全部で一五人。伯爵側の被害は使用人なども合わせると四〇人を超えていた。怪我人は一五人ほどだろう。

無事な人間は一人もいない。最初の魔術で屋敷の隣にあった兵士の詰め所を焼かれたのも、被害が拡大した理由であるらしかった。

怪我人の中にはコルベルトも入っている。

彼も瀕死の状態であったが、一命をとりとめることはできた。もう少し遅ければ左足を失っていただろう。処置が間に合ってよかった。

「……普通の武術も鍛えないとな……」

治療を受けながら、呟く。

武技が疑似狂信剣の効果で封じられた中、一人で三人を葬っているのだから凄いんだけどな。コルベルトは悔しそうだ。

同僚たちの変わり果てた姿を見て、さらにその想いを強くしたらしい。歯を食いしばり、激情に耐えている。

「……こんな真似、どこの誰が……」

「心当たりは多すぎるが……」

背中に刺さった魔剣があるので、俺やフランはアシュトナーの仕業であると確信していた。

だが、一冒険者の証言だけで、侯爵を拘束することなどできない。

セルディオたちに関する情報があれば、今回の襲撃者たちと結びつけて考えることは可能だが、状況証拠止まりである。

俺はこのまま殴りこめばいいと思うんだが、王都内で兵士を動かす以上、証拠があやふやでは済まないらしい。その辺をユルユルにしたら、反乱とかもしやすくなるだろうから仕方ないんだが。

フレデリックとコルベルトが何人かを調べたところ、ハムルスやゴードンと同じ様に、大量の魔薬を投与されていることが分かった。

魔薬には摂取した人間の精神を昂ぶらせて思考力を奪う効果の他に、魔力の暗示などが掛かりやすくなる効果もあるそうだ。それ故、魔術を使った洗脳などに非常に有用であるらしい。

「こいつは……」

五人目の襲撃者の遺体を確認していたコルベルトが、不意に首を傾げた。そして、襲撃者の顔をじっと見つめる。フランが最初に倒した剣士だ。

「どうしたの？」

「フラン嬢ちゃん、こいつに見覚えはないか？」

「ん。私が倒した」

「いや、そうじゃなくて……そうだ！　こいつは冒険者だ！」

ランクC冒険者だった男であるらしい。なるほど、高位冒険者を操っていたわけか。

他にも何人か、コルベルトが見覚えがある冒険者たちがいた。コルベルトが覚えているだけあって、全員がランクC、ランクBの実力者たちだ。

そのコルベルトも、襲撃者に刺さっていた謎の剣を前にして首を捻っている。

「この剣は一体何なのか……。フラン。これがセルディオ・レセップスにも刺さっていたと言っていたな？」

「ん。セルディオとその仲間に刺さってた。魔術を打ち消す能力も一緒」

さらに、フレデリックが難しい顔で口を開く。

「昨夜襲ってきた、あの魔剣と魔力の質が似ている。同系統だろう」

フレデリックがゴードンを操っていたと思しき魔剣と、今回の襲撃者たちに刺さっていた魔剣の類似点をコルベルトに説明する。

「つまり、この魔剣自体に意思があって、こいつらを操っていたってことか？」

「その可能性はあるが……。宿で見た魔剣は半壊していたので分かりづらかったが、長剣だったと思う。それに、あちらは普通に手に装備されていたし、自在に動いていた」

「勝手に動く剣てことか？　この剣は動く気配はないが？」

「全く同じ物ではないということなのだろう。感じる力も遥かに弱いからな」

コルベルトとフレデリックが話し合っている中、屋敷にウルシが戻ってくる気配があった。これでベルメリアの行方を追うことができるだろう。

「ウルシ、戻ってきた」

「そうか！」

その言葉を聞いて真っ先に快哉を叫んだのは、ベイルリーズ伯爵ではなく、フレデリックであった。

だが、そう簡単にはいかないらしい。

俺たちに出迎えられたウルシは、満身創痍であったのだ。

「クゥン」

「ウルシ、大丈夫？」

「オフ……」

再生で癒えつつあるものの、傷はかなり深い。元はもっと深かったのだろう。

やはり外にも襲撃者がいたらしい。ベルメリアを追おうとしたが、襲撃者に阻まれてしまったようだ。

ウルシの戦闘方法は多彩なスキルで相手を翻弄する戦い方だ。暗黒魔術とスキルを疑似狂信剣によって封じられてしまうと、かなり戦い方が制限されてしまうようだった。

特に、影潜りと影渡りが使えない状態だと、回避も奇襲も難しくなる。それだけでもウルシの戦力は半減なのだ。

また、白昼の町中であることも災いした。

従魔であるウルシが騒ぎを起こせばフランが罪に問われる。だから町の中で暴れるな。元のサイズにはなるな。そう口を酸っぱくして教え込んでいたんだが……。

そのせいで、小型サイズのまま襲撃者とやり合ったらしい。結局、相手が潜在能力解放で自滅するまで、削り合いをしたようだった。

元のサイズに戻れば勝利できただろうし、ベルメリアを救出することもできただろう。だが、ウルシにとってはフランが一番なのだ。たとえ自らがピンチに陥っても、フランが最優先なのである。

それ故、元のサイズに戻ることもせず、必死に襲撃者と戦ったようだった。

しかも、勝利したあとに、ベルメリアが運び込まれた場所まで追跡もしてきたらしい。

『ウルシ偉かったな！』

「オン！」

『疲れているところ済まないが、もうひと働きしてもらうぞ。いけるか？』

「ウルシ、ベルメリアの匂いを追える？」

「オン！　オンオン！」

ウルシが襲撃者の疑似狂信剣を鼻で指し示し、何やら訴える。

『もしかして、魔剣と同じ場所に逃げ込んだってことか？』

「オン！」

「アシュトナー侯爵の屋敷？」

「オン！」

ウルシが頷いた後、フランの目にやる気の炎が灯った。

「すぐに追う！」

だが、それを止めたのは他でもないウルシだ。

「クウゥン！　オフオフ！」

フランの袖を噛んで、必死に何かを訴える。どうやら思い止まらせようとしているらしい。

「どうしたの？」

「クゥン！」

そして、ウルシが再び疑似狂信剣を指し示す。

『もしかして、侯爵の屋敷に疑似狂信剣の気配があったってことか？』

「オン！」

間違いないらしい。しかもウルシがフランを止めるほどの数を感じたのだろう。それを見た伯爵が、厳しい顔でウルシに質問する。

「もしかして、アシュトナー侯爵の屋敷には、この謎の剣の刺さった者が、大量にいるということか？」

「オン！」

「なんということだ……」

だが、コルベルトはいまいち分かっていないらしい。

「どうしたんすか？　場所が分かってるなら、今すぐ殴り込みましょうぜ！」

コルベルトの主張はもっともだ。だが、ベイルリーズ伯爵は首を縦には振らなかった。

「……戦力が足らん」

「何言ってるんですか！　この襲撃者は全員が魔薬漬けだ！　多分、そうしないと操れないんでしょう。逆に言えば、放っておいたらベルメリア嬢ちゃんだって！」

「分かっている！」

「戦力だって、オルメス伯爵の家を襲撃するために兵士を用意しているんでしょう！」

「彼らは幾つかの拠点で密かに準備を進めているところだ。その準備が終わっていない」

「なら俺たちだけでも！」

「無理だ。許可できん！」

ベイルリーズ伯爵だって本当はコルベルトと同じ気持ちなのだろう。その言葉が彼の本心とは真逆であることは、痛い程に理解できた。

「なぜですかい？」

「敵の戦力を侮るな。今回の襲撃を踏まえれば、恐ろしい可能性が見えてくる」

「どういうことです？」

「今回、この屋敷の場所がばれたことは仕方ない。捕らえられた者から情報を得ているのだろう。だがな、あれ程の戦力を、私ごときを殺すために投入するのか？　やりようによっては、王都を火の海に変えられるほどの戦力だぞ？　その結果が、ベルメリアの身柄だけ？　私の暗殺に成功していたとしても、伯爵家を一つ傾かせるだけだ」

今日の夜に予定されていた査察を延期できるのではないかとも思ったが、伯爵の部下には優秀な人物が多い。主が死んだ程度で、作戦が取りやめになることはないという。

「むしろ私の仇を取ると、やる気になるだろう。指揮官の中には爵位持ちもいるから、指揮権の委譲に問題もない」

それに、こんな方法で査察を引き延ばしたとしても、アシュトナー侯爵家への疑いはむしろ強まる。遠くない将来に王家が主導して、徹底的な捜査が行われるだろう。

「多少の時間を稼ぐために使い潰すには、惜し過ぎる戦力だった……」

「なるほど。だが、それくらい追い詰められているのかもしれませんぜ？」

「それは確かにそうだが、もう一つ可能性があるぞ」

「なんですかい？」

「使い潰しても惜しくなかったという可能性だ」

ベイルリーズ伯爵の言葉の意味がすぐに分かったのだろう。コルベルトとフレデリックが驚きの表情を浮かべる。

「つまり、やつらの屋敷にはもっと大量の戦力があると？」

「うむ。その危険性は高い。黒雷姫の従魔が感じたという気配は、我らの想像以上に多いのだろう」

「ちっ……厄介な！」

コルベルトが悔し気に呟く。

敵方が保有する疑似狂信剣の数は如何《いか》ほどなのか？　もし量産化が軌道に乗っていれば、何十どころか何百本も存在していてもおかしくはなかった。

「魔力を打ち消す能力を持った、死を恐れない凄腕の剣士……。その剣士で構成された兵団が相手になるということだ」

こちらの戦力はフラン、コルベルト、フレデリック、伯爵、生き残りの兵士数人。増えてもせいぜい騎士が数十人だろう。

しかし、疑似狂信剣の能力が厄介過ぎる。スキルや魔術は打ち消され、向こうは好きに使ってくるのだ。どう考えても無謀である。

また、これまで多くの密偵が捕らえられたことにも、疑似狂信剣が関係している可能性が高かった。スキルを知らぬ間に封じられ、隠密や気配遮断を封じられたのではなかろうか？　そう考えると、忍び込んでの救出も難しい可能性があった。

「くそっ。一体何なんだよこの剣は！」

「それは疑似狂信剣」

コルベルトの苛立ち混じりの叫びを聞き、フランが呟く。

その場にいた全員の視線がフランに集まった。

「黒雷姫！　知っているのか？」

焦燥感を無理やり抑え込んでいることが分かる早口で、ベイルリーズ伯爵が問い返してくる。

「鑑定しただけ。でも、名前しか分からない」

「疑似――なんといった？」

「疑似狂信剣」

「狂信剣というものの、偽物ということか？」

「ん。狂信剣は昔破壊された神剣のこと。狂信剣ファナティクス」

知人に聞いたということにして、以前アリステアに教えてもらったその能力を皆に教える。

俺たちも詳しく知っているわけではないが、その危険性は理解できているのだ。神級鍛冶師が危険視し、ファナティクスを葬るためだけに神剣を作り上げるほどだからな。

聞き終えた全員の顔に、驚愕の表情が浮かんだ。

ただ、その能力よりも、神剣のデッドコピー品の可能性があるという事実に戦慄しているようだった。

「疑似神剣、だと……。アシュトナーはそこまで……」

「おいおい。やべーじゃねーか」

「もしや、向こうには本物の神剣があるのか？」

神剣と言えば、神話に語られる超兵器。

万の兵を殺戮し、都市を焼き、山を砕く。誇張ではなく、本当にそれに匹敵する性能を持っている。それが敵の手中にあるかもしれないのだ。彼らの悲愴な表情も理解はできる。

フランを完全に信用してくれているのか、その言葉を嘘だと言われないのは嬉しい。だが、皆の士気を下げてしまったようだな。

「私が聞いた話だと、ファナティクスは破壊されたはず」

「では、ファナティクスの製造法だけを手に入れた可能性もあるか……」

「とはいえ、あの剣が大量にあるってだけでも厄介だぜ！」

コルベルトが悔し気に声を上げた直後だ。この屋敷に入ってくる気配があった。とはいえ、敵意は感じられない。そもそも気配を消そうともしていなかった。

「し、失礼します！　だ、誰かいらっしゃいますか！」

「こ、これはひどい……」

「誰だ！」

ベイルリーズ伯爵が誰何の声を上げると、男たちが所属を名乗り始める。

彼らは巡回の兵士であった。率いているのは騎士である。

そういえば、貴族街でこれだけ騒いだのに、来るのが遅かったな。

話を聞くと、襲撃はこの屋敷だけに留まらなかったらしい。この屋敷と同時に、複数の屋敷や民家が襲われ、かなりの被害が出ているそうだ。この近辺の詰め所も襲われたという。

この一帯の兵士の指揮官が死んだことで引き継ぎが上手くいかず、ようやく新たな指揮官によって兵士が派遣されてきたらしかった。

そして、彼らの口から驚くべき事態が語られる。

「アシュトナー侯爵邸から、その配下と思われる軍勢が出現！　貴族街各所で戦闘が発生していま
す！」

「なんだと？」

「け、剣が背中に刺さった異様な姿で、異常に強いと……」

「先手を取られたかっ！」

ベイルリーズ伯爵が悔し気に叫ぶ。

アシュトナー侯爵が、騎士団に踏み込まれる前に行動を開始したらしい。

ベイルリーズ伯爵の暗殺に失敗したことで、言い逃れができないと開き直ったか？

兵士が被害を報告する中、どこからともなく爆発音のようなものが聞こえた。しかも、一回だけで
はない。数度にわたって、爆発が起きたようだ。

「狂信の兵士どもの仕業か？」

「その可能性は高いんじゃないですかね？」

ベイルリーズ伯爵とコルベルトが、被害を想像して顔をしかめる。

ただ、その隣のフレデリックの表情は冷静だ。何か考えているらしい。

「……今ならば、アシュトナー侯爵邸は手薄なのでは？　騎士団を動かせば、ベルメリアを救出する
ことが可能かと」

こんな時でも、フレデリックが気にしているのはベルメリアのことだったらしい。

ただ、フレデリックの進言は一考の余地ありだ。

救出のネックになっていた、大量の兵士たち。その戦力が屋敷の外に出撃したというのであれば、フレデリックの言う通り警備が手薄になったかもしれない。

しかし、悩まし気な表情を浮かべた伯爵は、僅かに考え込んだ後に首を横に振った。

「ダメだ」

「なぜですか！」

「こんな事態だからこそ、俺は騎士団長として行動せねばならない。自分の娘可愛さに騎士たちを動かすなど、許されん！」

荒い言葉で叫ぶ伯爵の顔には、今すぐにベルメリアを救い出しに行きたいと書いてある。だが、ベイルリーズ伯爵は親である前に騎士団長であり、貴族であるのだろう。

「……許されんのだ」

震えるほどに握り締められた伯爵の拳から、赤い液体が滴り落ちるのが見えた。

その姿を見てしまっては、責めることもできない。

騎士たちは伯爵の私兵ではなく、民を守るための剣であり盾なのだ。市民の救出や、敵兵士の排除など、仕事はいくらでもあるはずだった。

フレデリックは全く納得していないようだが。

この男、俺と通じるものがある。

他の人間がどうなろうと、自分が大切にしている一人の方が大事であるという点がソックリなのだ。俺にとってのフランが、フレデリックにとってのベルメリアなのだろう。

どう考えても、大人しくしているわけがない。後で問題になろうが、愛しい者を守るために行動するだろう。

ベイルリーズ伯爵もそれは分かっているらしい。

「騎士は使えん。今王都にいる俺の配下の中で動けるのは、お前とコルベルトだけだ」

「……どんな敵が待ち受けていようとも、かならずベルメリアを救い出して見せます」

「まあ、待て。騎士は使えんが、戦力の当てがないわけではない」

今すぐにでも飛び出していきそうなフレデリックを宥めつつ、伯爵の顔がコルベルトに向いた。

「コルベルト。お前には冒険者ギルドへの連絡を頼みたい。エリアンテ殿に、戦力の派遣を頼んでほしい。無論、徴発しようというのではない。ちゃんと雇おう」

「なるほど。冒険者で戦力を補おうってことですか」

「うむ。戦力になりそうな冒険者であれば、誰でも構わん。上限もなし。依頼料は相場の倍出す。一部はお前たちと一緒に侯爵邸へ。残りは騎士団とともに狂信の兵士の排除だ」

相場の倍かよ。太っ腹だな。コルベルトも感心している。冒険者を使うと情報がダダ漏れになる恐れもあるが、今は戦力の補充を優先するってことなんだろう。

「上限なしって、何百人も雇うはめになったらどうするんです？」

「仕事はいくらでもある。戦力が多ければ多い程こちらが有利なのだ。その分、娘を無事に救出できる可能性が高くなると思えば安いものだ。ちゃんと一筆したためる」

「わかりました。俺たちがギルドに行ってきましょう」

「フレデリックは、先に侯爵邸へと向かい、様子を探れ」

「はっ！」

「何か起きていれば、周辺に巡回兵が集まっているはずだ。俺の名前を出して、指揮をしていい」

「分かりました」

次いで、伯爵の視線がこちらを向く。そこには、懇願にもにた色が浮かんでいる。

「そしてフランよ――」

「フレデリックたちの手伝いは任せて」

「頼む」

フランの言葉を聞いた伯爵が、真摯な表情で頭を下げた。今の伯爵にはそれしかできないのだろう。騎士団長であるからこそ、自分では救出に動けない。そんな彼にとって、フランたちが唯一の希望なのだ。

「まずは冒険者ギルド」

「おう！」

早速侯爵邸へと向かっていったフレデリックと分かれ、フランたちは冒険者ギルドを目指す。

町中には怒号と悲鳴が飛び交っていた。貴族街のそこかしこから火の手が上がっているのが見える。

道中で、騒ぎの元凶である剣の刺さった兵士たちを見かけるが、フランたちの攻撃で倒されていった。一体どれだけの数がいるのだ。

周辺からいくつもの魔剣の気配を感じる。しかし、それらをいちいち倒していては時間がかかりすぎる。

フランもそれは分かっているのだが、やはり見逃すのはストレスになるらしい。どこかイライラした様子で、顔をしかめている。被害を見過ごしているみたいで、嫌なのだろう。

「敵を全部倒して回る時間はないぞ」

「……わかってる」

焦燥の表情を浮かべるフランを落ち着かせるためなのか、コルベルトが雑談を振ってくる。

「フラン嬢ちゃんは、武闘大会の後どうしてたんだ？」

「クローム大陸の獣人国に行った」

「ほう？　船の護衛依頼か？　それだったら俺も何度か受けたことあるぞ？」

船の護衛依頼で行く場合は、港町から外に出ずに戻ってきてしまうらしい。そのため、何度か行ったことはあっても、あまり詳しくはないそうだ。

「だから、意外と詳しくは知らないんだよな」

「私は獣人国の黒猫族の村に行ったりした」

「じゃあ、王都にも行ったりしたのか？」

「ん」

「へえ！　どうだった？　美味い食い物とか、面白い場所とかあったか？」

「たくさんあった」

興味津々のコルベルトに対してフランが、獣人国の料理や景色の話をしてやる。語れない話も多々あるが、幸いコルベルトの興味は風土的な部分に集中していた。

料理が趣味のコルベルトは、獣人国の料理が特に気になるらしい。フランを通していくつかのレシピを教えてやると、メチャクチャ喜んでいた。

他にも、ウルシの背から見た獣人国の景色などに一々感心している。

「いいなぁ。俺も獣人国に行きたくなったぞ。美味い食べ物に、見たことのない景色。これが旅の醍醐味だよな～」

「ん！」

この二人、実は気が合うのだ。バルボラで初めて出会った時からそうだった。波長があうというか、精神年齢が近いというか、感動する物事が似ているらしい。

獣人国の話をあらかたし終えたフランは、今度はコルベルトに質問をする。

実は俺も気になっていることがあったんだ。でも、コルベルトに聞いていいものかどうか。デリケートな問題だからな。だが、フランはその質問をあっさりと口にする。

「コルベルトは破門されたの？」

「ぐっ……」

うん、フランが空気を読まずにこの質問をするの、実はちょっと期待してた。

コルベルトは以前、デミトリス流という武術の一派に所属していた。詳しいことは分からないが、そのデミトリス流には皆伝の認可を受けるための試練があるという。

特殊な魔道具で力を封じられた状態でランクA冒険者になるというものだ。凄まじく難しいと思うけどな。だって、能力が封印された状態でランクA並みの力を手に入れるんだぞ？

皆伝を授けるつもりがないんじゃないかと思う程である。

そして、この封印はいざという時には本人の意思で解除が可能らしい。本来は人助けであったり、命の危険が差し迫っている時などの緊急事態にのみ許されており、私欲のために封印を解除した場合は破門になるそうだ。

しかし、コルベルトは武闘大会で封印を解除してしまった。フランに勝つためだけに。これは完全に私欲での使用に当たるだろう。

噂通りであれば、破門されていなければおかしいんだが……。

「どうなの？」

「……よ」

「ん？」

「破門されたよ！」

おお、まじで破門されていたのか。今まで楽しそうだったコルベルトの表情が一変して、暗い顔で肩を落としている。こいつ、もしかして泣いてないか？

「うぅ。そりゃあ、覚悟してたけどさ。やっぱり本当に破門されるとさ……」

「破門されると、どうなるの？」

「どうって、そりゃあ破門されたんだから、デミトリス流武技が使えなくなったさ」

「？　どういうこと？」

破門されたからって、今まで修行してきたことがゼロになるわけじゃないだろう。皆伝とまではいかなくても、スキルは残るはずだし、自力で修行すればデミトリス流武技のレベルを上げることだって可能になるんじゃないか？

いや、実際にデミトリス流武技は鑑定しても見えないんだが、封印状態ってだけじゃないと？

それとも、師匠であるデミトリスに義理立てして、武技を魔道具で封印する決意をしたってことか？

「デミトリス流をはじめとした神に認められし武術流派には、開祖とその正統後継者にだけ受け継がれる特殊なスキルがあるんだ。その名も『失伝』。この世で流派の長だけが使えるスキルだ」

「失伝？　どんな効果なの？」

「スキルの効果はただ一つ。その流派に属する者の持つ武術、武技スキルを消し去るというものだ。デミトリスの持つ『失伝・デミトリス流』を使えば、対象者の所持していたデミトリス流を消失させる効果があるんだ」

「コルベルトもそれを使われたの？」

「破門されたんだから当然だ」

さすが異世界。破門されたらスキルその物を消し去られるとは。

「じゃあ、コルベルトは弱くなった？」

「はっきり言ってそうだな。いや、封印状態は解除されているからステータスは上昇しているんだが、スキルがな……」

襲撃のときにデミトリス流を使わなかったのは、魔力打ち消し効果など関係なく、単にスキルを失ったせいであるようだった。

「他の流派に入門する気にもなれないし、地道に拳聖術、拳聖技を磨くとするさ」

「頑張って」

「おう」

フランの励ましに、コルベルトは良い顔で笑い返す。

実のところ、恨み言をぶつけられる可能性も少し考えていたのだ。逆恨みだが、フランとの戦いが原因の一端であることは間違いないわけだしな。文句の一つでも言いたくなるのが人間の心理というものだろう。

しかし、コルベルトにはフランに対して含むところが一切ないようだ。屈託のない笑みを、こちらに向けている。

コルベルトは善いやつだよな。フランが懐いているのも、そのへんを敏感に感じ取っているからなのかもしれない。

「まあ、そのうちフラン嬢ちゃんをぶっ倒せるくらい強くなるからよ」

「ん。楽しみにしてる」

「へへへ。期待しててくれ」

そうして会話をしていれば、ギルドはアッという間であった。

フランたちが冒険者ギルドに足を踏み入れると、中は冒険者たちでごった返している。

貴族街での騒ぎを聞きつけ、情報を求めて集まってきたらしい。

フランたちは彼らをかき分けて、カウンターに近寄って行った。時折、間に割って入ろうとするフランたちに怒号が飛ぶが、完全に無視だ。手を出してこようとした相手には殺気を叩き付け、強制的に黙らせる。

コルベルトが支えてやらなかったら、何人かは倒れ込んでいただろう。

そうしてカウンターまでたどり着くと、ステリアが冒険者たちを追い返していた。

まだ、冒険者ギルドまでは詳しい情報が入っていないようだ。

「ステリア」

「おや、黒雷姫に鉄爪かい。異名持ちが揃ってどうしたんだい？」

「ギルマスに用事があってきたんだが、居るか？　緊急の用件だ」

「まあ、居るにはいるけど……。まともに話ができるかどうかは……」

ステリアはなんとも言えない目でフランを見る。なんだ？

「まあ、執務室にいるから行ってみたらどうだい？　場所はもう分かるだろ？」

「勝手に行っていいの？」

「取り次ぎしたって、あの状態じゃ断られるだろうしね。何か重要な用事なんだろう？」

「ん」

「だったら、直接話を持って行った方がいい。ただ色々と切羽詰まってるから、あまり刺激しないでおくれ」

「切羽詰まってる？　今回の騒ぎのせいか？」

「馬鹿！　鉄爪の馬鹿！　そんな簡単な話じゃないんだよ！　いいかい？　くれぐれも怒らせるような真似はするんじゃないよ？　こっちにもとばっちりが来るんだからね！」

「お、おう。分かったよ」

どうやら仕事が忙しすぎて、エリアンテが追い詰められている状態のようだ。前回きた時も書類の処理に追われているようだったが、さらに酷いことになっているのかもな。

ステリアのお言葉に甘えてギルマスの執務室へと入らせてもらう。すると、そこには書類の山に埋もれて、呻いているエリアンテの姿があった。

目に光がない。死んだ魚と同じ目だ。

そんなエリアンテを見ていたら、まだ地球で会社員をしていた頃の事を思い出してしまったぜ。決算期、終電を逃して一晩中資料作りを続けたのに、元にした資料が昨年のものだったと判明して絶望した、あの日の俺と同じ顔をしている。

「あー、誰……？」

「ギ、ギルマス？　大丈夫か？」

「コルベルト？　何の用？　見ての通り、無駄話をしている余裕なんかないんだけど？」

死人の目をしているくせに、迫力だけはありやがる！

一瞬、目の前にいるエリアンテと、浮遊島で戦ったリッチが被った。

「その、相談と報告があってきたんだが……。ほ、ほらフラン嬢ちゃん。ギルマスに話があるんだろ？」

あ、こいつ！　エリアンテの迫力にビビッてフランに投げやがった！

「フラン……？」

「ん」

エリアンテの目がフランに向く。その直後、その表情が激変した。目をカッと見開き、その場で勢いよく立ち上がる。

「フラン！　フランあんたっ！　あんだけ頼んだのに！」

執務机に勢いよく手をついて、叫んだ。血走った目が怖い。

だが、フランは何が何やら分かっていない。

「ん？」

「あんなに騒ぎを起こさないでって、頼んだじゃない～！」

やばい。今度はその場で泣き崩れた。情緒が不安定すぎるんだけど！

いや、気持ちはよーく分かるけどね。だがすぐに泣いてたって仕事は減らないと悟るのだ。まあ、エリアンテはまだその域には達していないようだが。

フランはやはり、なんで糾弾されたのか分かっていないらしい。首を傾げている。

「騒ぎ起こしてないよ？」

『うん。俺たち自身は騒ぎを起こしてないな』

事件に巻き込まれはしたけどね。多分、エリアンテは現場にフランがいたという情報を掴んでいるのだろう。

「まず、地下道！　地下道で何かあったでしょ！　怪我人が大量に出て大騒ぎだったのよ！」

「ん。地下道で襲われた」

「やっぱり関係あるんじゃない！　じゃあ、宿屋は？　あなたが泊ってたはずの宿が爆発炎上した事件は？　どうなの？」

「あれも、襲われた。地下道で襲ってきたやつと一緒」

「あー！　やっぱ関係あった！」

関係はあるが、フランは被害者だ。進んで騒ぎを起こしたわけじゃないんだけどな。

「もしかして、貴族街の公園でも何かあった？　植物が枯れちゃって、騒ぎになってるんだけど？」

「ん。襲われた」

「やっぱりねー！　どうして襲われるのよ！　あなたが襲われたせいで、私の仕事が倍増なの！　三件の事件で仕事が四倍よ！」

理不尽な。どうして襲われるのって言われても分からんよ。

まあ、今のエリアンテにまともな判断ができるとも思えないし、怒りの矛先を無差別に向けているだけだとは思うが。仕事の沼にはまり込んだ人間に、正常な思考力など残ってはいないのだ。

「緊急依頼は倍増するし、冒険者への謂《いわ》れのない抗議もひっきりなしにくるし、なんで冒険者ギルドに関係ないことまで怒られなきゃいけないわけ？　王都内の騒ぎだったら騎士団に文句言いなさいよ！」

エリアンテが半泣きで頭を抱える。俺たちは悪くないのに、申し訳なくなってくる姿だ。

「エリアンテ」

「あーあーあー！　聞きたくな～い！」

「聞いて」

「あーもー！　歩くトラブル製造機の黒雷姫様が一体何の用なのよ！　言いたきゃ言いなさいよ！」

「貴族街で襲撃された」

「ま、また！　またなの！　なんでよ～！」

完全に泣きだしてしまった。仕事がさらに増える未来を想像したのだろう。

書類が涙で濡れちゃわない？　大丈夫か？

コルベルトもこのままでは話が進まないと感じたのか、再び口を開いた。

「あー、そのだな。そこでかなりの被害が出てな。戦力の補充のためにも、冒険者を雇いたいんだが？」

「そんなに大きな戦闘があったの？」

「ああ、実は――」

コルベルトが事の経緯をざっと説明していく。するとエリアンテの表情が引き締められた。テンパっていてもさすがはギルドマスター。

「つまり、ベイルリーズ伯爵の別邸が、アシュトナーの馬鹿に襲撃されたと。そのうえ娘がさらわれたから、取り戻しに行くってこと？」

「そうだ。アシュトナー侯爵邸への突入に加え、各地への支援も頼みたい」

コルベルトが報酬のことなどを伝え、エリアンテに訴えかける。

「あんたも、アシュトナー侯爵家には思う所があるだろう？　あそこは冒険者を使い捨ての道具とか思っていないしな。俺も昔、依頼料の支払いをごねられたことがある」

「当然！　奴らのせいで、どれだけの冒険者が被害にあってきたことか……。セルディオ・レセップスのせいで評判も下がったし……。ついにあのクソ侯爵の最期って訳ね？」

エリアンテが暗い笑みを浮かべている。アシュトナー侯爵が捕らえられた姿を想像しているのかもしれない。

「ああ。それでどうだ？　冒険者に依頼を出したいんだが。これが伯爵からの依頼状だ」

「うーん。それは構わないけど、どれだけの者が受けるかしら？　危険な相手との戦闘が確定しているような依頼、割に合わないじゃない？　人を集めるのは難しいと思うわ」

「俺も冒険者だ。そこは分かっている。だからこそ依頼料が高めなんだ。それと――フラン嬢ちゃん」

「ん」

コルベルトの視線を受け、フランが伯爵邸を襲撃した剣士たちのうち、冒険者だと思われる者たちの遺体を取り出す。それを見たエリアンテの反応は素早かった。

「それはっ！　行方不明になってたうちの冒険者たちじゃない！」

「襲撃者に加わってた」

「どうやらアシュトナー侯爵家には人間を洗脳して操る技術があるらしくてな。こいつら以外にも、ベイルリーズ伯爵の配下なんかも襲撃に加わっていた」

「……詳しく話を聞こうかしら？　この剣や、相手の詳細についてもね……」

エリアンテが本気で話を聞く気になってくれたらしい。ここで冒険者の遺体を引き渡すことは、予めコルベルトと打ち合わせてあった。

ギルドも、所属する冒険者が捕らえられ、操られていると分かれば確実に協力してくれるだろう。場合によっては彼らの関係者の中に、復讐を目的に依頼を受けてくれる者が現れるかもしれないのだ。

コルベルトの話を聞き終わったエリアンテは、怒りの表情を浮かべている。

「いいでしょう……。アシュトナーに、誰に喧嘩を売ったのか思い知らせてやるわ！」

やる気を出したエリアンテが、勢い良く立ち上がる。

あー、そんなに揺らしたら……。

「ロビーにいる冒険――ああああああああぁぁ！」

慌てて支えようとするエリアンテをあざ笑うかのように、書類の山が連鎖的に崩れていった。

「なんでよおぉぉぉぉ！」

初対面で感じたできる女感は、もう全くないな。

第六章　侯爵邸

冒険者ギルドでエリアンテたちと合流したフランは、その足でアシュトナー侯爵邸へと急いでいた。

先頭を走るのはエリアンテだ。

よほどアシュトナー侯爵に恨みがあるらしく、そのやる気はすさまじかった。

同行するのは、二〇人の冒険者たちである。中核を成すのはフラン、エリアンテ、コルベルトだが、それ以外の二〇人も全員がランクD以上だろう。

道中、疑似狂信剣の刺さった兵士たち――エリアンテは狂信兵と呼ぶことにしたらしい。その狂信兵に関する情報を、冒険者たちに教えていく。

ウルムットでセルディオたちと戦った時の経験と、今回の襲撃で得た情報だ。

潜在能力解放状態で、全ステータスが上昇しているということ。その結果、再生能力などが異常に高くなっているということ。また、魔剣の効果なのか高レベルのスキルを多く所持しているので、知り合いだとしても全くの別人だと思うこと。

そして、最も重要なのは魔力打消し能力だろう。魔術が放てなくなるだけではなく、回復も封じられ、スキルも効果を発揮しない。そんな状態で、相手は魔術もスキルも使い放題なのだ。

そんなことを話している間に、アシュトナー侯爵邸に到着する。

中堅以上の冒険者だけで構成されているだけあり、その移動速度はかなり速かったのだ。正門は大きく開け放たれ、壁の外からでも激しい戦闘が行われているのが分かる。

正門前には、フレデリックの姿もあった。近隣にいる兵士たちを引き連れ、今まさに到着したところであったらしい。

気が急いているのか、挨拶もそこそこに侯爵邸へと突入しようとする。

それを止めたのはウルシであった。フレデリックの進路に立ちふさがり、落ち着けと言わんばかりに軽く吠える。

「オン」

「な、なんだ？」

不審気な表情のフレデリックだったが、俺とフランには何となく言いたいことが分かった。

『もしかして、ベルメリアはすでにここにいないのか？』

「オン！」

当たっていたらしい。ウルシの鼻がそう感じるのであれば、間違いないだろう。

「じゃあ、ベルメリアはどこにいるの？」

「オフ」

ウルシの鼻先が、侯爵邸とは別の方角を向いた。そちらからベルメリアの匂いがするのだろう。

フランがフレデリックに説明をする。ウルシの能力を知る彼は、その言葉をすぐに信じてくれたらしい。

「まさか、この短時間で場所を移されてしまうとは……」

フレデリックが唸る。侯爵邸を制圧してからベルメリアを追うかどうか、悩んでいるのだろう。兵士や冒険者たちは、侯爵邸の制圧という名目で協力してくれているわけだし、ここで急に放り出すわけにもいかない。

それに、今回の反乱に関する証拠や、重要参考人である侯爵の身柄も押さえなくてはならないだろう。

だが、それではベルメリアの救出が間に合わないかもしれない。

『……仕方ない。ここは戦力を分けよう』

「ん。ウルシはフレデリックと一緒に、ベルメリアの匂いを追って」

「オフ……」

フランの言葉に、ウルシが心配げに吠える。屋敷の中に、凶悪な魔力を放つ何者かがいると分かっているからだろう。

だが、フランは首を振る。

「これはウルシにしか頼めない。お願い」

「……オン」

結局、不承不承ではあるが、ウルシは頷いてくれた。

その様子を見ていたフレデリックが、ウルシに対して神妙な顔で頭を下げる。

「ベルメリアを救うために、力を貸してくれ。頼む」

「オン！」

そんなフレデリックの態度に、ウルシも心を打たれたようだ。任せておけという感じで、力強く吠えた。

「では、俺たちはここで離脱する。後は頼む」

「オン！」

そうと決まれば、フレデリックの行動は早い。兵士たちの指揮権をエリアンテに引き継ぎ、風のように飛び出していった。

『ベルメリアはあのコンビに任せておけばいいだろう』

「ん」

俺たちは、侯爵邸の制圧だ。エリアンテが、冒険者たちと兵士たちに指示を出していく。邸内ではすでに戦闘が行われているからな。こちらも急がねば。

「先頭はフランとコルベルト。魔術は使わず、弓を主体で行くわ」

「ん！」

「了解だ！」

エリアンテの指示で隊列が組まれ、冒険者たちの緊張感が高まっていく。

「じゃあ、いく」

「まずは庭の掃除だ！　いくぞ！」

「「おう！」」

気合十分で、侯爵邸の敷地へと足を踏み入れた冒険者たち。

彼らがそこで見たのは、暴れ回る数人の狂信兵と、その周囲に折り重なる兵士たちの姿であった。

先に突入した部隊だったのだろう。

その死屍累々《ししるいるい》の有様に、冒険者たちが息を呑んで立ち止まる。

「何足を止めているの！　あいつらを倒すのよ！」

「し、しかし……」

「兵士たちを救い出すわ！　冒険者の意地を見せなさい！」

「う、うす！」

エリアンテの叱咤でなんとか動き出すが、その顔色は悪い。狂信兵の異様な姿と気配を前に、呑まれてしまったのだろう。

ならば、その緊張を少しでも和らげてやらねば！

『フラン！　奴らの魔力打消しの範囲外から一発お見舞いする！』

「ん！」

フランが次元収納から取り出したのは、一本の槍だ。

どこかでゴブリンあたりから奪ったものか、浮遊島のアンデッドが装備していたものか。自分たちでも正直覚えていないが、次元収納の肥やしになっていたものである。

それを、フランが大きく振りかぶり――投げた。

風魔術と火炎魔術、さらに俺の念動で徹底的に加速させた、必殺の投擲である。

俺の念動カタパルトに匹敵する速度で、槍が飛んでいく。狙ったのは、ちょうどこちらに背を向けている狂信兵だ。

魔力打消しの効果範囲に入っても、フランが投げた槍の速度は変わらない。魔術もスキルも、初速を得るときに使っただけだからな！

これは、ウルムットで成果を上げた戦法である。セルディィオの部下だったダールムという筋肉ダルマを、念動カタパルトで倒したのだ。

狂信兵は槍に反応できていない。ようやく異変を感じ取って振り返り始めた時には、すでに槍がその背を貫いていた。

「……？」

その顔からは、相変わらず感情が感じられない。ただ、戸惑っていることは分かった。

狂信兵は背から左胸へと貫通した槍に視線を落とし、こちらを見る。

どこかコミカルにさえ思えるその動作の後、狂信兵の体がゆっくりと横に傾いでいった。

『よし！　さすがに心臓を潰せば倒せるぞ！』

ダールムなんかは頭や心臓を潰しても軽々と再生していたが、ここの狂信兵たちはそこまで人間を止めていなかった。量産型なのか、素体の差なのか。ともかく、想定以上の強さではなさそうだ。

『フラン、ドンドンいけ！』

（ん！）

『急げ急げ！』

俺に急かされたフランが、連続で槍を投擲していく。

一発で倒せない相手もいたが、そこは冒険者たちの仕事だ。

「トドメを刺しなさい！」

エリアンテの号令によって、男たちが一斉に駆けていく。

フランの先制攻撃を見て、恐怖は完全に取り除かれたようだ。その動きは的確で淀みがない。

彼らは生き残った兵士たちと連携しながら、狂信兵を屠っていった。

特に活躍したのはコルベルトだ。その卓越した武術の腕前は、魔力が使えずとも十分に脅威であったのである。拳と蹴りで、自分よりも遥かに身体能力が高い狂信兵を翻弄していた。程なく、全ての狂信兵が倒される。

しかし、フランの表情は晴れない。俺が狂信兵の始末を急がせたのには理由があった。

(師匠、屋敷の中の気配は?)

『いるぞ!』

屋敷の中から、異様な存在感が発せられていたのだ。

だが、エリアンテたちは気付いていないようだった。フランも感じ取ることはできていない。俺だけが察知できている。多分、謎の嫌悪感と同種のものなのだろう。

だが、次の瞬間にはエリアンテたちも顔色を変える。

屋敷の中から強大な魔力が発せられたのだ。フランが顔色を変えるほどの圧力。冒険者や兵士たちもこれにはさすがに気付いたらしい。

その直後だった。

ドオオオオォォン!

凄まじい轟音《ごうおん》とともに、屋敷の壁を突き破って何かが飛び出してくる。

「ぐぁ……!」

それは全身に傷を負った一人の男だった。砕けたフルフェイスの間から緑の髪と、男臭い顔がのぞいている。

破損しているのは兜だけではない。着込んだ金属鎧の所々に溶けたかのような穴が開き、大量の血が流れ出ていた。

その男を見て、コルベルトとエリアンテが声を上げる。

「ゼフィルドさん！」

「どうしてここにいるの！」

俺たちの前で半死半生の状態で呻き声を上げているのは、ランクA冒険者のゼフィルドであった。天壁の異名をとるほどの堅守を誇る男が、想像もできないほどのダメージを負っている。

あの模擬戦の時の動きは、さすがランクAと言えるものだった。この男さえいれば大抵の攻撃は防げるはずだろう。

そんな防御特化のランクA冒険者が、死にかける？　一体何と戦ったんだ？

「ギ、ギルマス……か……？」

「グレーター・ヒール！」

とっさにフランが魔術で癒やす。しかし、一発では全快にならなかった。グレーター・ヒールを連続で使用して、なんとかゼフィルドを回復させることに成功したのだが……。

鎧までは修復できない。この後、戦闘力は大幅に下がってしまうだろう。

それにしても、一体どんな相手と戦えばこんな状態になるんだ？

フランと模擬戦をした時とは、違う鎧だ。あの時は黒い金属鎧だったが、今は鈍い金色の派手な鎧だったのだ。多分、本気で戦う時に身に着ける、最高の装備品なんだろう。

そんな鎧が、見るも無残に破壊されている。しかも、その壊れ方が異常だった。

ドロドロに溶けた箇所もあれば、砕けてヒビが入った場所もある。鋭い切り傷もあれば、何かで貫かれたような穴も穿たれていた。

鎧を見るだけでは、どんな戦法を使ってくる相手かも想像できない。

心配げにフランたちが見守る中、フラフラの体でなんとか立ち上がったゼフィルド。

「……奴は、化物だ」

「奴？」

「皆、奴に殺された！」

言われてみると、ゼフィルドの仲間たちの姿がない。気配も、どこにも感じられなかった。

もしかして、四人とも……？

「来るぞ！」

悔しさなのか、恐怖なのか。絶望なのか。

ゼフィルドが顔を歪めて、絶叫する。その声にはランクA冒険者の威厳など一切なかった。

「アシュトナー侯爵だ！」

そして、ゼフィルドが吹き飛ばされたことで開いた屋敷の壁の大穴から、その人物がゆっくりと姿を現した。

首の骨が浮き出るほどに痩せ細った、不健康そうな禿頭《とくとう》の老人である。

こいつがアシュトナー侯爵か。

確かに、身に着けているオリハルコン製の魔法鎧と外套は、これでもかと言うくらい豪華で金ぴかだった。防具だけで小さな砦くらいは建つんじゃなかろうか？

ただ、一見すると生者には見えなかった。

死人に見えるという訳ではない。どちらかといえば、作り物っぽかった。

その肌は一切の水分を失い、まるでひび割れた老木の幹のようだ。眼窩《がんか》は深く落ちくぼみ、その周りには墨でも塗ったかのようなクマができている。髪はおろか、髭もない。そのせいでより作り物感が強いのだ。

そんな精気の感じられない外見であるにもかかわらず、背筋はピンと伸び、立ち姿からは妙な威圧感が放たれていた。

異様さの際立つその姿は、凶悪な霊がミイラに乗り移って動かしているかのような悍ましさがある。エジプトが舞台のハリウッド映画だったら、確実にラスボスだろう。

老人を見つめながら、エリアンテとコルベルトが呆然と呟く。

「あ、あれが、あのアシュトナー侯爵だっていうの？　豹変とか言うレベルじゃないでしょう」

「別人じゃないのか……？」

「どういうこと？」

「だって、あいつ、数年前に会った時にはもっとデブで……」

「同一人物には見えん」

どうやら相当外見が変貌しているらしい。いや、変わったのは外見だけではないようだ。

「そもそも、あの魔力は……。ありえない」

「ん？」

「だってあいつ、戦場にほとんど出たことのない文系貴族だったはずなのに……。あんな魔力に威圧感……」

なるほど、こんなに強いはずがないということか。しかし、今のアシュトナー侯爵は凄まじい強さを得ている。それは鑑定してみても明らかだった。

名称：ウェナリア・ゲール・アシュトナー　年齢：６６歳
種族：人間
職業：剣聖
状態：狂信、超人化
ステータス　レベル：３６
ＨＰ：９１１　ＭＰ：１２０８
腕力：５４１　体力：３２０　敏捷：５２０　魔力：７７８
スキル：威圧１０、演技２、火炎魔術７、歌唱３、完全障壁６、危機察知８、騎乗３、急所看破６、宮廷作法７、狂化１０、気配察知９、剣聖技７、剣聖術１０、交渉５、怪力７、詩作５、社交３、瞬間再生７、瞬歩６、状態異常耐性７、生命強奪４、属性剣８、大地魔術４、毒耐性７、毒知識６、覇気７、舞踏３、魔術耐性８、魔力感知９、魔力強奪６、溶鉄魔術８、威圧強化、詠唱破棄、再生強化、身体強化、平衡感覚、魔力制御、夜目
ユニークスキル：気力統制
エクストラスキル：超人化
称号：意志薄弱、侯爵、浪費家

はっきり言って、ランクA冒険者どころの話ではないだろう。獣王と並ぶほどの強者だった。特に

スキルが凄まじい。剣聖術10なんて、過去の敵で最高レベルなのだ。

ステータスの高さは、超人化というエクストラスキルのせいだろうか？　その名前の通り、本当に超人だ。

あと、スキルの構成がおかしい。剣聖術や火炎魔術、魔力強奪のような高位のスキルがあるのに、その前提となる下位スキルが全くない。ある日突然そのスキルだけを与えられたかのようだった。

先日戦った、ハムルスやゴードンと同じである。

それは、俺とスキルを共有できるフランのようだ。

その強さに戦慄する俺たちの前で、侯爵が口を開く。

「――キヒヒヒヒ。雑魚が大漁だ……」

表情は全く変わらない能面であるのに、その言葉の雰囲気は下卑たチンピラのような響きがあった。

そもそも、他の疑似狂信剣に支配された奴らと違って、会話ができるのも特殊だが。

もっと言ってしまえば、アシュトナー侯爵の背には疑似狂信剣が刺さっていなかった。それでいて、あの半壊魔剣を手にしているわけでもない。

だが、状態が狂信となっている以上、操られていることは確実だった。

「あんた、アシュトナー、なの？」

「どうだろうなぁ？」

アシュトナーの中にいる何かが、その口を借りて喋っているかのような印象だ。いや、多分、間違いなくアシュトナー以外の何かなのだろう。

情報を引き出したいところだが、相手は待ってはくれなかった。

「まあとりあえず死んどけよ？」

アシュトナーが魔力を集中させる。

「みんな！　集まりなさい！」

「クハハハハハ！　ヴォルカニック・ゲイザー！」

エリアンテの指示を聞いた冒険者たちがエリアンテの周囲に集まろうとしたのだが、一瞬遅かった。

アシュトナー侯爵の言葉に応えるように、侯爵邸の地面を割って凄まじい量の真っ赤な溶岩が噴き出したのだ。

縦横無尽に生み出された深い地裂から、噴水の如く赤い液体が立ち昇る。

超高温のマグマは、津波となって庭園にいた者たちへと襲い掛かった。俺たちは咄嗟に風の結界を張り巡らせたが、全員を守ることなどできるはずもない。

少なくない冒険者と兵士が、溶岩に呑み込まれて悲鳴を上げることもできずに消えていった。

魔術が終了した後、溶岩は幻であったかのように消え去る。

その跡には、人の死体も欠片も残っていなかった。完全に消し炭となって、消滅してしまったらしい。

わずかに転がる魔法の武具などの残骸が、彼らの存在したという名残である。

「やばいわ……。魔術を連発されたら何もできずに封殺される……！　フラン以外のランクC以下の冒険者は即座に退避！　周辺住人を退去させなさい！」

雑魚は足手まといになるだけだと理解したのだろう。エリアンテが冒険者たちに指示を飛ばす。

しかし、侯爵はその動きを見逃しはしなかった。

「逃がすかよぉぉ！　ランクＡ冒険者どもを首尾よく始末できたんだ！　他の奴らもここで殺してやるぜぇぇぇっ！」

侯爵が逃げる冒険者たちを追撃しようと身構える。

『フラン、冒険者の撤退を援護する！　一気に行くぞ！　様子見してたら殺される！』

「ん！　覚醒！　閃華迅雷！」

覚醒したフランから発せられる存在感に気付いたのだろう。アシュトナー侯爵は冒険者への追撃を止め、その視線をフランに向けた。だが、もう俺たちの準備は終わっている。

『超人だろうが何だろうが、こいつは無視できないだろう？　くらえぇぇぇ！』

「トール・ハンマー！」

魔力は打ち消されない。もしかしたら、あれはエストック型の能力なのだろうか？

ともかく、魔力が使えるのであれば戦えるのだ。

俺の放ったカンナカムイとフランのトール・ハンマーが絡み合い、アシュトナー侯爵に降り注ぐ。どれだけ強かろうと、雷の速さには対応できない。この速さと命中率の高さが、雷鳴魔術の強みだ。

「おぉあああああああああああ！」

俺たちの放った白い雷が、侯爵に直撃した。

だが、侯爵は腰のアイテム袋から引き抜いた剣に魔力を纏わせ、俺たちの魔術を受け止めたではないか。

数秒の間、絶え間なく降り注ぐ極大魔術に抗う侯爵。結局は耐えきれずに侯爵の姿は雷に呑み込まれてしまったが、やはり常識では測れない相手だ。

『フラン、行くぞ！』

「ん！」

倒せたとは思っていない。

雷がその体を襲う直前、障壁を張ったのが見えたのだ。それに魔術耐性スキルのレベルも高い。この程度で倒せるはずがなかった。そんな、嫌な確信がある。

カンナカムイによって発生した衝撃と爆風に逆らいながら、フランは爆心地に向かって走った。

『やはり気配がある！　アシュトナーに間違いない！』

「ん！　はぁぁ！」

フランはその気配に向かって空気抜刀術を繰り出す。だが、その攻撃はアシュトナー侯爵の剣によって受け止められてしまった。

ギイイィィイン！

俺と奴の剣がぶつかり合い、甲高い音が響く。

『ちっ！　向こうの剣も特別製か！』

剣ごとぶった切るつもりだったんだけどな！　銘は疑似狂信剣なのだが、形状はロングサーベルである。気色悪いハンドカバーはエストック型に似ているが、刀身は半壊魔剣に近かった。

あの半壊魔剣が万全の姿なら、こうなるのかもしれない。

「キヒヒヒ！　いてーじゃねーかぁ！」

剣を通して黒雷が伝わっているはずなのに、その程度かよ！　防御力も超人並みだな！

さすが剣聖術のレベルが最高なだけある。その剣捌《さば》きはフランと遜色ないだろう。しかも、カンナカムイでかなりのダメージはあったはずだが、瞬間再生で傷が癒えてしまっていた。

これだけでも厄介なのに、さらに厄介なスキルがフランを襲う。

「力が、抜ける……？」

『生命強奪と魔力強奪だ！』

俺たちも同じスキルを発動しているが、向こうのスキルレベルの方が高いせいで、奪い合いで負けている。持久戦は明らかにこちらが不利だった。

「はぁぁ！」

「ヒャハハハ！　やるな小娘！　数百年ぶりに痛みを覚えたぞ！」

延焼して燃え上がる侯爵邸をバックに、フランと激しい斬り合いを演じるアシュトナー侯爵。

相変わらずの能面のまま、下品な笑い声をあげる。

数百年ぶりの痛み？　やはりこいつはアシュトナー侯爵本人ではないらしい。

「お前は、何？」

「さあて、何だろうなぁ？　俺たちが教えてほしいくらいだぜ。俺たちは何だ？」

煙《けむ》に巻こうとしているような言葉なのだが、不思議とはぐらかそうという色は感じられなかった。

どうやら本気で言っているらしい。

「一〇〇〇年前か、五〇〇〇年前か、一〇〇〇〇年前か。もうよく分からねーんだよ！　ホーリー・オーダーの野郎に破壊されかけたことは何となく覚えているんだがよぉ！」

ホーリー・オーダー？　その名前、覚えてるぞ！　アリステアが教えてくれた神剣の一つだ！

聖霊剣ホーリー・オーダー。対狂信剣ファナティクス用に作られたっていう神剣だ。

これはもう確実だろう。今回の事件の裏にはファナティクスが関わっている。

ただ、疑問も残った。

侯爵が今握っている疑似狂信剣は、確実に贋物だ。それなのに、ファナティクスが宿っているのだろうか？　それとも、どこかに本物を隠し持っている？

それにしても、ファナティクスが俺と同じインテリジェンス・ウェポンだったとは……。

だとすれば、侯爵でさえ傀儡《かいらい》で、黒幕はファナティクスという可能性さえあった。

「はぁぁ！」

「クヒ！」

当然、会話の最中も高速での斬り合いは続いている。コルベルトやエリアンテが、割って入れない程の激しい剣戟だ。

剣聖術10のアシュトナー侯爵と、剣王術を完璧に極めたとは言い難いフラン。

結果、二人の剣の腕はほぼ互角であった。

「……お前はファナティクスなの？」

「ファナティクス？　そういえば俺たちはそんな名前だったたか……？　なあ、俺たちはファナティクスなのか？」

「こっちが聞いてる」

「クハハハ！　だよなぁ！」

そもそも、俺たち？　なんで俺じゃなく、俺たちなんだ？

「俺、たち？」

「ああ、俺たちだ。多にして個。一にして全。全てが俺たちだ！　ヒャハハ！　お前の剣の中にだって、俺たちがいるじゃねーか！」

何？　俺の中にいる？

「どういうこと？」

「自我もない、俺たちから分かたれた欠片にすぎんが、それも俺たちには違いない！　お前のその魔剣、魔力を吸う力でもあるのかぁ？」

もしかして、共食いで吸収した疑似狂信剣の力のことだろうか？

疑似狂信剣にはファナティクスの魔力が僅かに込められていたのかもしれない。

それを、俺が共食いで取り込んだのだとすれば、今の言葉の意味も分かる。

確かファナティクスの能力は、斬った相手の意識や記憶を取り込んで自らに同一化してしまうことだったはずだ。ならば、複数の意識を持っていてもおかしくはないだろう。

俺、大丈夫だよな？

「そうだ。その剣だ……。その剣をよこせ小娘ぇぇ！　そいつはオレイカルコスが使われているな？　そいつがあれば、俺たちの傷を癒やせるかもしれん！」

「お断り！」

「カハハハ！　それにしても、なかなかやるじゃねーかお前！」

また話題が変わった。躁《そう》状態が酷いというか、お喋りが過ぎるというか、とにかくうるさい。

会話は可能でも、精神的に不安定なことは確かだった。

「そのナリで、この特別な素体とここまでやり合うとはなぁ！」

「どういうこと？」

攻撃を叩き付け合いながら、フランが疑問をぶつける。周囲に巻き起こる凄まじい衝撃波の中、侯爵は涼しい顔で答えを返した。

「こいつは四〇年近くかけて調整した、特別な素体なんだぜ？」

「四〇年？　調整？」

「そうだ。超越した力を持つような素体を作り出すには、時間をかけて薬と俺たちの能力でじっくり改造するしかねーんだよぉ！　忌々しいぜぇ！　昔だったらいくらでも強い兵隊を作り出すことができたのによぉ！　今じゃ適性のあるスキルを二、三個与える程度しかできねー！　潜在能力を解き放ってやればもっとスキルを付けられるが、すぐに死んじまう！　本当にむかつくぜぇ！　端末どもの目を通して情報を集めることもできねぇーしよぉ！　前の俺たちなら、全部見えてたはずなんだよぉぉ！」

つまり、ファナティクスは他人の力を統合するだけではなく、与えることもできる？　狂信兵たちの異常なスキルは、その能力のせいか！

潜在能力解放時にさらにスキルが増えるのも、こいつの持つスキル付与能力の仕業だったに違いない。

ファナティクスに統合された精神は、距離関係なく全て繋がっているはずだ。つまり、どれだけ離れた場所で戦っていようとも、本体がその場からスキルを与えられるのだと思われた。

その割に、俺たちの情報などが本体に正確に伝わっていないのは不思議だが……。

繋がっていると言っても、全ての精神から送られてくる情報をリアルタイムで把握しているわけじゃないようだ。僅かな繋がりがあるというだけなのかもしれない。

それにしても、自由自在にスキルや経験を好きに与えることができるのであれば、最恐の兵士を量産できるだろう。

ファナティクスの口ぶりからすると、昔はそれが可能であったらしい。

このアシュトナー侯爵並みの力を持った兵団が、ファナティクスの意識下で完璧な連携を発揮するとしたら？　しかもファナティクスの能力を考えれば、人がいればいくらでも戦力の補充が可能なのだ。それは凄まじく危険だろう。

「こいつの息子たちやら、家臣の息子たちやら、この町で捕らえた有象無象やら、色々と実験したんだがなぁ！」

こいつの息子って……セルディオ？　家臣の息子っていうのは、オーギュストのことだろうか？

アレッサでフランと敵対した貴族、オーギュスト・アルサンド。手に入れたばかりのスキルテイカーの実験台になり、俺たちに虚言の理を奪われた相手でもある。

あいつはアシュトナー侯爵配下のオルメス伯爵の息子だったはずだ。

「それって、セルディオとかオーギュスト？」

「おお？　知ってんのか？　結局奴らに与えた精神操作系スキルやユニークスキルは回収できなかったがな！　いくらでも補充がきく剣術や魔術と違って、あの手のスキルは貴重なんだがよぉ！　まあ、珍しいスキルほど、素体を探すのが面倒だがなぁ！」

つまり、セルディオやオーギュストが持っていたスキルは、ファナティクスが与えた物だったってことか。

貸し与えている最中に死亡してしまうと、スキルは失われるのだろう。

「その点、こいつは四〇年かけて改造し続けてきたからな！　俺たちの持つスキルは大抵移植が可能だぁ！　ヒャハハハハハ！」

哄笑《こうしょう》を上げる侯爵。無駄に多弁だな。戦闘中もべらべらと会話していないと済まないらしい。

おかげで有益な情報が大量に手に入るんだが、どこまで様子を見るかが難しい。互角の斬り合いに見えても、侯爵の使う強奪スキルに加え、閃華迅雷による消耗でフランの生命や魔力が少しずつ減ってきている。

どこかで情報収集を止めて、一気に勝負をかける必要があった。

だが、先に動いたのはアシュトナー侯爵の方だ。斬り合いでは埒《らち》が明かないと悟ったのか、喋り飽きたのか。侯爵がフランから距離を取った。

「例えばこんなことも可能だぜ！　マグマ・ウォール！　アース・シューター！　そしてぇ、ソード・ソニックゥゥ！」

魔術で生み出した溶岩の壁に向かって、巨岩を撃ち出す侯爵。すると、弾けた溶岩が散弾のようにフランに降り注いだ。

さらにその後を追うように、剣聖術によって生み出された衝撃波が飛んでくる。

大地魔術の弾丸と衝撃波を躱そうとしても、溶岩の雨によってダメージを負うだろう。

障壁で受けようとしたら動きが鈍る。それでは、次の攻撃を回避しづらくなってしまうのだ。

その隙を狙おうというのだろう。

だが、隙を狙っているのは俺たちも同じだ。この攻撃を逆に利用する。

「アース・ウォール！」

大地の壁をブラインドにして――。

「はぁぁ！」

「キヒヒヒ！　転移かよ！」

「ちっ！」

察知能力も化け物並みか！　背後からの斬撃をあっさりと受け流された！　だが、これも織り込み済みだ！

『フラン！　俺の準備はオッケーだ！』

「ん！　はぁぁ！」

フランが再び斬り掛かり、侯爵の動きを釘付けにする。長期戦でも構わない侯爵は、喜々としてその斬り合いに応じた。それがこちらの狙いとも知らずに。

「いいぜ！　また斬り合いかぁ？」

「違う」

『喰らえぇぇぇ！』

そこに、俺が再度放ったカンナカムイが降り注いだ。

しかも収束させ、威力を増したバージョンである。

「ば、自分もろともだとぉぉ？」

「逃がさない！」

「くそぉ！」

奴にはフランと斬り合っている最中に、これを防ぐ余裕などない。フランには雷鳴無効があるし、俺はディメンジョン・シフトで受け流せばよかった。

「はぁぁ！」

「小娘ぇぇ！」

侯爵の絶叫を、雷鳴がかき消す。

フランと侯爵を諸共に呑み込む白い雷の柱が、轟音を伴って天地を貫いていた。

衝撃によって大地が縦に揺れる。フランの体がほんの少しだけ浮いたように見えるほどだ。

舞い上がった大量の粉塵《ふんじん》が収まった時、そこには直径五メートル程のクレーターと、その中央で片膝をついて呻くアシュトナー侯爵の姿があった。

雷鳴無効化で守られているフランやその装備品と違って、侯爵のオリハルコンの魔法鎧は半分融解し、全身からブスブスと煙が上がっている。

想像以上にクレーターが小さいのは、侯爵が咄嗟に溶鉄魔術でマグマの壁を生みだし、雷鳴の威力を弱めたからだ。その代わり、フランによって左腕が斬り飛ばされている。

まあ、すでに半分は再生しかけているが。

「ごがぁぁ……」

片膝をついたことで最大の隙を見せていると、自分でも分かっているのだろう。その幽鬼のような眼をこちらに向けていた。フランがどんな動きをしても対応できるように。

侯爵が生み出した溶岩障壁を回避するため、フランはわずかに距離を取っている。

だが、これは好機だ。それを理解するフランは、黒い雷を棚引かせて一気に踏み込んでいた。

彼我《ひが》の距離が一瞬で詰まり、フランの放った斬撃が大上段からアシュトナーに襲い掛かる。

「隙あり！」

「ぐおおお！」

ガギィイィ！

俺と疑似狂信剣が火花を散らし、鍔迫り合いが起きていた。

腕力はアシュトナー侯爵が遥かに上だが、片膝をつくという不利な体勢であるうえに、片手で剣を振るっている。

対してこちらは、速度を生かしたままの上段からの振り下ろしだ。

結果、両者の剣は拮抗《きっこう》し、互いに動きを止める。しかし、この状態こそがフランたちの狙いでもあった。

アイコンタクトをしたわけでも、合図を送ったわけでもない。しかし、フランは確信を持っているようだった。

この隙をエリアンテたちが逃すわけがないと。

「死ねぇぇぇ！　くそ野郎ぉぉぉ！」

「ソニック・ブロー！」

「スパイラル・バッシュ！」

フランと侯爵の超々高速の斬り合いを前に、手出しをできないと悟ったエリアンテたちは、隙をうかがいながら力を溜めこんでいたのだ。

その攻撃が一斉に侯爵に襲い掛かる。

気を纏ったエリアンテの大剣が超高速で振り下ろされ、コルベルトとゼフィルドの攻撃が左右から突き刺さった。

特にエリアンテの一撃は、フランが本気で放った空気抜刀術並みの威力があるだろう。

侯爵は――侯爵たちは確かに強い。超人級の肉体に、圧倒的なスキル。しかも戦った感じ、そのスキルを完璧に扱えている。それ故、剣聖術で剣王術と互角に斬り合えているのだ。

だが戦いの駆け引きとなると、綻びがあるようだった。侯爵はもともと文官であるそうだし、その肉体を操っているファナティクスらしき存在も戦闘のプロではないと思われる。

正面から力をぶつけ合う戦いであれば、大抵の相手は能力で圧倒できるだろう。だが、微妙な駆け引きではこちらに負けているのだ。

ゼフィルドたちは正面から正攻法で立ち向かったが故に、壊滅させられたのだろう。そもそも、ゼフィルドの鉄壁の防御は、信頼度が抜群だ。その守りを抜くような攻撃を連続で繰り出すような相手、想定していなかったと思われた。

経験を生かしてかく乱するような戦い方をすれば、もっと善戦できただろう。

ファナティクスには、強者故の驕りがある。明らかにこちらを舐めていた。

エリアンテたちにいたっては眼中になかったようだ。そこで存在を意識の外に追いやってしまうところもまた、素人臭かった。

ゼフィルドたちであれば、その隙を上手く突くことだってできたに違いないのだ。

どうも、侯爵の名前で屋敷に呼び出され、奇襲で分断されてしまったらしい。評判が悪い相手であっても、本人がいきなり襲い掛かってくるとは思っていなかったのだろう。

「皆の仇だぁぁ！」

ゼフィルドの悲痛な叫びとともに、盾が侯爵の顔面へと直撃した。木の枝が折れるような音は、侯爵の骨が砕ける音か？

「ぐあああぁぁ！」

アシュトナー侯爵は三人の攻撃を食らい、大きく吹き飛ばされる。それでも何とかエリアンテの剣だけは防いでいるのはさすがだ。

「ぐがガが……雑魚どもガァァ！　調子にノリやがッテェェ！」

侯爵の首が横にクタリと倒れ、喋る度にグラングランと揺れる。首の骨が折れたのだろう。呂律《ろれつ》が怪しいのも、そのせいだと思われた。

そんな状態でも、身に纏う存在感に陰りはない。

自分を取り囲んで身構えるエリアンテたちを、殺気の混じった眼で睨みつけ、威圧している。

「殺してヤル！」

やはり、戦闘経験自体は素人だな。殺すとか言っている間に、行動に移すべきなのだ。

そして、フランはその辺プロなんだぜ？

「とりあえずこの辺を溶岩でメチャク――」

エリアンテたちへ殺意を向けたせいで、フランに向けていた注意が一瞬だけそれた。

ほんの一瞬。されど一瞬だ。

俺たちにとっては十分すぎる隙であった。

超人的な反射神経を発揮したフランは、侯爵が隙を見せた瞬間には準備を始めている。それは、剣王技を放つための準備だ。

俺たちはまだ、いつでもどこでも剣王技を放てる段階にはない。どうしても剣を振り被るための予備動作と、振り切るための無理のない姿勢が必要だった。さらに、魔力を練り上げるための時間もだ。この準備に数瞬の間は必要だろう。

いや、相手がそこらの雑魚だったら、問題はないのだ。この程度の間など、隙とも呼べない間である。だが、相手がフランと互角の腕前である場合、それは致命的な一瞬であった。

(師匠！)

『おう！』

フランが準備を終えるのと同時に、俺がその体を転移させる。

転移からの、フランの剣王技。

剣神化や潜在能力解放といった自爆能力をのぞけば、今の俺たちが放てる最高の一撃だろう。

「――天断」

「ぐぬ、あぁ……！」

これにも反応してみせる侯爵。高い危機察知と、剣聖術からくる洞察力に加え、気配察知により空間転移の気配を感じ取ったのだろう。

だが、これも想定の範囲内だ。むしろ、俺たちにとっては期待通りの行動と言える。

侯爵がとっさに自分と俺の間に疑似狂信剣を滑り込ませてくれたおかげで、剣と侯爵を一撃で攻撃できた。

フランによって振り抜かれた俺が、疑似狂信剣をあっさり切り落とし、アシュトナー侯爵の右肩口から左脇までを一瞬で突き抜ける。

まるで空気の塊でも切り裂いたかのような、手応えのなさだった。

しかしその直後、ようやく切られたことに気づいたかのように、疑似狂信剣の切先が一瞬遅れて落下する。

そして、アシュトナー侯爵の体にスーッと線が描かれ、そこから一気にどす黒い血が噴き出した。

「こ、こむ、すめぇ……」

体を上下に分断され、アシュトナー侯爵が血だまりの中に倒れ込む。その傍らには、同じように切断された疑似狂信剣の切先が落ちていた。

共食いが発動すると考えて身構えていたんだが、例の気色悪さは襲ってこない。つまり、アシュトナー侯爵の中に寄生しているファナティクスが、まだ死んでいないということなのだろう。

疑似狂信剣が本体じゃない？　だとしたら、倒すには侯爵の息の根を止めなくてはいけないということか。

『フラン、まだだ！』

「ん！　はぁぁぁ！」

剣王技を放ったことによる硬直が解け、フランが再び動き出す。

次に放ったのは、空気抜刀術である。狙うのは侯爵の頭だ。

瞬間再生によって侯爵の下半身があっと言う間に生えていくのが見えるが、こちらの攻撃の方が速い。

「クソがあぁぁぁぁぁぁぁぁぁぁぁぁぁっ！」

「っ！」

『ちぃ！』

この状態でも、まだ抵抗するのか！

アシュトナー侯爵が強力な障壁を張って、フランの攻撃を受け止めようとしていた。障壁を一点集中させたのだろう。

俺の一撃を完全に防ぐことはできなかったが、威力はかなり殺されてしまった。切先が侯爵の頭部を深々と切り裂きはしたものの、切断とまではいかない。

「グぉぉぉ！」

普通なら脳を切りつけられたら即死するはずだが、生命力の強化された今の侯爵はこれでもまだ倒せなかった。

だが、それにしても少しおかしいか？　咄嗟に張った障壁にしては強力すぎる気がする。再度アシュトナー侯爵を鑑定して、障壁が急に強度を増した理由がわかった。

なんと、潜在能力解放状態になっていたのだ。超人化スキルで強くなっていたのに、さらに潜在能力解放をしやがった。そのステータスは文句なくランクS級である。

超人化スキルなどをスキルテイカーで奪えればいいんだろうが、アースラースの狂鬼化に使用したせいで今も使用不可能だった。

「きさま、ここで、殺す！　そして、その魔剣をいただく！」

そう叫びながら、立ち上がろうとする侯爵。その間にも、傷が再生していく。

「この素体はここで死んじまうが、その魔剣とあの小娘さえ揃っていれば構わねぇ！」

どうも疑似狂信剣どもは潜在能力解放状態にはなれても、解除ができないみたいだった。どうりでここまで使わなかったはずだ。

他の使い捨ての体と違い、侯爵を四〇年もかけて改造してきたわけだからな。さすがに惜しんだのだろう。

『体勢を整えさせるな！』

「はぁぁ！」

俺は中位の雷鳴魔術を連続で放って、侯爵の動きを止めようとするが、ほとんど効果がなかった。魔術耐性がさらに強化されているのだろう。

『ちっ！　軽い攻撃じゃもう意味がない！』

「ん！」

斬り掛かったフランに対して、立ち上がった侯爵が左腕に障壁を集中させ、突き出す。ぶつかり合う俺の刃と、侯爵の裏拳。

先程までなら、アシュトナー侯爵の腕が傷ついていただろう。だが、今の侯爵の力は圧倒的だった。俺の刀身はあっさり上側へと弾かれ、がら空きになったフランの胴体に疑似狂信剣が突き込まれた。短くなった刀身を魔力で纏って補っている。

「死ねぇ！」

「ぎぁっ……！」

寸前で身をよじったおかげで心臓を貫かれることは避けたが、疑似狂信剣が腹部を深々と貫いていた。フランの背中から切先が突き出している。

その状態で、アシュトナー侯爵の手に力が入るのが分かった。

俺は大慌てで短距離転移する。

「おらぁ！」

間に合った。アシュトナー侯爵はフランの体に突き刺さったままの剣を力任せに振り抜き、心臓を無理やり切り裂こうとしていたのだ。

侯爵の振るった疑似狂信剣が、虚しく空を切っていた。

『フラン！　今治す！』

「ん……！」

「ヒャハハ！」

「！」

速過ぎる！　気づいたら真横にいた！　フランと戦う奴らの気持ちが分かったぜ！

叩きつけられた疑似狂信剣を受けると、それだけで俺の耐久値が大きく削られ、フランが真横に吹っ飛ぶ。

しかも、フランの飛ばされた先にはすでに侯爵が移動して待ち構えていた。

「くっ！」

侯爵の動きが急激に速くなったせいで反応が遅れ、完全に後手に回ってしまった！

それでも、フランはすぐにアシュトナーの速さに対応し、反撃に出ようとしている。空中跳躍で足元を蹴って体勢を整えるとともに、さらに加速して自ら侯爵に斬り掛かったのだ。

逃げても回り込まれる以上、これしか道がない。

侯爵はまさかフランから攻撃してくるとは思わなかったのか、少し目を見開いている。フランを迎え撃つために慌てて繰り出された疑似狂信剣と、俺が再びぶつかり合――わなかった。

俺がディメンジョン・シフトを使い、奴の斬撃をすり抜けたのだ。

勢いのあまり、僅かにバランスを崩すアシュトナー侯爵。

そこに渾身の斬撃が放たれた。

「はぁぁぁぁ！」

「ヒャハァァァ！」

しかし、多少の駆け引きでは埋められない差が、今の両者にはあった。

脳天を叩き割るつもりだった俺は侯爵の左腕を斬り落とすにとどまり、逆に振り上げられた侯爵の右足がフランの左脇腹に突き刺さった。

念動で迎え撃って威力を弱めたが、それでもフランは血反吐《ちへど》を吐きながら吹き飛んでいた。幾度も地面に体を叩きつけられながら、最後は侯爵邸の石壁を突き破って何とか止まる。

ここは、応接間か何かだろう。吹き飛んできたフランに巻き込まれ、棚や調度品が砕けて散らばっていた。

「くぅ……げふ……」

『再生を使え！』

口から血と胃液を吐き戻しながら、汚れた絨毯の上で身をよじるフラン。内臓だけではなく、他も酷い状態だ。地面に激しくバウンドし続けた衝撃で、全身が打ち身だらけだし、いくつか深い切り傷もある。両足も折れているだろう。

この状態で俺を手放さなかったのは凄まじい。目も死んでいなかった。再生で足を回復させたフランは、痛みをこらえながらフラフラと立ち上がる。

まだ戦うつもりなのだ。

しかし俺は賛成できなかった。傷は癒やせたが、このままでは絶対に負けるだろう。能力差が圧倒的なうえに、アシュトナー侯爵が潜在能力解放状態になったせいで生命強奪、魔力強奪の威力が増しているのだ。今も、かなりの速さでフランの力が吸い取られていた。

そんな状況の中、フランのいる部屋に大きな熱源が向かってくるのが分かる。剣で決めきれないなら今度は魔術か！

応接間の中に雪崩《なだ》れ込んでくる溶岩の津波を魔術で防ぎながら、俺はフランに戦術的撤退を提案していた。

『逃げるぞ！　一旦距離を取る！』

奴には転移魔術がない。距離を取って持久戦に徹すれば、自滅するはずだ！　しかし、フランは首を縦には振らなかった。

（だめ！　エリアンテたちが殺される！）

『だが、このままじゃフランが――』

（まだ試してないことがある！　それがダメだったら逃げてっ！）

『試していない事？』

（ん！）

フランは決意の表情を浮かべると、咄嗟に俺を振り上げた。いつの間にか接近してきていた侯爵の剣と俺がぶつかり合う。

「クハハハハ！　死ねぇ！」

「くっ！」

溶鉄魔術に紛れて、追撃してきていたのだ。

あまりの衝撃の強さに、フランが顔をしかめる。すでに、剣での斬り合いでも互角とはいかないらしかった。

「シャァ！」

「ぐぅ！」

フランの隙を逃さず、アシュトナー侯爵が左拳を叩きつけてくる。フランは咄嗟に後ろに跳んだが、その拳が頬にめり込んだ。首を捩《ね》じることで威力を殺そうと試みたようだが、化物並みの腕力を誇る侯爵の攻撃を完璧にいなすことなどできはしない。

きりもみ状態で再び飛ばされるフラン。

部屋の壁に叩きつけられる寸前、何とか体勢を立て直して左手と両足で壁に着地した。

フランの頬がその一発で腫れ上がってしまっている。侯爵が格闘系のスキルを持っていないことが幸いしたな。捩じり込まれたり、衝撃を浸透させられたりすることもなかったのだ。

だが、今の侯爵からはここで様子見をするような甘さはなかった。自爆してでもフランを殺す覚悟を決めたことで、こちらを侮る気持ちが消えたのだろう。念を入れて、逃げ場を残さずに殺しに来る。

「ヴォルカニック・ゲイザー！」

開幕で侯爵がぶっ放した魔術など比較にならないほど、広範囲でマグマが吹き上がっているのが感じられた。威力も範囲も、倍化しているようだ。

侯爵邸どころか、周囲の邸宅も巻き込んでいる。

それに、この部屋も危険だ。狭い空間で溶岩が荒れ狂い、まるで洗濯機の中の水のように渦巻いていた。念動と障壁で防いでいるが、長くは保たないだろう。

『フラン！　急げ！』

フランが試したいことっていうのが何なのか分からないが、早くしないと押し切られるぞ！　そもそも、この魔術でエリアンテたちが死んだりはしてないよな？

正直、自分でもどっちを望んでいるのか分からん。死んでいて欲しくないとは思うが、死んでくれていたらフランが逃げる気になるかもしれないと思ってしまった。

酷いとは思うが、それが俺の本音だ。

エリアンテたちの安否を探ると、まだ生きているようだった。あの三人で固まって協力し合っているようだ。だったら、魔術を防ぐことはできるだろう。

ちょっとホッとしてしまった。やっぱ、あいつらには死なないでほしかったらしい。

風魔術で溶岩の波を散らしつつ、フランが俺を構えた。その目は死んでいない。

何かやる気であるようだが、どうするつもりだ？　閃華迅雷と剣神化の組み合わせに全てを賭けるか？

だが、俺は嫌な予感がした。なぜかフランを止めねばいけないと思ったのだ。危機察知が仕事をしたのだろうか？

『まて、フラン一体何を――』

しかし俺が止めるよりも早く、フランが力強い声で呟いた。

「潜在能力解放！」

『なっ！　ばっ！　おまっ！』

今は閃華迅雷を使っているうえ、力を奴のスキルで強奪されている状況なんだぞ！

それで、潜在能力解放を使うだなんて！

俺が焦りと驚愕で呻いている中、フランの周囲には膨大な魔力が渦巻き、凄まじい存在感が放たれる。

それは、アシュトナー侯爵に匹敵するレベルだった。

ステータスの上昇も凄まじい。倍増と言っても差し支えないだろう。敏捷に至っては１０００を超え、他のステータスも軒並み８００オーバーだ。

その強化率は、アシュトナーを大幅に上回っている。

こ、ここまで強化されるのか？　いや、考えてみたらフランはまだ子供だ。その内に眠る潜在能力がより強大でも不思議ではないだろう。

アシュトナー侯爵の放つ魔力と、フランの放つ魔力がぶつかり合い、強烈な衝撃を周囲にまき散らしていた。俺たちに向かって覆い被さるように押し寄せる溶岩が、魔力の余波によって弾け飛ぶ。

ぶつかり合うのは、魔力だけではない。

溶岩の津波が消えたことで、互いの姿が目に入っていた。そして、フランと侯爵の視線がぶつかり合い、互いの殺気が弾ける。

「いく！」

『ああ！　わかったよ！』

もう俺の意思ではどうにもできない。

フランが使った潜在能力解放は、フランでなくては解除できないのだ。だったら、破滅が訪れる前に勝負を決めるしか道はなかった。

フランの意思を無視して、もう転移で逃げてしまおうかとも思ったが、俺にはフランの決意を蔑《ないがし》ろにはできない。

「はぁぁぁ！」

フランが侯爵に向かって、跳んだ。

部屋の床は溶岩によって燃え落ち、荒れ果てた状態である。そこを、空中跳躍で駆け抜ける。

「ちぃぃ！　小娘が！」

アシュトナー侯爵がさらに溶鉄魔術を放つが、俺の念動が溶岩の弾丸を叩き潰していた。

侯爵の眼前へと躍り出たフランが、勢いのままに斬撃を繰り出す。

速い！　振り下ろされた俺自身が、驚いてしまうほどの速度である。

しかし雑さはない。

丁寧に、しかし鋭く。それこそ、その完成度は空気抜刀術を超えるだろう。ランクC、Dどころか、コルベルト級の冒険者であっても反応できずに一方的に斬られるかもしれなかった。

「こ、これはぁ……！」

突然速度が上昇したフランを目の当たりにして、侯爵は驚愕の声を上げている。だが、それでも反応できてしまうだけの能力が今の侯爵にはあった。

「あぁぁ！」

「このガキィ！」

先程は一方的に力負けしたフランだったが、今回は互角だ。

どちらかが吹き飛ばされることもなく、両者が拮抗する。

コンマ数秒にも満たない鍔迫り合い。次の瞬間、押し返そうとする侯爵の力をすかすように、フランが短距離転移した。

勿論、転移させたのは俺だ。だが、フランからの指示などない。しかし、俺にはフランが何を感じ、どう動きたいと望んでいるのか、手に取るように分かった。

潜在能力解放によって、俺とフランの結びつきが強化されたらしい。もっと言ってしまえば、フランが俺を自らの剣として完璧に使えている。

フランの腕の延長になったイメージが、俺の中へと流れ込んできていた。

『これが、剣として装備者に使われる感覚か……』

俺は今、一本の剣としても扱われている。だが、全く嫌じゃなかった。むしろ、充実感さえ覚えている自分がいるのだ。

フランを吹き飛ばそうと力を入れた瞬間に転移されてしまい、侯爵の動きがほんの一瞬止まる。今の侯爵であれば体勢を崩すとまではいかないが、背後からの斬撃を完璧に躱す程の余力は残っていなかった。

フランの一撃によって、侯爵の背中が大きく切り裂かれる。即座に再生してしまったが、明らかにアシュトナー侯爵の生命力が減っているのが分かった。

「なんだ、それは……！」

侯爵が忌々し気に睨むのは、青い光に包まれた俺だ。

俺たちがピンチになった時には、いつも助けてくれた暖かく頼りになる光。

ただ、いつもよりも光が強烈だった。潜在能力解放状態で、俺とフランの繋がりが強化されているからだろう。ただでさえ通じ合っているのに、今は二人ともアシュトナーを倒すという目的だけに集中している。

結果として、アシュトナーの目を眩ませるほどの強い青光が放たれていた。勿論、増しているのは光量だけではない。明らかに、俺の攻撃力が増している。

『やれるぞ！　フラン！』

（ん！　いこう！）

超短距離転移と、閃華迅雷による高速移動を連続で繰り返しながら、フランは侯爵を連続で攻撃し続ける。

「倒す！」

『うぉぉぉ！　沈めぇぇ！』

「くそぉ！　急にぃっ！」

フランの、命を燃やした最後の猛攻だ。至る所から上がる火の手を背に、フランはひたすらに舞い続けた。

しかし、侯爵を倒すには至らない。

生命力が急激に弱まるフランを見て、この攻撃が長く続かないと理解したのだろう。侯爵は焦りの表情を見せながらも、フランの攻撃を捌き続けた。

もう生命力が残り少ない。誰が見ても、万事休すだ。

侯爵は自らの勝利を確信するかのように、ニヤリと笑った。

これが、フランの狙いだとも知らずに。

フランは一定の速度とタイミングで攻撃をし続けることで、自分の身を削りながら侯爵の呼吸を誘導していたのだ。殺し合いの最中でありながら、侯爵の意識に予定調和を植え付けた。

そして、いきなりそのタイミングをズラす動きをする。

真横から放たれた横薙ぎの一撃をガードするために、侯爵がほんの僅かに無理な体勢で疑似狂信剣をかざした。今までであれば、ガード可能なタイミングだ。

だが、侯爵が予測したタイミングで衝撃は訪れない。

「黒雷転動！」

攻撃が疑似狂信剣で受けられる寸前、フランの体が一条の黒雷と化し、瞬間移動並みの速さで逆サイドに移動していた。

潜在能力解放状態になったおかげで、今まで使用できなかった黒雷転動を使えるようになったらしい。

奇《く》しくも。これはキアラがゼロスリードに対して行った攻撃に酷似していた。見ていたわけじゃないのに、似た攻撃を繰り出したフランを見て、感情にならない熱い何かがこみ上げてくる。

『いけぇぇぇ！　フラァァン！』

「はぁぁぁぁぁぁぁ！」

黒雷転動から放たれるのは、剣王技・天断。

潜在能力解放の恩恵は、黒雷転動やステータス面の強化や、俺との連携力の向上だけではなかったらしい。

なんと、今までは大上段からしか放つことができなかった剣王技を、体勢の整っていない無理な状態から繰り出すことが可能となっていたのだ。

青い光に包まれた俺が、フランの咆哮《ほうこう》とともに横薙ぎに繰り出されていた。

「るあぁぁぁぁぁぁっ！」

だが、その代償は大きい。

フランの内から、ブチブチ、ブツンブツンという耳障りな音が聞こえていた。その幼い体にかかる凄まじすぎる負荷によって、全身の筋肉が断裂しているのだ。しかも、筋肉が千切れる音の中に、ペキンパキンという硬いものが割れる音が交じっている。筋肉だけではなく、骨まで折れていた。

しかし、フランは全ての痛みに耐えている。

歯を食いしばって、俺を最後まで振り抜いた。

ただでさえ神速とも呼べる攻撃だが、放つフランの能力が潜在能力解放によって大幅に上昇している。それは、まさに本日最速の攻撃だ。

躱すことは不可能。そう言い切れる。

だが、相手もまた、常識の外にいる化け物であった。

なんと、躱せないと悟るや否や、回避を諦めたのだ。そして、相打ち覚悟に切り替えたのである。

侯爵は、剣王技が自らに当たる直前、脇腹に全身の障壁を集中させた。当然、剣王技を防ぐことなどできはしない。直撃するのをほんの僅か――コンマ数秒にも満たない時間遅らせただけだろう。

だが、今のフランと侯爵の攻防において、その時間が勝敗を左右する大きな要因となりえた。

侯爵は俺に切り裂かれながら、得た一瞬を使って剣を突き出す。残った全てを込めた、渾身の突きだ。侯爵の身を支配するファナティクスは、この突きを放つかわりにフランと相打ちになっても構わないと考えているのだろう。奴にとって、本体ではないからな。

フランにとどめを刺すべく、魔力どころか、生命力さえ剣に注ぎ込んでいるのが分かった。

そして、剣王技を繰り出している最中のフランには、この突きをかわしきる余裕はない。

『くっ……！』

生命力が残りわずかな今のフランがこの突きを食らったら危険だ！

転移、念動、魔力放出。この攻撃を防ぐ方法はある。間に合えば、であるが。あまりにも速いその攻撃を前に、どのスキルも発動が間に合わないだろう。時空魔術によって引き延ばされた思考の中、そんなことを考えている内にも剣が迫ってきている。

すでに転移を発動させようとしているが、やはり間に合わない。速過ぎる。

『あぁぁぁ！』

「あ――」

相打ちを確信した侯爵の目に、昏《くら》い愉悦の色が浮かぶ。

早く！

転移よ早く発動しろ！

早く早く早く早く――。

しかし、俺にはどうしようもできないまま、侯爵の突きがフランの胴体に吸い込まれる。

くそおぉおぉぉぉ――――？

「なに？」

「ん？」

俺だけではない。アシュトナー侯爵もフランも驚いている。

侯爵には確かにフランを斬った感触があったのだろう。そして、フランにも斬られた衝撃が残っている。

なのに、穿たれているはずの傷が存在していなかった。傷がないのだから、当然ダメージもない。

何があった？

いや、違う。今はそんなことよりも、このチャンスを生かすべきだ。

勿論、フランにはそれが分かっているのだろう。すでに行動に移っていた。

俺を大上段に振り上げ、叫ぶ。

「はぁぁぁ！　黒雷神爪！」

なんと黒雷転動だけではなく、もうひとつの黒雷技も使用可能になっていたらしい。

俺の刀身に黒雷が纏わりついてくるのが分かる。

キアラはこの技によって黒雷の剣を生み出したが、本来は装備している武器に黒雷を収束させる技なのだろう。

しかもこの魔力。剣神化を使用した時に感じる、あの神聖な気配があった。単に黒雷を集めて固めるだけではなく、神属性も付与されるらしい。

「たあああぁぁぁぁぁぁ！」

「ギッィィ！」

剣王技で袈裟斬りにされたアシュトナー侯爵は、すでに瀕死状態だ。そこに再度、濃密な黒雷を身に纏った俺が襲い掛かる。

「ギィイィガアァァァァァッ！」

その攻撃は、驚くほどあっさりと侯爵の体を切り裂いた。同時にその体を黒雷が貫き、全身を焼き焦がす。勝利の瞬間であるのだが、俺はその光景を冷静に見る余裕はなかった。

「ギャアアアァァァ！」

『うごおおああっ……！　こ、これは……』

侯爵の断末魔の絶叫が響き渡った直後、凄まじい魔力が俺の中に流れ込んできたのだ。

同時に、耐えがたい吐き気を覚えていた。

『う、うげぇ！　ぐあが……！』

当然、人の体を持たない俺は、吐き戻すことなどできず、ただただ内に渦巻く不快感を我慢するしかなかった。

なまじっか人間だった時の感覚が僅かに残っているせいで、吐き戻して楽になる感覚も分かってしまっている。それ故、耐えるしかないということがこれほど辛いとは思わなかった。

『ぐ……』

だが、今は戦闘中だ。侯爵はどうなった？

慌てて周囲を見ると、アシュトナー侯爵が大地に倒れているのが見えた。

再生する気配はなく、ピクリとも動かない。

勝った……のか？　生命力は、感じられない。

どうやら勝ったらしい。最後に放った攻撃が侯爵の命を絶ち、その内に巣食っていたファナティクスにも止めを刺したのだ。

（師匠？）

『だいじょうぶ、だ。それより、潜在能力解放は……』

（もう解いた）

そうか。よかった。いや、よくない！　よく見たら生命が残り僅かだ。しかも魔力がほぼゼロ。顔色も最悪だし、そもそも目の焦点が怪しかった。

「……ごほ……」

『フラン……！』

フランが血を吐いて倒れ込んだ！　無理な動きを繰り返したせいで内臓がやられているのか？　魔力がないせいで自力での回復ができないのだろう。

俺の魔力はまだ僅かに残っている。いや、共食いで疑似狂信剣から吸収した分だけ回復したのか。

俺は自らの回復を後回しにして、フランに治癒魔術を使用した。

ミドル・ヒール一発だが、瀕死の状態は脱しただろう。一気にフランの顔色が良くなり、荒かった呼吸が多少マシになる。

ホッとしたのと同時に、俺は思わずフランを叱っていた。

『フラン……本当に危なかったんだ！』

「でも……」

『でもじゃない！　アシュトナーの攻撃がなぜか失敗してなかったら、死んでいたかもしれないんだぞ！』

それもこれも、潜在能力解放を使って無理やり決戦を挑んだことが原因だ。

『確かに勝つためには必要だったのかもしれない！　だが、他に方法があったかもしれないだろう！』

「……ごめん」

『心配させないでくれ……。頼む』

「ごめんなさい」

『フランは、俺が壊れるかもしれないって分かったら、心配してくれるだろ？』

「ん」

『俺も同じだ。フランが死ぬかもしれないって思って、気が狂いそうだった』

「ん……」

最初は不承不承なフランだったが、次第にその顔に反省の色が浮かんでくる。

俺が本気で心配していたということが伝わったらしい。

『……分かってくれるか？』

「ん。もう勝手に潜在能力解放を使わない」

そう約束してくれた。

フランは一度口にした約束は守る娘だ。今後は本当に勝手な使用は控えるだろう。これで少しは安心かな。

『分かってくれたならいい。それで、どこかおかしい所はないか？』

潜在能力解放スキルは、使用するのに何らかの代償が必要だ。俺であれば魔石値。ならば、フランであれば一体何なのか？　フランを鑑定してみてもいまいち分からない。

「ん……？」

『分からないか？』

「ん」

フラン自身にも代償は分からないようだった。目立たない部分に何かがあるのか？　目に見えた代償なら癒やすことも可能かもしれなかったんだが……。

『本当に分からないか？』

「ごめんなさい……」

『いや、もう責めてるわけじゃないんだ。でも、いいか？　何か異変を感じたらすぐに言うんだぞ？』

「わかった」

フランはそう言って小さくうなずくと、重い体を引きずって立ち上がる。

炎上する侯爵邸から、脱出しなければ危険なのだ。

侯爵邸は、二人の激闘によってもはや原形を留めていない。いつ崩れてもおかしくはないだろう。

『とりあえずポーションを飲んでおいた方がいい』

「ん……」

歩きながら、俺が渡した高級ポーションを立て続けに五つ飲み干し、ようやく生命力、魔力が二割ほど回復した。どうも、ポーションの効きが悪い。もしかしたら、潜在能力解放の影響で回復力が落ちているのだろうか？　それとも、あまりに体を酷使したせいなのか。

ともかく、未だに危険な状態だ。蓄積した疲労のせいか、動きに精彩もなかった。

俺の状態もかなりまずい。剣神化の時ほど酷くはないものの、大きく耐久値が減少し、その直りが遅かった。黒雷神爪の神属性のせいだろう。

もしかしたらフラン以外に神属性を使うものたちは、武器を使い捨てにしているのかもしれないな。実際、獣王は槍神化でオリハルコンの槍を壊したと言っていた。

いや、もしかして神属性の影響がフランにも出ている？　そのせいで回復が遅い可能性もあるかもしれなかった。

(師匠、平気？　さっき悲鳴上げてた)

だが、相棒が心配なのはフランも同じであったらしい。気遣うような声で聞いてきた。

『共食いでちょいとな。でも大丈夫だ』

(ほんと？)

『ああ、もう気持ち悪さも治まった。それに収穫もデカかったからな』

今までの疑似狂信剣は、破壊して共食いしても魔力や耐久値が1上昇するだけだった。しかし、アシュトナー侯爵に取り憑いていたファナティクスの分身？　みたいなやつは、やはり量産型とは格が違っていたらしい。

奴を食らったことで、魔力と耐久値が３００も上昇していた。

自己進化ポイントは貰えなかったものの、ランクアップ並みに強化されたのである。気持ち悪さを我慢して共食いを付けていて本当に良かった。

そのまま庭に向かうと、エリアンテとコルベルトが、瓦礫《がれき》に寄りかかって座り込むゼフィルドを介抱しているのが見えた。

「どうしたの？」

「フラン！　倒したの？」

「ん」

フランが頷くと、ゼフィルドがうっすらと微笑むのが分かった。

「そうか。倒したか」

ゼフィルドの口調に、苦し気な色はまったくない。だが彼は腹から大量の血を流し、その顔色は死人のようだった。真っ青を通り越して、白い。

これは危険な状態だ。その命が、風前の灯火《ともしび》であると分かる。

よくこれで、平静な顔をして笑っていられるな。

『フラン、回復魔術だ』

「ん。今治す」

だが、フランの回復魔術の光がゼフィルドの体を包んだ後も、その瀕死の様子に変化はなかった。

傷は塞がらず、生命力も回復しない。

「む？」

「フランでもダメなのね……」

「回復しない？」

「ポーションも効果がないのよ！」

回復が完全に無効化される状態ってことか？　それでこの負傷はやばいぞ！

フランが再度回復魔術を使うが、血は止まらない。命が、流れ出し続けていた。

「この傷は？　なんで治らない？」

「それは――」

「流れ弾に当たっただけですよ……」

コルベルトが何か言おうとしたのを、ゼフィルドが強い言葉で遮った。傷の理由をフランに聞かせたくないのか？　だが、エリアンテがその言葉を諫《いさ》める。

「言うべきよ。ナリは子供でも、フランは一人前の冒険者なんだから」

「ですが……。いや、そうですね……」

「自分の死の原因を押し付けたくないっていう気持ちは分かるけどね。言えば分かる相手よ」

すでにエリアンテとコルベルトだけではなく、ゼフィルド自身が死を覚悟していることが分かった。いや、この状態では迂闊に動かせないし、回復魔術やポーションが効かないのであれば助かる術はないとは思うが……。

それよりも気になってしまったのが、その原因がフランにあるという言葉だ。

「何があった？」

「盾聖技に、仲間に降りかかる災いを自らに移し替える技があるわ。ゼフィルドはそれを使ったのよ」

「……私に？」

「ゼフィルドがせめて手助けをしたいって……。あんたたちの戦闘で侯爵邸が破壊されて、その姿が私達でも見えるようになったおかげで、スキルを使えるからって」

心当たりがあった。

アシュトナー侯爵が相打ち狙いで放った最後の突きだ。フランを確かに刺し貫いていた攻撃が、まるでなかったことにされたかのように無効化されたのである。

俺には物理攻撃無効化があるが、咄嗟に付け替える暇などなかった。今後は多少リスキーでも積極的に使おうと思うが、あの時には付けていなかったことは間違いない。じっくりと考える時間もなく、原因を探る前に戦闘に戻ってしまったが、確かにあれはおかしい現象だ。

あれが、ゼフィルドのおかげだったということか？

だが、盾聖技にその系統の技があることは知っている。以前、獣人国でワルキューレたちと戦った時に散々苦しめられたのだ。命を奪うレベルの攻撃でさえ移し替えてしまう盾聖技であれば、確かにあの現象も説明ができた。

「黒雷姫殿、あなたのおかげで仲間の仇をとれた。礼を言います……ごふっ」

やはり、瀕死とは思えない静かな佇まいで、ゼフィルドが頭を下げた。それでも、最後に吐き出した大量の血が、彼の状態を教えてくれている。

しかし、エリアンテもコルベルトもその言葉を止めようとはしない。彼が助からないと分かっているからこそ、好きに喋らせてやろうというのだろう。

「少しは、お役にたったかな？」

「すごく。あなたが助けてくれなかったら、死んでたかもしれない」

「そうですか。最後にひとつ、忠告を」

「ん」

「何か、反動の大きな能力を使いましたね？」

なんと、ゼフィルドが最後の力を振り絞って、言葉を紡ぐ。

ゼフィルドの陥っている回復無効化状態は、本来であればフランに降りかかるはずだったらしい。だが、それをゼフィルドが引き受けてくれたようだった。

この状態が、フランの使った何らかの特殊な技の反動や代償であると、理解できているのだろう。盾聖技のレベルが高い彼には、それが理解できるようだった。

『どう考えても、フランの潜在能力解放の代償だろうな』

「ん……」

フランが神妙な顔で頷く。

最後の攻防でフランが負う筈であった代償と、ダメージの一部を、ゼフィルドが肩代わりしてくれていたのだ。だからこそ、フランは瀕死程度で済んだのである。

もしゼフィルドの助力がなければ？　フランは確実に命を落としていただろう。命の恩人と呼んでも差し支えなかった。

「心当たりが……あるのなら、気を、付けることです……ごふっ……」

「ゼフィルド……なんで、笑ってるの……」

潤んだ瞳で、フランが呟く。

あまりも穏やかなゼフィルドの顔を見て、思わず言葉が出たのだろう。

「ランクA冒険者の意地があります故。最期にみっともない姿を見せてはあの世の仲間に笑われますからね」

逃れえぬ死と向き合ったこの状態で泰然としていられるとは、本当に凄まじい精神力だ。心の底から敬服する。

それに、己の死を受け入れながらもなぜか満足げに笑う男の姿は、キアラの最期にも重なって見えた。フランもそうだったのだろう。沈鬱な表情で、ゼフィルドに頭を下げようとする。しかし、それを遮ったのは他でもない、ゼフィルドだった。

「ごめんなさい。私のせい――」

「違う！　ごふっ……それは違う。むしろ、あなたのおかげで、奴に一泡吹かせられたのです。感謝しかない」

ゼフィルドはそう言ってニヤリと笑う。その言葉を引き継いだのはエリアンテだ。

「そうよ。ゼフィルドの死に、あなたの責任なんか何もない。原因はフランを庇った事かもしれない。でも、それはゼフィルドの責任で、ゼフィルドの功績よ。むしろあの化け物相手に大きな仕事を果たした仲間を、胸を張って送り出してやりなさい」

「そうだぜ。嬢ちゃ――フラン。お前の果たした役割は大きかったが、俺たちも、ゼフィルドの旦那も全力を尽くした。全て、その結果だ。それで何があろうと、それは俺たちの責任だ。礼は言っても、謝るな」

「……ん」

二人にそう言われ、フランは納得したらしい。

（逆だったら、私も謝られたくはない）

『そうか』

フランは申し訳なさそうな顔を止め、真っすぐな目でゼフィルドの目を見つめる。

そして、尊敬する先達《せんだつ》に対し、静かに礼を言った。謝罪ではなく、仲間への感謝の言葉だ。

「ありがとうございました」

「ふふ……こちら、こそ……。最後に、いい仕事ができました」

それがランクA冒険者、天壁のゼフィルドの最期の言葉であった。

いい漢《おとこ》だったな。数回しか会ったことはないが、尊敬できる人だった。もっと早く出会えていれば、フランももっと懐いていただろう。

『ありがとうございました』

俺の言葉は、笑顔のまま瞳を閉じた彼に、届いただろうか？

安らかに眠ってくれ。


ゼフィルドの死を見届けた後、激戦の疲れを癒やすために休憩を取っていたのだが、フランは動くことができなくなっていた。

「うあ～……」

『フラン、眠いのか？』

（ん……）

疲労や眠気が一気に噴き出したらしい。戦闘中はアドレナリンが出ていたおかげで、疲れを忘れることができていたのだろう。

しかし、戦闘の緊張感が落ち着いた今、疲れが興奮を上回っていた。あまりにも疲労が蓄積しすぎて、体が休息を求めているのだろう。目をコシコシとしきりに擦っている。

「むにゅ……」

『大丈夫か?』

「……へいき……すー」

『おっと』

「すー……」

完全に寝落ちしてしまった。崩れ落ちる体を慌てて念動で受け止めると、そのまま地面にそっと寝かせる。可愛い顔で寝てるな。

『うーむ。どうしようか……』

戦闘はまだ終わっていない。王城の方角から、凄まじい魔力が感じられていた。距離があり過ぎて完璧に把握することはできないが、潜在能力解放状態のアシュトナー侯爵並みに大きな魔力を放っている。しかも、それが複数感じられるのだ。

時おり地響きが聞こえ、地面が僅かに揺れているのも無関係ではないだろう。激戦が続いているのだ。

『こうなると、フランが寝落ちしてしまったのはむしろ良かったな』

今の状態で強敵と戦うのは自殺行為だ。しかし、フランは戦いを挑んでしまうだろう。王都を守るために。

『それにしても、フランの潜在能力解放の代償が、回復不能に陥ることだとは……』

俺の場合は魔石値の減少だったが、それは無機物の体だからだろう。

生命体の場合、回復不能状態と、反動ダメージが代償なのだと思われた。

それが、いつまでなのかっていうのも問題だ。数時間程度であれば、今後も切り札として潜在能力解放を使うことができるかもしれない。それこそ一瞬だけ使って、敵を瞬殺すれば瀕死に追い込まれることもないだろう。

しかし、潜在能力解放を使わなくては勝てないということは、その敵の強さは相当なレベルである。瞬殺できるとはとても思えない。

そして長時間戦闘すれば、フランも只では済まないはずだ。

そんな状態で回復ができなくなったら？　死亡確率は跳ね上がるだろう。

回復不能が数分程度であれば構わないが、数日であればかなり危険だ。さすがに一生ということはないと思うが、何ヶ月も影響が残るということは考えられた。

迂闊に試すこともできやしない。やはり潜在能力解放は危険だ。使う時はまさに命を賭してという覚悟が必要なのである。

そもそも、あのまま行けばフランが死んでいたかもしれない。いや、ゼフィルドが居なければ死んでいただろう。

そう考えるだけで、何かよく分からない感情が湧き上がる。意味のない言葉を喚き散らして、頭をかきむしりたくなる。自分の不甲斐なさや、無力さが、憎くて恨めしくて仕方なくなる。

二度とあんな想いはすまい。そのためには、より強くならねば。

俺がフランの背でそう決意していると、地面で寝入るフランを見てコルベルトが慌てて近付いてきた。

「フラン？　おい、大丈夫か？」

「すー……すー……」

「止めておきなさいコルベルト。眠気をこらえきれない程、疲れているということでしょ？」

「あ、ああ。そうですね。それにしても……」

「どうしたのよ？」

「いえ、こうしてみると、あの化け物を倒した冒険者とは思えなくて」

「まあ、そうよね」

あどけない寝顔で寝息を立てるフランを、エリアンテとコルベルトが見つめている。

コルベルトは微妙そうな顔だ。自分との力の差を改めて実感したらしい。しかし見た目はまだ幼さの残る子供だ。色々と複雑なのだろう。

だが、今はこんなことをしている場合ではないと思い出したようだ。表情を引き締めて、大きな魔力の感じられる方角を睨みつけた。

「それで、これからどうしますか？」

「まずはフランとゼフィルドをギルドに」

「はい」

エリアンテがフランを背負い、コルベルトが丁寧にゼフィルドの遺体を抱えた。

「被害が多過ぎたわね……」

「そうですね」

エリアンテの呟きは、物的以上に人的被害に向けられたものだろう。

侯爵邸の戦闘だけでも中位以上の冒険者が二〇人以上死亡し、ランクA冒険者であるゼフィルドの命も失われた。戦力的に頼りになるフランは昏睡状態。しかも、今でもまだ王都内での戦闘が継続中であるのだ。

「ゼフィルドの旦那がまさかこんなところであっさりと……」

「それが冒険者ってものよ。いつどこで野垂れ死ぬかわからない。それに比べたら、ゼフィルドは満足げな顔をしてるわ」

「そうっすかね……」

「四〇年連れ添った仲間の仇を取ったんだもの」

ゼフィルドたちのパーティは四〇年も一緒のメンバーで行動していたらしい。仲間というよりは家族に近い仲だったようだ。

「ゼフィルドにとっては悪くない最期だったのかもね」

「悪くないって……。全員で生き延びるのがいいにきまってるでしょ」

「全員で生き延びられればね。でもあの化け物相手に、それは無理よ。わかるでしょ？　それに、仲間を失って、自分だけ生き延びるのはきついものよ」

「あ……。そういえばギルマスは……。すいません」

エリアンテの呟きを耳にしたコルベルトが、恐縮したように頭を下げる。

「……ここで一人だけ助かっていたって、結局生きる気力を無くして、無茶な依頼を繰り返して早々に命を落としていたわよ」

「……でも、あなたは未だ生きて……」

「ふふ。色々あったから……」

エリアンテはそう言いながら、寂し気に微笑む。

「仲間を失った時も辛いけど、その後が苦しいの。命からがら撤退した後。負傷兵で溢れかえった砦の中で味のない麦粥を食べている時、急に涙が溢れてきて止まらなくなって……。あんなに騒がしかった食事中の会話が無くなって、ようやく皆がいなくなったことを実感したのね」

「……でも、それでもあなたは立ち直っている。ゼフィルドの旦那だって……」

「かもね。ただ、私たちの場合は全滅したんじゃなくて、何人かで生き残ってた。お互いに傷を舐めあう事ができた。彼らがいなかったら、私だって今生きていないわ。本当に感謝してる」

「ずっと気になってたんですが。なんで傭兵から冒険者に？　生き残った仲間と一緒に、傭兵を続けてもよかったんじゃ？」

エリアンテは昔は傭兵団に所属していて、全滅に近い被害を受けたということか？　その後、冒険者に転向したらしい。

それでギルマスまで上り詰めたんだから、やはりただ者じゃないんだろう。

「実際、あなたの仲間はまだ傭兵を続けているんでしょう？」

「ソロ冒険者は一人で全部背負えるでしょ？」

「そうですかね？」

「そう思ってたってことよ……。まあそれで分かったことは、生きてる限り人との繋がりなんて断てないし、結局色々と背負うことになるっていうことだけどね」

「……今でも、死にたいと思っているんですか？」

「さあ、どうなのかしらね？　でも、偶《たま》に夢想することはあるわ。あの日、撤退しないで、レイドス王国の紅騎士団に仲間と一緒に特攻をかけていたらどうなっていたのかって……」

二人の会話に耳を傾けながら、周囲の警戒も怠らない。道中、町の中には多くの騎士や冒険者が連携して人々を避難させている姿が見えた。

疑似狂信剣の刺さった敵の姿もあったが、エリアンテとコルベルトが連携して倒す。しかし、ようやく冒険者ギルドが見えてきた、その時であった。

『……！』

なんだ？　王都中に凄まじい魔力を持った何かが出現した。

その数は一〇〇近いかもしれない。その謎の存在は、俺たちのすぐ近くでも感じ取ることができた。

ドオオオオォォォォ！

直後、路地の奥から凄まじい炎が噴出し、無残な姿となった騎士たちが吹き飛ばされてくる。

「ちっ。コルベルト、フランを頼むわ！」

「はい！」

エリアンテが武器を構えて、犯人と思しき相手へと駆け出す。

全身が炭化した騎士たちの後を追うように現れたのは、疑似狂信剣に操られた剣士だった。だが、様子がおかしい。感じ取れる魔力が大きすぎる。

そしてその状態を鑑定して俺は戦慄した。

『神剣開放……だと？』

なんと、疑似狂信剣のステータスに、神剣開放と表示されていたのだ。しかも、その宿主の能力がまずい。潜在能力解放前のアシュトナー侯爵並みの能力があったのだ。

長く続かないことは分かる。凄まじい勢いで生命力が減り続けているのだ。三分は保たないだろう。

だがそれは、三分弱は好きに動けるということでもある。

この化け物が三分間盛大に暴れたら？

「があああああああああああああああ！」

そして俺の懸念を裏付けるように、剣士が無差別に剣技と魔術を放ち始めた。もう目的があるとも思えない。ただ命尽きるまで破壊をまき散らそうとしているようにしか見えなかった。

「やめなさい！」

「がああああ！」

エリアンテでも、あの化け物には勝てん！

『どうする……！』

くそ！　疑似狂信剣を侮っていた！　まさか、神剣開放まで使用できるとは！

エリアンテを守らないと！

『ファナティクスの野郎っ！　これ以上、フランを悲しませるんじゃねぇぇ！』

エピローグ

（ここはどこ……？　暗い……何も見えない……。私は、部屋で泣いていて……）

「ここは俺たちとお前の精神の混じり合った場所だ。歓迎しよう。ベルメリア・ベイルリーズよ」

（誰！）

「誰？　儂《わし》らは儂らじゃ！　多にして個。一にして全！」

（ど、どういう……。確か、私は狂信の兵士に……。あなたたちはアシュトナーの手の者なのですか！）

「アシュトナーの手の者ぉ？　ちげーなぁ！　むしろ逆！　侯爵が俺たちの手の者なのさぁ！」

（国王陛下以外に、忠誠を誓っている相手が……？）

「それもハズレですなぁ。まあ、今回の騒動が終われば、貴女も我らの一人となるのです。その時になれば、嫌でも分かるでしょう」

「ヒョヒョヒョ。可愛い子は歓迎するぞい？　神竜の末裔、ベルメリアちゃん？」

（さっきから、一体何を言っているのですか！）

「怖がってキャンキャンと吠えて、かわいい子ですわねぇ？」

（怖がってなんて……！　侮辱するのですか！）

「弱い犬ほど、吠えるのですぞ？　もっと自分の心に素直になりなされ」

「父親に愛されたい」

「強くなりたい」

「義母に認められたい」

「いい加減楽になりたい」

「守役に褒められたい」

「こんなに頑張っているのに、なんで自分は誰からも認められない？」

「もう疲れた。すべて投げ出してしまいたい」

（そ、それは……）

「ヒェッヒェッヒェ。吾輩らの言葉が、自身の願望であると分かっておるのだろう？」

（違うわ！　私はベルメリア・ベイルリーズ！　その責務を果たすために――）

「この程度で心が揺らぐとは、愛《う》い奴よのう」

（――うぁ……意識が……？）

「精神の接続に成功したようね。今はお眠りなさい。貴女の体は私たちがちゃんと使ってあげるから」

（あ――……）

「うむうむ。お嬢様の意識は眠ったな？　魔薬が少ないかと思ったが、何とかなったか」

「キヒヒヒ……。ようやく手に入ったな！　竜の巫女の、末裔だ。間違いない！」

「クハハハハ！　この娘の体があれば、あのスキルが使えるのう！」

「妾《わらわ》たちの持つ、最も強きスキル。超人化と双璧を成す、あのスキル……」

「いや、こちらの方が強いはずである。人と竜人では、基礎の力が違うのである」

「半竜人ということを差し引いても、十分であろうな」

「グハハハハ！　この娘がいれば、この程度の都市、どうとでもできるだろう！」

「魔薬の投与は終えた。もう、自力で起きることはまずないはずじゃ」

「あとはスキルの試運転だけってことだすな！」

「私たちが直々に使うのかしらぁ？」

「うむ。今は魔薬で眠らせておくだけだ。精神を喰らうことができれば、疑似狂信剣でも操れるのだがなぁ」

「この短時間では、精神を喰らうことはできませんからねぇ」

「だから、我ら本体で直接操るという訳ね？　オホホ！　狙うは――」

「本丸！　王城じゃぁぁ！」

「フヒヒヒ。国王を我らの一部とし、この国を意のままとする！」

「忌々しきホーリー・オーダーに砕かれし、我らのカラダを直すのだ！」

「神級鍛冶師か、他の神剣さえあれば！　私たちは再び力を取り戻すことができますわ！」

「そのために、この国は使い潰してやるとしよう。我らの悲願のために！」

「「「「我らが悲願のために！」」」」

特別寄稿
異世界クッキング
原案／棚架ユウ　漫画／丸山朝ヲ
チャンチャラチャラチャラチャラ
チャンチャンチャーーン♪
さあ異世界クッキングのお時間です♪
わー
ぱちぱち
本日の食材はこちら！
さっき討伐した変な魔獣の魔石のまわりを覆っていたドブ色のゼリー状のコラーゲンっぽい何かです
こんな…
ぷるんっ…
しかしどう料理するんだこれ？
《鑑定》では食えるとでてるけど
この辺りの地方の珍味らしいが…
ぷるる…
とりあえず茹でてみたら溶けるし…
じゅわぁ…
揚げたら爆ぜた！

じゃあ刺身しかないな…
サクッ サクッ
いただきま～…
おぶッ…
ブッ
うーん…
奴隷時代…虫も食べたというフランでも無理か
…そうだカレー粉!
カレー万能説
泥臭い肉とかよくカレー粉つければいけるっていうしな
さっそく…
バッ
ゴゴゴゴ
そ…れはカレーへのぼうとく…
ゆるされざる…
…ええ……
カレー味なら何でも食うと思ったのに…
スタッフでもおいしく頂けなかったので捨てました
すまん…
スタッフB
GOMI
END

今イチバン面白い!!!
マンガ
転生したら
シリーズ累計（紙＋電子）
140万部突破!!!
転生したら剣でした 1
転生したら剣でした 2
転生したら剣でした 3
転生したら剣でした 4
転生したら剣でした 5
転生したら剣でした 6
転生したら剣でした 7
転生したら剣でした 8
原作 棚架ユウ
作画 丸山朝ヲ
るろお
BIRZ
1～8も超人気発売中!!!
発行：幻冬舎コミックス　発売：幻冬舎

転生したら剣でした
11巻
発売おめでとうございます!!
公式スピンオフ漫画
「転生したら剣でした～AnotherWish～」
単行本発売中です！
平行世界を旅するフランと師匠の前に、いろんなキャラが登場します。
こちらもよろしくお願いいたします！
いのうえひなこ

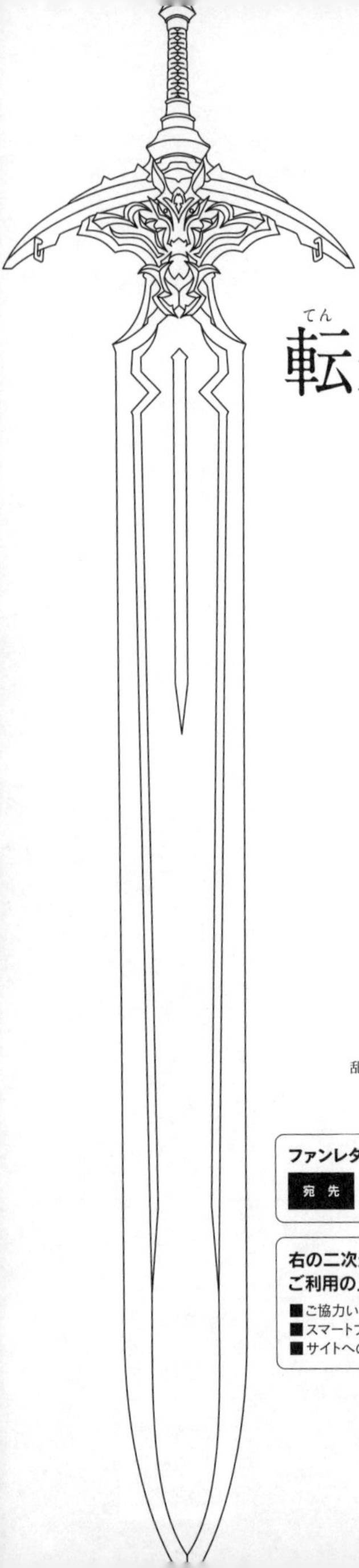

GC NOVELS

転《てん》生《せい》したら剣《けん》でした 11

2021年4月8日　初版発行

著者　棚《たな》架《か》ユウ

イラスト　るろお

発行人　子安喜美子

編集　岩永翔太

装丁　横尾清隆

印刷所　株式会社平河工業社

発行　株式会社マイクロマガジン社

〒104-0041　東京都中央区新富1-3-7　ヨドコウビル
［販売部］TEL 03-3206-1641／FAX 03-3551-1208
［編集部］TEL 03-3551-9563／FAX 03-3297-0180
https://micromagazine.co.jp/

ISBN978-4-86716-124-1　C0093

本書は小説投稿サイト「小説家になろう」(https://syosetu.com/)に掲載されていたものを、
加筆の上書籍化したものです。